知念実希人

リアルフェイス

実業之日本社

実業之日本社文庫

目次

リアルフェイス

プロローグ

暑い、……そして痛い。軽い目眩《めまい》をおぼえた柊貴之《ひいらぎたかゆき》は頭を振る。

執刀を開始してから六時間ほど、このサウナのような熱気に満ちた空間でオペを続けている。全身の汗腺《かんせん》から吹き出した汗は、着込んだシャツだけでは吸収することができず、いまや滅菌《めっきん》ガウンにまで染みてきている。顎先から止め処《とど》なくしたたり落ちる汗が術野《じゅつや》に落ちないように、柊は顔の位置に神経を尖《とが》らせていた。

脱水を起こしかけているのか、目の前に白い霞《かすみ》がかかる。その瞬間、持針器《じしんき》を持つ右腕に焼けつくような痛みが走り、うめき声が漏れた。

あと少し、あと少しでいい。意識を保つんだ。柊は自らを鼓舞しながら、眼球だけを動かして室内に視線を這《は》わす。

ひどい手術室だった。清潔も保たれていないし、空調も故障している。麻酔器は古く、手術器具を渡してくれるナースもいない。タイのバンコク郊外にある、スラム住人向けの小さな病院。院長に金を摑《つか》ませることで、その手術室を借りていた。

額から落ちる汗をガーゼで拭いながら、柊は目の前に横たわる男を眺めた。全身麻酔をかけられ、深い昏睡《こんすい》に陥っている男。その顔を柊は穴が開くほど見つめ続ける。

完璧だ。こわばっていた表情がかすかに緩む。

最悪のコンディションにもかかわらず、極限まで高めた集中力により、かつてないほど完璧な『芸術』を作り出せている。柊は汗で濡《ぬ》れたマスクの下で大きく息を吐く。

すでに瞼《まぶた》、鼻筋、唇、顔の輪郭など、主要な部分の形成を終えていた。あとは痕跡が残らないよう、丁寧に傷口を縫い合わせればいい。

もう少し、もう少しで完成する。

胃の中身が逆流しそうな嘔気《おうき》を抑え込みながら、柊は黙々と持針器を持つ右手を動かす。持針器の先に把持《はじ》された、極細の糸がついた針が、水面を跳ねるイルカのような流麗な動きで真皮《しんぴ》を縫い合わせていった。髪のように細い糸を柔らかく両手で引くと、磁石が引き寄せあうように傷口がぴったりと合わさり、その下に露出していた黄色い脂肪や、熟れた桃のような色の筋繊維を覆い隠す。合わさった皮膚はもはや、目をこらしても傷がどこにあったのか見つけるのは困難だった。

皮膚から出た糸をはさみで切断した柊は、新しい針を持針器の先で摑む。

この手術さえ成功すれば、この『作品』を完全に仕上げることができたなら、私は最高の美容外科医として君臨し続けることができる。

血走った目を見開いた柊は、一心不乱に両手を動かし続けていく。

湿気と熱が籠もった手術室の中では、麻酔器が酸素を送り込む音だけが響いていた。

第一章　芸術を刻む外科医

1

「ここ?」

全面ガラス張りのオフィスビルを見上げた朝霧明日香《あさぎりあすか》は、スーツのポケットから四つ折にした地図を取り出し確認をする。やはりこのビルのようだ。

こんなファッショナブルなビルに、クリニックが?

明日香は落ち着きなく周囲を見回す。平日の昼下がり、六本木《ろっぽんぎ》ヒルズからほど近いこのオフィス街には、高級感漂うスーツに身を包んだビジネスマンが闊歩《かっぽ》していた。その三割ほどが外国人だ。自分が場違いな気がして落ち着かない。

明日香はビルの自動扉に映る自分の姿を眺める。去年の日本麻酔科学会で研究発表することが決まった際に、奮発して購入した一張羅《いっちょうら》のスーツを着てきたのだが、二十八歳という年齢にしては幼く見られる顔のせいか、就活中の学生のようだった。

小さくため息を吐《つ》いて、腕時計に視線を落とす。午後一時二十分、面接の約束時間まであと十分しかない。両手で頬を叩《たた》いて気合いを入れた明日香は、ビルに入るとエレベーターで最上階である十五階まで行く。エレベーターを降りた明日香は、正面にある複雑な幾何学的模様が刻まれた曇りガラスの扉を見て眉根を寄せた。高級クラブの入り口のような雰囲気。扉の脇に『柊美容形成クリニック』の看板がかけられていなかったら、ここが医療施設だとは誰も思わないだろう。

「美容外科ってこんな感じなんだ……」

おずおずと扉を開いて中に入ると、そこは高級エステサロンのエントランスのような空間が広がっていた。すぐ右手にある開放感のある受付には、高級感を醸し出す花瓶が置かれ、紅《あか》い薔薇《ばら》が数本挿されている。その先には大理石の床に、革製のソファーが置かれた待合が広がっていた。受付をのぞき込むが誰もいない。

「えっと……、すみませーん」

ためらいがちに声を上げると待合の奥の扉が開き、スーツ姿の男が飛び出してきた。

「これはすみません、気づかなくて」男は満面に笑みを浮かべる。

「はぁ……」

生返事をしながら男を観察する。年齢は四十前後といったところだろうか。どちらかといったら整っているのだろうが、あまり特徴のない、印象に残りづらい顔立ちだった。しかし、地味な顔立ちとは対照的に、生地につやのあるスーツや、袖口からのぞく腕時計は、一目で高級品と分かる。

「あ、あの私……」

「存じ上げていますよ。どうぞこちらに」

男は恭《うやうや》しく頭を下げると、出てきた部屋へと案内する。

「あ、どうも……」

首をすくめながら扉をくぐった明日香は、室内を見回す。

私のマンションより広い……。奥にはアンティーク調の木製デスクがあり、その手前に二人がけのソファーが向かい合わせで置かれていた。大会社の応接室といった雰囲気。

男に「どうぞお座りください」とすすめられるままに、明日香はソファーに腰掛けた。想像より遥《はる》かに柔らかいその座り心地《ごこち》に、一瞬バランスを崩しかけてしまう。

「お待たせして申し訳ございません。スタッフが席を外しておりまして。私、当クリニック院長の柊貴之と申します」

柊と名乗った男は慇懃《いんぎん》に頭を下げた。

「あ、ご丁寧にどうも、私は……」

自己紹介をしようとすると、柊が手をかざしてきた。

「結構ですよ。匿名でご相談をしたいという希望は伺っていますから」

「はい？」明日香は首をかしげる。面接なのに匿名？

柊は明日香の顔を凝視してきた。そのぶしつけな視線に思わずのけぞってしまう。

「あの、……顔になにかついていますか？」

「いえいえ、美しいお顔だなと思っておりまして」

「え……ええ!?」

「いやぁ、あなたは欲張りな方だ。そこまで美しいお顔を持っていながら、さらなる美を追求されるというのだから」

混乱する明日香を前に、柊はぺらぺらと喋《しゃべ》りはじめる。

「お話では、お顔に自信がないので美しくして欲しいということでしたよね。どうぞお任せください。もともとの顔がそこまで整っていれば、簡単な手術で絶世の美女に生まれ変わることができるでしょう」

明日香はようやく相手の勘違いに気づく。この人、私を患者だと思っているんだ。誤解を解こうとするが、柊は口を挟む隙を与えてはくれなかった。

「まずご提案したいのは、目と鼻の手術ですね。きれいな二重の目をされていますが、やや左右の大きさが違う。左目の目頭の切開をわずかに行うことによって、左右対称にすることができます。そして鼻、いい形をされていますが、少し低いかもしれません。インプラント挿入により鼻筋を通せば、顔の中心に張りが出るでしょう。顔の輪郭はとてもきれいですから、そちらをいじることはお勧めしません。ただ……」

柊の独演会に圧倒されていると、部屋にノックの音が響いた。ようやく喋るのを止《や》めた柊は、扉に向かって「どうぞ」と声をかける。

「ただいま戻りました」

開いた扉から顔を出した白衣姿の女性を見て、明日香は息を呑《の》む。その女性はまるで、ヨーロッパのファッション誌の中から出てきたかのようだった。少し垂れ気味の優しげな二重の目、すっと通った鼻筋、ピンク色に濡れた唇、そして八頭身はありそうなスタイル。年齢は三十前後だろうか。その美貌に思わず見とれてしまう。

「こちらは当院の看護師、一色早苗《いっしきさなえ》君です。おかえり早苗君。お客様にさっそく買ってきた紅茶を淹《い》れてくれるかな」

「え、お客様……ですか？」

早苗と呼ばれた女性は、不思議そうに大きな目をしばたたかせる。

「そうだよ。今日の十四時に手術について相談予定だったただろ」

「先生、……それは来週の火曜日です」

「え？」柊の口から間の抜けた声が漏れた。

「今日は十三時半から、新しい麻酔科の先生の面接が入っていたはずですよ」

早苗は蕩《とろ》けるような笑みを浮かべる。その色気に一瞬動揺しつつも、明日香は勢いよく立ち上がり、頭を下げた。

「純正医《じゅんせい》大麻酔科学教室の朝霧明日香と申します。清水《しみず》准教授にご紹介いただいて、本日こちらに面接に参りました。どうかよろしくお願いいたします」

明日香が顔を上げると、一瞬の沈黙のあと、柊は反り返るようにソファーの背に体重をかけ、ネクタイを緩めはじめた。その顔からは笑みが消えうせ、拗《す》ねた子供のように唇が尖っていく。

「なんだ、お客さんじゃないのかよ。愛想振りまいて損した」

なんなの、この人。あからさまな態度の変化に明日香が眉をひそめていると、早苗は「お茶淹れてきますね」と言い残し部屋から出て行った。ふてくされたような柊と二人になり、明日香は居心地の悪さを感じる。

「面接なら、なんで最初からそう言わなかったわけ」

「……すみません」

あなたが勝手に勘違いしただけじゃないの。明日香は渋々謝罪をした。

「あの。それで面接を……」

「ん、ああ面接ね。面接、面接っと」柊はつまらなそうにこめかみを掻《か》く。「つまり、君が町田《まちだ》先生の後釜候補っていうわけね」

「はい、そうです。代わりの麻酔科医をお探しということで……」

「町田先生、地元の長崎でペインクリニックを開業するんだっけ。頑張って欲しいよ。なにせ、ここで開業してから三年間も勤めてくれたんだからね」

柊は唇の端に笑みを浮かべる。つられて明日香も笑顔になった。先ほどのやりとりで、悪印象を持ってしまったが、悪い人じゃないのかもしれない。

「あ、これ履歴書です。あらためまして、面接お願いします」

明日香はバッグから取り出した履歴書を柊に渡す。

「純正医大を卒業して、東京中央病院の麻酔科コースで研修を受けました。研修修了後は純正医大の麻酔科学教室に入局して、麻酔科標榜医《ひょうぼうい》の資格を取りました。今年の四月からは大学院に入学しまして、現在基礎研究を……」

明日香が経歴の説明をはじめると、柊は脇にあったゴミ箱へと履歴書を投げ捨てた。

「な、なにするんですか！」

「ゴミはゴミ箱に。君の経歴なんて、ゴキブリの糞《ふん》ほどの価値もないんだよ。君がそんな顔して実は男だろうが、木の股から生まれていようが、私はまったく興味ない」

「私はれっきとした女で、ちゃんと母の股……、母から生まれてきています！」

「だからそんなことどうでもいいんだよ。履歴書？　資源の無駄遣いだ。君みたいな人間がいるから、世界中で森林が伐採され、砂漠化が進んでいるんだ」

「その履歴書は再生紙です。砂漠化とは関係ありません！」

「別に地球が砂の惑星になろうが知ったこっちゃない。それより、本題に入らせてもらっていいかな」

話をずらしたのあなたじゃない。明日香は唇を歪《ゆが》める。

「私は経歴なんて求めない。求めることはたった二つ、二つだけだ」

柊はかぶりを振ると、明日香の顔の前に手を伸ばし、指を二本立てる。

「その一、私の手術中に完璧な麻酔をかけること」

柊は指を折りたたむと、顔をずいっと近づけてくる。

「私の『お客』は、大部分が持病のない健康な方々だ。しかも手術の侵襲《しんしゅう》性は低いので、全身管理は簡単だ。私が麻酔に求めることは、なにより完全な『不動』だ」

「不動……」

「そう、手術中にお客が微動することさえ許さない。そんなことになれば、お客の顔に一生消えない傷が残らないとも限らない。ああ、『一生消えない傷』というのはあくまで比喩表現だ。私のような天才形成外科医に消せない傷など存在しないからね」

天才？　いまこの人、自分のことを『天才』って言った？

「……分かりました。注意します」

「ただ、それに関してはあまり心配はしていない。懇意にしている清水准教授に、優秀な麻酔科医を推薦してもらうように頼んであるからね。清水准教授が選んだのなら、きっと君は優秀な麻酔科医なんだろう」

「それはどうも」

さっきからジェットコースターのように持ち上げられたり落とされたりで、どんな態度を取ればいいのか分からなかった。

「私が技術と同時に清水准教授に要請したのが、口の堅さだ」

柊はテーブルに手を置くと、さらに身を乗り出してきた。

「マイコォー・ジャクソンのネバーランドは知っているかな」

「はい？　えっと、……マイケル・ジャクソンのことですか？」

「そう、そのマイコォー・ジャクソンだ」

なんなんだ、その気取った発音は。明日香は頬が引きつるのを感じた。

「マイコォー・ジャクソンが自宅に作らせた遊園地、それがネバーランドだ。そこに招かれた客はある書類にサインしなければならなかった。『この遊園地で見たことを他人に話すときは、すべて夢の中の出来事だったと前置きする』という書類だ」

「……はあ」話についていけなくなりつつあった。

「つまり、このクリニック内で起きたことはネバーランドと同じで、現実ではないと思ってもらう。万が一口外したら、それによって生じるすべての損害を賠償するという契約書にサインをしてもらう」

「……分かりました」

疲労を感じながら明日香が頷《うなず》くと、柊は手を差し出してきた。

「それでは契約成立だ。全身麻酔が必要な手術は、基本的に土曜日の午前十時から入れている。九時には来て麻酔の準備を……」

「ちょっと待ってください。私はまだ、ここでバイトをするか決めていませんよ」

明日香が慌てて言うと、柊はにやりと皮肉っぽい笑みを浮かべた。

「ああ、そういえば清水准教授にもう一つ条件を出していたんだ」

「なんですか、その条件って？」

「金に困っている奴《やつ》を送ってくれってね」

喉からうめき声が漏れる。今年から大学院に入学したため、大学からもらえる給料はゼロになったうえ、逆に授業料を払わなくてはならなくなった。さらに奨学金の返済もあって、やりくりはかなり厳しかった。

「給料は月に百万円！」柊は人差し指を立てる。

「えぇぇ!?」

想像を遥かに超える額に、声が裏返ってしまった。慌てて口を押さえながら、明日香は思考をめぐらせる。もし月に百万円入れば、金銭的な問題が一気に解決する。家賃、生活費、奨学金の返済、大学院の学費、親への仕送り、それらを払っても十分に余裕がある。いまやっている研究の費用を捻出できるかもしれないし、風呂上がりの贅沢《ぜいたく》である発泡酒をビールに替えられるかも。それに週に一回くらいなら焼肉を……。

「君の技術と守秘義務を負うことに対する正当な報酬だよ。それで、どうするかな?」

顎をそらした柊は、明日香を見下ろしながら再び右手を差し出してくる。

悪魔に契約をもちかけられているような気分になり、明日香は唇を噛《か》んだ。

正直、こんな癖のある人間の下で働きたくはなかった。それに、美容外科自体にも抵抗がある。けれど、生活と研究のためには……。あとビールと焼肉……。

「ああ、もう!」明日香は半ばやけになりながら柊の手を握った。

「契約成立だねぇ」

勝ち誇るような柊の口調が気に障り、明日香は医学生時代に空手部で鍛えた握力で、その手を力いっぱい握る。へらへらとしていた柊の顔が引きつっていき、その口から「いたっ!? いたた」という声が漏れた。

「あら、決まったんですね」

扉が開き、ティーカップが三つ載った盆を持った早苗が部屋に入ってきた。明日香は柊の手を放す。右手をさすりながら、柊は恨めしげな視線を送ってきた。

「どうぞよろしくお願いしますね。ナース兼事務の一色早苗です」

早苗はテーブルの上にティーカップを置いていく。

「朝霧明日香です。こちらこそよろしくお願いします」明日香は勢いよく頭を下げた。

「シャンパンはないですが、紅茶でお祝いの乾杯といきますか」

ティーカップを取った早苗に、明日香と柊もならう。

「味わって飲むんだよ。特製のノンカフェイン紅茶でとても高価なんだ。カフェインは交感神経を緊張させ、細かい作業を行うときに手を震わせることがあるので、欧米では形成外科医にタブー視されているんだよ」

得意げに蘊蓄《うんちく》を語りながら、柊は微笑んだ。

「では、朝霧先生がこのクリニックの仲間になられたことをお祝いして、乾杯」

早苗のかけ声とともに、三人はティーカップを顔の位置まで持ち上げる。

紅茶から漂う柔らかい香りが部屋を満たしていった。

＊

「とりあえず、院内のご案内は終わりました」

院長室へ戻ると、早苗がにこやかに報告した。

「どうだった、私のクリニックは？　素晴らしかっただろう？」

ソファーに横になってマンガを読んでいた柊が、挑発的な笑みを浮かべる。

「……まあまあですね」

柊の態度がなんとなく気に障り、明日香は適当に答えるが、たしかにこのクリニックの設備は素晴らしかった。手術室は大学病院に勝るとも劣らない広さだし、機器も最新のものだ。スタッフ控室、処置室も十分な広さがあり、さらに手術後の患者の意識回復を待つためのリカバリールームまで備わっている。

「まあまあ？　君の目は節穴か。ここは形成外科クリニックとしては最高の施設だ。私は最高の仕事をするために……」

「分かりました、分かりました。すごいです、すごいです」

柊に向かって明日香はパタパタと手を振る。柊は不満げに唇をへの字にすると、

「早苗君、紅茶おかわり」と拗ねたように言う。早苗はそんな柊に子供を眺める母親のような視線を送ると、「はい、分かりました」と部屋を出ていった。

「それで、私は今週の土曜日から勤務すればいいんですね」

「いいや、今週の土曜日は手術が入っていないから、来なくていい。来週の土曜日には手術が入るかもしれないが、それもまだ決定じゃない」

「え？　手術の予定、入っていないんですか？」

　これほどの設備をそろえたクリニックだし、バイト料も破格なので、てっきり手術の予定がぎっしり詰まっているものと思っていた。

「私はね、本物のプロフェッショナルなんだよ」柊はマンガを脇に置きながら言う。

「はい？　プロフェッショナル？」

「私が主に扱うのは美容外科、つまりは外見を美しくする手術だ。正直に言って、日本のこの分野は世界的に見てかなり遅れている。押しも押されもせぬ先進国で、WHOが医療レベルで世界一と評価したこの日本でだよ。なんでか分かるかね？」

「なんでかって言われましても……」

「簡単だよ。日本人の美容外科に対する拒否感のせいだ。大多数の日本人の深層心理には、『綺麗《きれい》になるため体にメスを入れるなんてとんでもない』と刻まれているんだ」

「それが悪いって言うんですか？　普通の感覚だと思いますけど」

「悪い悪くないの問題じゃないんだよ。単なる事実さ。それが美容外科という医療分野を日陰へと押しやった。そして、そんな陰の分野に優秀な人材はなかなか集まってこない。けれどね、その一方で美容外科は儲《もう》かるんだよ」

「儲かる？」

「そうだ。美容外科は自由診療だ。つまり自由に値段設定ができるから、やり方によっては、かなり儲かる。だからそこに、無能な金の亡者たちが群がることになる」

柊は外国映画で俳優がやるように、大きく肩をすくめた。

「本来、美容外科は、きわめて高度で緻密な形成外科医としての技術が要求される。アメリカでは外科のレジデンシィーを五年ほどかけて修了し、そこで高い評価を得たレジデントだけがさらに二、三年かかる形成外科のレジデンシィーへと進むことができる。それを修了してはじめて、一人前の形成外科医として認められるんだ」

『レジデンシィー』とか格好つけないで、普通に『研修』って言えばいいじゃない。どうしても柊の言動が鼻についてしまう。

「つまり、アメリカでは超エリートのみが『美容形成外科医』を名乗ることができる。けれど、日本ではどの科の医師か名乗るのに、法律的な縛りがない。唯一の例外が君たち麻酔科医の『麻酔科標榜医』という資格だ。麻酔科医以外なら、研修が終わったばかりの半人前が、『脳外科医』や『心臓外科医』を名乗れるってことだ」

「法律上はそうでしょうけど、そんなことするドクターはいないでしょ」

「そのとおり！」柊は明日香の鼻先に指を突きつける。「君の言うとおり、普通の科ならそんな馬鹿なことをする奴はいない。けれど、美容外科の世界ではいるんだよ、恐ろしいことにね。研修が終わったばかりで、形成外科の基礎も身についていない奴らが、金欲しさに形成外科クリニックに就職することがあるんだ。そして雇う側も適当な研修だけして、ひどい手術で客から金を巻き上げる。もちろん、技術なんて稚拙《ちせつ》もいいところだから色々トラブルが起こる」

　柊は深いため息を吐くと、首を横に振った。

「そんな医者ばかりじゃなく、ちゃんと技術を持ったドクターもいるんじゃ？」

「もちろんだ。つまり玉石混淆《こんこう》なんだよ。だからお客は本当に腕のいい美容形成外科医を求めて彷徨《さまよ》っている。そして私こそ、この日本で最高の美容形成外科医だ！」

「はあ、そうですか」

　長々と話をしたと思えば、結局は自慢か。

「それならどうしてこのクリニックに手術が入っていないんですか？　先生の腕がいいなら、手術の予定があふれているんじゃないですか？」

「腕がいいからこそ、手術が少なくなるんだよ。私の手術代は高いからね」

　柊は人差し指を立て、自分の顔の前で左右に振る。

「お金の問題なんですか？」

「もちろん金の問題だ。素晴らしいサービスを受けるには、それに見合った金額が必要。当然のことだよ。ちなみに朝霧君、さっき君に提案した手術だが、あれは普通なら五百万ほどで引き受けている」

「……リラ？」

「円に決まっているだろう。ただ、もし希望するなら、従業員割引として特別に五パーセント引きで……」

「結構です！」

「そうか。それは残念だ。私の腕なら、君の田舎者《いなかもの》丸出しの垢抜《あかぬ》けない顔も、誰もがうらやむような美貌に変えてあげられるのに」

「田舎者丸出し!?　誰が!?」声が跳ね上がる。

「君だよ。君に決まっているじゃないか。どこからどう見ても、純度百パーセント、搾りたての田舎者だ。それとも、実は都会生まれの都会育ちだとでも言うのかな？」

「……福井生まれの福井育ちです」

柊は「ほれ見ろ」とばかりに勝ち誇った笑みを浮かべた。

「でも、そんなに田舎じゃないですよ！　自転車で行ける範囲にコンビニもあるし」

「二十四時間営業？」

「……夜九時に閉まります」

「紛れもない田舎だねえ」

もはや反論もできず、明日香は俯《うつむ》いて唇を噛む。

「さっき言ったように、君は顔のつくり自体は悪くはない。けれどそれを補って余りある田舎くささが内面から滲《にじ》み出ているんだ。私なら手術でその田舎くささを完全に消し去ることができる。これまでにないモテ期がやってくるよ。ああ、もちろんいまは恋人なんていないんだろう？」

「……話変わりますけど、私、大学時代空手部に所属してました。ちなみに東医体の個人戦で準優勝していたりします。得意技は正拳上段突きです」

明日香は拳を握り込む。柊の表情に怯《おび》えが走った。

「ま、まあ、気が変わったらいつでも言うといい。局所麻酔で済む手術なら、金さえ用意すれば基本的に全例引き受けているからね」

「局所麻酔なら？　それじゃあ全身麻酔をかける手術は、お金を積まれても引き受けないことがあるんですか？」

「全身麻酔が必要な手術となると、顔や体の造形を整えるだけではなく、その多くは『変身』と言えるほどの変化をもたらす。つまり、そのお客の『美』を、私が根本から生み出すことになるんだ。それゆえ……」

柊が得意げにそこまで言ったところでノックの音が響き、早苗が戻ってきた。早苗が手にしている盆の上には、紅茶とショートケーキが載っている。

「午後三時なので、おやつもご用意しました。明日香先生、ケーキはお好きですか」

「大好きです！」

演説を中断され唇を尖らす柊の前で、明日香は両手を合わせる。

「それはよかったです。どうぞ召し上がってください」

「いただきます」

早苗から皿を受け取った明日香は、フォークでケーキを崩して口に運びはじめる。

「もうそんな時間か」柊は壁の掛け時計に視線を向ける。「朝霧君、そのケーキを食べ終わったら、今日は帰ってもいいぞ」

「いまからなにかあるんですか？」

「来週の土曜日に手術をするかもしれないお客と、面談があるんだよ」

「え、それならなんで私が帰るんですか？　土曜日の手術ってことは、全身麻酔ですよね。それなら、麻酔のリスク説明とか術前の検査とか……」

「インフォームドコンセントや術前検査は、全部こちらで行う。手術三日前までには、麻酔に必要なデータをすべてメールで……」

「だめです、そんなの！」

口の中のケーキを飲み込んだ明日香は声を大きくする。柊は訝《いぶか》しげに眉根を寄せた。

「『だめ』とは？」

「私はちゃんとご本人を診察して、麻酔についてリスクを含め説明させてもらいます。それがプロの麻酔科医としての最低限の仕事ですから」

唇についたクリームを手で拭う明日香の前で、柊はにっと口角を上げた。

「『プロの麻酔科医として』か。そう言われると、プロの美容外科医としての哲学を語ったあとでは断りづらいね。では君にも同席していただこう。今日の依頼はかなり癖のあるものだからきっと面白いことになるぞ。なあ、早苗君」

はしゃいだ口調で言う柊に、早苗が「そうですね」とにこやかに答える。

癖のある？　胸騒ぎを覚えた明日香が視線を向けると、早苗は桜色の唇を開いた。

「奥さんの顔を、亡くなった元奥さんの顔に変えて欲しいというご依頼でしたね」

2

この人たち、正気？　院長室のソファーに腰掛けながら、明日香は呆然《ぼうぜん》としていた。

正面のソファーには男女が腰掛けている。男の血色の悪い顔には深いしわが刻まれ、頭髪はかなり薄い。七十歳は超えているだろう。部屋に入ってきたときは足取りもおぼつかなかったが、その眼光だけはやけに鋭く、獲物を狙う肉食獣のようだった。

老人の隣に座る女性は、一見すると彼の孫のようだった。年齢は三十前後といったところだろうか。肩にかかるくらいで切りそろえられた黒髪、きりりと引き締まった口元、意志の強そうな切れ長の目、細い鼻筋。どこか張り詰めた美しさを纏《まと》っていた。

数分前、早苗の案内でこの部屋に通された老人は、懐から名刺を取り出し、柊と明日香に手渡した。そこに記された文字を見て、明日香は目を疑った。

『二階堂《にかいどう》グループ会長　二階堂彰三《しょうぞう》』


大型ショッピングセンター『ニカイドウ』を全国展開する巨大企業の会長。

唖然《あぜん》とする明日香の前で、二階堂は自らに寄り添う女性を「妻の莉奈《りな》だ」と紹介すると、「これの顔を、前妻の顔に整形していただきたい」と言い出したのだった。

「いやあ、さすがは天下の二階堂グループを一代で築き上げた会長だ。こんなにお若くて、美しい奥様がいらっしゃるとは」

愛想よく言う柊を、二階堂は瞼の腫れた目でにらみつける。

「お世辞は結構。色々情報を集めてみたが、あなたが一番腕がよく、信頼できる整形外科医だと聞いて伺った」

「会長、失礼ですが私は形成外科医であって、整形外科医ではありません。整形外科は骨折などの怪我《けが》を治療する大工のようなものです。それに対し私たち形成外科医は、顔をはじめとした体の造形を整える、いわば『人体の芸術家』です。そもそも日本で『美容整形』という言葉が広まったのは、美容外科の歴史の初期に整形外科医が……」

「先生、話がずれています」明日香は小声でつぶやく。

「なんでもかまわない。重要なのは君が最高の腕を持っていて、金さえ積めばどんな手術でもやり遂げることだ」

二階堂が苛立《いらだ》たしげに言うと、柊は唇の片端を上げた。

「金さえ積めば、ですか。まあ、間違ってはいません。ただ、いまの奥様の顔を前の奥様の顔に変えたいとは、とても奇妙な依頼ですね。お隣に座っていらっしゃる奥様はとてもお美しい。まあ、さらなる美しさを求めるとしたら、目と眉の間を……」

「そんなものはいらない！」

唐突に、二階堂は壁が震えるほどの大声で叫んだ。明日香は首をすくめる。

「妻を美しくできる美容外科医ならほかにもいる。けれど、妻の顔を完璧に家内の顔にすることができるとしたら君だけだと聞いた。できるのか？　できないのか？」

明日香の胸に黒い感情が湧き上がる。二階堂は隣に座っている女性のことを『妻』と呼び、前妻のことを『家内』と呼んでいる。二階堂が莉奈のことを軽んじているように、もっと言えば、物のように扱っているような気がした。

「できるかできないかは、元奥様のお顔を見ないとなんとも言えませんねぇ」

「これが家内の、二階堂幸子《さちこ》の写真だ」

二階堂はスーツのポケットから写真の束を取り出し、柊に渡す。明日香は柊の手にある写真をのぞき込んだ。かなり色落ちし、セピア色になっているその写真の中では、若い女性が微笑《ほほえ》んでいた。顔立ちはどことなく莉奈に似ているような気もするが、莉奈のような硬質な美しさではなく、もっと素朴な『美』が女性からは漂っていた。

「なるほど、この女性が元奥様ですね」柊は写真をめくりながらつぶやく。

「ああ、幸子が二十代の頃に撮ったものだ」

「いやあ、いまの奥様も美しいですが、元奥様も美しいですな」

柊は写真をめくっていた手を止めると、上目遣いに二階堂を見る。

「お教えいただけませんか。なぜ奥様の顔を元の奥様の顔に変えたいのか」

「なんでそんなことを知りたがる。君は金さえもらえればいいんだろ。できるのか、できないのか。できるならいくらでやるか、それだけを答えればいいんだ」

二階堂の口調からは、他人に命令することに慣れた人間の高慢さが滲み出ていた。

柊はへらへらした表情を浮かべたまま、二階堂の隣に座る妻の莉奈に視線を向ける。

「奥様の顔のつくりは、写真の女性とかなり似通っています。簡単な手術ではありませんが、私なら可能でしょう。そうですねえ、お引き受けする場合は、手術代、術後の入院費、医療資材の代金、諸々《もろもろ》合わせまして三千万円をいただきましょう」

「さっ、三千万!?」あまりにも法外な値段に、明日香は目を剝《む》く。

「払おう」

間髪をいれず二階堂が頷いたのを見て、明日香の目はさらに大きくなる。

「即決ですか！　さすがですね！」柊は柏手《かしわで》を打つように両手を合わせた。

「それで、手術はいつできる。いつ妻を……」

「ちょっと待ってください！」無意識のうちに明日香は立ち上がっていた。

「なんだ、君は?」

低い声で言う二階堂の迫力に一瞬ひるみかけるが、明日香は両手を握って耐えた。

「さっきから勝手にお話を進めていますけど、奥様の意見はどうなんですか? 自分の顔をいじられるんですよ。それでいいんですか?」

「……主人が望むなら、私はできる限りのことをしたいと思っています」

台本を棒読みするような莉奈のセリフを聞いて、明日香は言葉に詰まる。

「ほら、ご本人もこうおっしゃってるんだから、座りなさい」

柊にスーツの裾を摑まれた明日香は、渋々ソファーに腰掛けた。

「いやぁ、申し訳ありません。うちの麻酔科医、どうもアレの日らしくて」

愛想よく言う柊に、明日香は吐き気すら覚えはじめた。

やめよう! やっぱりここで働くのはやめるべきだ。どんなに給料がよくても、金では買えない大切なものを失ってしまう。

「では、手術の日程について……」

話を進めようとした二階堂の前に、柊が開いた手を差し出した。

「……なんだ?」二階堂は眉根を寄せる。

「そう焦らないでください、会長。私は『引き受けるなら三千万いただきます』と言っただけで、まだ『引き受ける』とは一言も言っていませんよ」

顔を伏せていた明日香は、目を丸くして柊を見る。気づくと、二階堂も似たような表情を晒《さら》していた。

「なんだ、金額が不満なのか？　それならもっと……」

「いえいえ、値段を吊《つ》り上げるために、こんなことを言っているのではありません。この手術が『私が執刀するに値するものかどうか疑問だ』と申し上げているんです」

「ふざけるな！　金ならいくらでも払う！　だから、言われたとおりに手術をしろ！」

二階堂はソファーから腰を浮かせ、怒声を上げる。明日香の眉間にしわが寄る。二階堂の言動には怒りというよりも、なぜか焦りが滲んでいるような気がした。

「言われたとおりに、ですか。『技術屋』に対する依頼はそれで問題ありません。けれど、さっきも申し上げたように、私は『技術屋』ではなく『芸術家』なんですよ」

柊は誇らしげに顎を軽くそらした。

「外見を根本的に変える手術をするには技術だけでは足りません。感性が鈍ければそこに『美』を創り出せない。私は『美』を創り出す『芸術家』でありたいと思っております」

滔々《とうとう》とポリシーを語った柊は、唐突に立ち上がると、カーテンコールの役者のように、芝居じみた仕草で深々と頭を下げた。

手術が『芸術』……。変人だとは思ったが、ここまでとは。明日香は絶句する。

「つまり、『芸術家』として、この手術は気が乗らないと言うのか？」

苦々しげに二階堂が沈黙を破る。柊は「さすがご理解が早い」と愛想よく言った。

「私が美しくないから、あなたの『芸術』に適していないと……？」

それまで、自ら口を開くことがなかった莉奈が言う。相変わらずの平板な口調で。

「いいえ、誤解なさらないでください。あなたはお美しいです。しかし、あなたがこの写真の女性と同じ顔になっても、彼女のように美しくはならないでしょう」

柊は写真の束の中から一枚を抜き出し、それを掲げる。そこには二階堂幸子が、目を細めて幸せそうにはにかんでいた。

「幸子さんは顔のつくりの美しさもさることながら、表情が素晴らしい！　この美は内面から滲み出ているものです。顔だけ彼女に似せたとしても写真のように心からの笑みを浮かべることができなかったら、そこに『美』は生じない」

柊は写真を莉奈の前に差し出した。

「あなたはここにきてから、一度も笑顔を見せていない。まるで仮面を被《かぶ》っているかのようだ。奥さん、あなたはこの手術を受けることに納得しておられるんですか？　あなたは幸子さんの顔になって、心の底から笑えるんですか？」

莉奈は唇を固く結んだまま、なにも答えなかった。

「もういい！」二階堂が立ち上がる。「莉奈、帰るぞ。こいつは手術に自信がなくて、難癖つけているだけだ。医者ならほかにもいる」

「もしほかの形成外科医へのご依頼がご希望なら、どうぞお引き取りください。ただし、私以上の形成外科医が見つかるとは、とても思えませんけれどね」

「貴様が手術をしないと言うんだ。ほかの医者を探すしかないじゃないか！」

「私は手術しないとは言っていませんよ。ただ、私が手術をする価値があるか、それを確認したいだけです」

「……どうやったら、確認ができる？」二階堂は眉をひそめる。

「そうですね。とりあえず日を改めて、奥様とお話をさせてください。もちろんあなた抜きでね。その話次第で、手術を承るかどうか決めましょう。いかがですか？」

「……分かった」

数秒の沈黙ののち、二階堂は憎々しげに頷いた。

3

「うわ、ふかふか。なにこれ、革なのにふかふか」

「子供か、君は！　少しおとなしくしていなさい」

後部座席に座った明日香が興奮した声を上げていると、助手席の柊が振り返る。

「でも先生、これ本当にすごいんですよ。ほら」

明日香はトランポリンでもするかのように、体を上下にゆすった。

「やめろ！　スプリングが壊れる。そもそも、なんで君がついてきているんだ」

「あら、いいじゃないですか。ドライブは人数が多い方が楽しいですよ」

運転席の早苗が、おっとりとした口調で言った。

「私たちはドライブをしているわけじゃない。二階堂莉奈と面会をしに行くんだ」

柊のつぶやきを聞いて、明日香は笑みを引っ込める。面接のため柊美容形成クリニックを訪れた四日後の土曜日、明日香は柊たちとともに、二階堂家へと向かっていた。柊は渋い顔をしたのだが、明日香が絶対についていくと言い張ったのだ。

「けれどこの車、なんか高そうですね」

明日香が訊《たず》ねると、とたんに柊は得意顔になる。

「ポルシェのカイエン ターボ。最高のＳＵＶだよ。排気量は四千八百六、最高速度は二百八十キロ近くまで出るスーパーカーだ。お値段は千五百万円以上！」

「せんごひゃくまんえん⁉」

「驚いたみたいだね。この車は安全性も高いんだ。私のような天才が交通事故で負傷したら、人類にとって大きな損失だからね」

「けど、なんで先生が運転していないんですか？」

明日香が素朴な疑問を口にした瞬間、柊の顔に動揺が走った。

「柊先生は運転免許を持っていないんですよ。だから車での移動が必要なときは、私が運転手を務めています」

早苗の言葉を聞いて、明日香は目をしばたたかせる。

「え、運転できないのに、こんな高級車持っているんですか？」

「運転はなんというか、……怖いんだよ。子供のときに交通事故に遭ったからね。必要なときは早苗君が運転してくれるし……」

「私も楽しいですよ、こんなにいい車の運転ができて」

「早苗さん、少し甘すぎじゃないですか？　甘やかしすぎると、成長しないですよ」

「君は私の母親か。でもな、実は早苗君の運転で移動するたびに、やっぱり運転免許を取ろうかと思うんだ。その方が安全じゃないかって……」

明日香が「なんの話ですか？」と小首をかしげた瞬間、いきなり真横からGがかかった。体が勢いよく横に振られる。シートベルトが胸に食い込み、一瞬息が詰まる。

「早苗君、安全運転をって、いつも言って……」

「大丈夫ですよ。周りに車いませんから、危なくないです」

「いや、そういうことじゃなくて……」

朗らかに言う早苗に柊が反論しかけると、今度は真正面からGがかかった。早苗がアクセルを踏み込んだらしい。明日香はようやく、交通事故に遭ったわけではなく、早苗の運転が荒いのだということに気づく。

「早苗君、スピード！　スピード出しすぎ」

「あら、本当。百二十キロ近く出ていました。この車の加速が気持ちよくて、つい」

「……以後、気をつけてくれ」

柊は振り返ると、後部座席で身をかたくする明日香に「分かっただろ」と目で語る。

明日香は両手でシートベルトを掴みながら、こくこくと頷いた。

「あ、あの、早苗さん。私もできれば、もうちょっとゆっくり行っていただけると……。えっとですね……私、車酔いしやすいもので」

「ごめんなさい。若い頃、田舎でスピード出していた癖が抜けなくて。気をつけます」

「どうもありがとうございます」

胸を撫《な》で下ろした明日香は、柊の湿った視線に気づく。

「なんですか？　私の顔に何かついています？」

「私の車で嘔吐するんじゃないぞ」

「吐きません！」

明日香が言うと、柊は「それならいい」と正面に向き直った。その背中を眺めながら、明日香はさっきから気になっていたことを口にする。

「ところで、柊先生。もちろん、あんな手術引き受けませんよね？　おかしいですよ、あの二階堂って人。奥さんの顔を前の奥さんの顔に変えて欲しいなんて」

「二階堂莉奈本人は、『主人が望むなら』と言っていたぞ」柊はからかうように言う。

「きっと言わされていたんですよ。隣に旦那さんが座っていたからしかたなく」

「旦那に命令されてしかたなく……ね。けれど、彼女はそんな弱い女かな」

柊は一冊の雑誌を明日香の膝の上に放った。その表紙にはスーツ姿の外国人男性が物憂げな表情でたたずんでいる。

「なんですか、これ？」

「ビジネス雑誌だよ。まあ君のような貧乏人には無縁の雑誌だね。それの百八ページを見てみなさい」

貧乏人で悪かったわね。頬を膨らませながら、明日香は雑誌を開く。口から「え？」という声が漏れた。そこに載っていたのは、二階堂莉奈の写真だった。ページの見出しには『ニューウェイブの経営者　その肖像』と気障《きざ》な文句が躍っている。

「これって、莉奈さんですよね」

「ああ、そうだ。そこには『安藤《あんどう》莉奈』と書かれているがね。どうやらビジネスの場では、旧姓で通しているらしいね」

「ビジネス……」

　写真の中で莉奈は自信に満ちあふれた笑みを浮かべていて、先日夫の前でほとんど喋らなかった女性と同一人物だとは、にわかには信じられなかった。

「彼女はかなりのタマだよ。大学在学中に富裕層向けの別荘販売を手がけるベンチャー企業を立ち上げ、数年で年商二十億にまで育て上げた。三年前に二階堂グループの子会社と業務提携を結ぶ際に、会長である二階堂彰三と出会い、その半年後には年の差をものともせず結婚。もちろん、いまでも自分の会社の社長は続けている」

「最初からこのことを知っていたんですか？」

「まさか。興味が湧いたんで調べてみたんだよ。これくらいの情報、ちょっと金を出せばすぐに集められるからね。なんにしろ、彼女は夫の命令に唯々諾々《いいだくだく》と従うような女じゃないよ。そんな女が海千山千のビジネス界で成功できるわけがない」

「それじゃあ、なんでこの前は『主人が望むなら』なんて……？」

「それを訊《き》くために、いま二階堂家に向かっているんだよ」

「でも、どんな理由があっても間違っていますよ。顔を変えるなんて不自然な……」

　明日香がつぶやくと、柊がくっくっと、押し殺した笑い声を上げはじめた。

「なにがおかしいんですか？」

「二階堂莉奈の話をしていたはずだが、いつの間にか美容外科自体への批判になっているねえ。君はそんなに美容外科が嫌いかな？」

「嫌いです。綺麗になるために顔にメスを入れるなんて」

「親からもらった大切な顔にね」柊は小馬鹿にするように言う。

「そうですよ。おかしいですか？」

「いや、おかしくなんかない。たしかに美容形成は自然な行為じゃないさ」

柊の口調に、自虐的な響きが混じる。

「え？　それじゃあ、先生はなんで美容形成外科医に？」

「形成外科という医学がなぜ発生したか、知っているかい？」

「なんの話ですか？」

「形成外科学の発生は、戦争と密接に関係している。第一次世界大戦前後、戦争がどんどん機械化していくにつれ、命は取り留めたものの、顔面に激しい損傷を負った兵士が大量に生まれた」

柊の口調からは、普段の軽薄な雰囲気が消え去っていた。

「顔に負った傷は心の、そして人生の傷になる。そんな兵士たちの傷を少しでも元の状態に近づけようとして生まれたのが形成外科学だ。時代とともに技術は発展していき、外傷だけではなく、手術の傷、生まれつきの形態障害なども治療可能になっていった。その技術をもちいて『美』を追求しだしたのが美容形成外科学だ」

「怪我を手術で治すのは理解できます。けれど……」

「怪我をしたわけでもない人間が、手術で侵襲を加えてまで『美』を求めるのは間違っている、君はそう言うわけだね」

「そうですよ。間違っていますか？」

「『正しい』とか『間違っている』って問題じゃないんだよ。それは個人個人の価値観によるものだからね。美容外科を倫理的に間違っていると思う人は多い。私はそれを否定する気はないよ。価値観は強制されるものじゃないからね」

明日香は口元に力を入れて黙り込む。

「ただね、現実問題として美容外科を必要としている人々はいる。怪我をしたわけじゃないが、自分の容姿に深く悩む人々だ。彼らは大きな怪我をした者と同じくらい、いや、場合によってはそれ以上にコンプレックスを感じ、苦しんでいる。もちろんファッションや化粧で彼らのコンプレックスが消え去ればいい。けれど、それらの方法でも苦しみが消えない人々は、最後の手段として自らの体にメスを入れるんだ」

柊は明日香の瞳をまっすぐにのぞき込んできた。

「美容外科医にできることは、自らの持つ技術を尽くして、そういう人々の苦しみを少しでも和らげることだけだ。だから、私は自らの仕事にプライドを持っている」

「……柊先生は、そういう人たちを救いたくて、美容外科医になったんですか」

小声で明日香が訊ねると、柊は元のシニカルな表情に戻る。

「はぁ？　んなわけないじゃないか。金だよ、金！　美容外科はほかの医療分野に比べ、遥かに金が入る。私の天才的な才能に見合った報酬を得るためには、美容外科が最も適していた。それだけのことさ」

頰が引きつる。せっかく見直しかけたのに、結局は金か。やっぱり……。

「やっぱり、私は美容外科はおかしいと思います！」

「ご自由に。私は田舎娘にどう思われようが、これっぽっちも気にしないよ」

「田舎娘言うな、成金男！」

「な、成金!?」

二人の視線がぶつかり合った。

「お二人が仲良くなられて良かったです」

それまで黙っていた早苗が楽しげに言う。明日香と柊は同時に顔をしかめた。

「明日香先生」

「なんですか？」

バックミラー越しに微笑んでくる早苗に、明日香はぶっきらぼうに答える。

「せっかくうちで働くんですから、実際の美容外科の現場を見て、それで判断してみるっていうのはどうでしょう？　イメージと実際見るのとでは違いますよ」

柔らかい雰囲気で諭された明日香は、不満を感じながらも「そうですね」とつぶやくと、膝の上に置いた雑誌に視線を向けた。

二階堂莉奈はなぜ、夫の前妻と同じ顔になるなんて、屈辱的なことを引き受けようと思ったのだろうか？　いくら考えても答えは出なかった。

明日香は口元に手を置くと、顔を上げる。

「柊先生……」

「なんだい、そんな怖い声を出して。まだ美容外科について文句が……」

「いえ、雑誌見ていたから気分が……。吐きそう……」

「早苗君、すぐに停車を！　その女を車外に叩き出せ」

柊の悲鳴のような声が車内に響き渡った。

*

「本日はわざわざお越しいただき、ありがとうございます」

正面に座る二階堂莉奈が優雅に頭を下げる。明日香は慌てて会釈を返した。

調布《ちょうふ》市の郊外にある二階堂家は、『家』というより『屋敷』だった。野球場のグラウンドがすっぽり収まるほどの敷地は、高い塀で囲まれていて、門扉《もんぴ》の奥には警備員の詰め所すらあった。警備員に指示され車を停《と》めた駐車場には、高級外車が十台以上停まっていて、柊自慢のポルシェもその中では特に目立たなかった。

十数分前、三人は警備員に連れられ、美術館のような前衛的なつくりの建物に案内された。その玄関先で二階堂莉奈が三人を迎え、この部屋へと案内したのだった。

仕事用らしきデスクに応接セットが置かれた空間は、柊の院長室と似たつくりだ。しかし、真っ白な壁に人工大理石の床という成金のにおいを醸し出していた柊の部屋に対して、この部屋は全体的に抑えめな色調で、上品な雰囲気だった。

ソファーに腰掛ける莉奈の全身からは自信が漂っていて、四日前に夫の横で黙り込んでいた女性だとは、にわかには信じられなかった。

「いやあ、立派な部屋ですね。まあ、私の院長室ほどじゃありませんけどね」

妙な対抗心を燃やす柊に向かって、莉奈は微笑む。

「ここは私の仕事部屋なんです」

「仕事部屋ですか。たしか、別荘の販売を手掛けているとか」

「現在はほかの事業も行っていますけど、メインは別荘の販売です。放置されているような別荘を安く買って、大掛かりな改装をし、付加価値をつけて売るんです」

「いい物件があったら紹介してください。別荘ぐらい買おうかと思っていたんです」

この成金め。調子よく喋る柊に、明日香はじっとりと湿った視線を投げかける。

「核シェルター付きの別荘なんか人気がありましたけど、いかがですか？」

「……そんな別荘、誰が買うんですか？」

とんでもない物件を勧められ、柊は顔をしかめた。

「マヤ文明の予言かなにかで、二〇一二年に世界が滅びると信じた人たちが我先にと買っていったんです。売れ残っているのはたしか山梨と長野に二棟ぐらいしか……」

「私はマヤも、ノストラダムスも、ツチノコも信じていないんで結構です」

柊は唇を尖らすと、室内を見回した。

「ところで、ご主人もこのお屋敷に住んでいらっしゃるのですか？」

「ここは私の私邸です。私はここで生活していますが、主人は普段、本邸にいます」

「ほう。一緒に生活されていないんですね」

「……主人は忙しい身ですので。時間が取れるときこちらに来て夕食をとったり、泊まっていったりするんです」

「なるほど、『通い妻』ならぬ『通い夫』というわけですね。平安貴族のようですな。なかなか風流だ。けれど、大変じゃありませんか。高齢のご主人が通ってくるというのは。ご主人がここに来るのではなく、あなたが『本邸』に行った方が合理的だ」

柊は顔を傾けると、挑発的に目を細める。莉奈は笑みを絶やすことなく、無言のままその視線を受け止めた。

「失礼ですが、莉奈さん。あなた、二階堂家の一員として認められていないんじゃないんですか。だから本邸に入ることを許されず、こんな離れに隔離されている」

本当に失礼極まりない発言。しかし、莉奈の笑顔が崩れることはなかった。

「おっしゃるとおりです。主人の妹、そして三人の息子たちは、私のことを家族とは認めていません。遺産目当てに二階堂彰三に近づいた、あばずれ女と思っているでしょう。三年前、結婚するときも、主人は家族の大反対にあいました」

「けれど、それを乗り越え、お二人は結婚したと」

「ええ、そうです」莉奈ははにかむ。「私たちは愛し合っていますから」

「愛し合っているなら、なんでご主人は形成手術を受けさせようとするんですか」

思わず口を挟んだ明日香を横目でにらむと、柊は隣で微笑んでいる早苗を指さす。

「いまは私が莉奈さんと話しているんだ。早苗君を見習って少し黙っていなさい」

「けれど、こんなの間違っています！」明日香は唇を嚙んだ。

「『愛』の形なんて人それぞれだよ。愛する人が望むならどんなことも受け入れたい。少々歪んでいるかもしれないが、これも『愛』と言えなくもない。特に……」

柊は莉奈に意味ありげな流し目をくれる。

「配偶者の命が残り少ないとなればね」

はじめて莉奈の表情がこわばった。

「あれ、もしかして気づいていないと思いました？　先日お会いした二階堂会長は、白目の部分、そして皮膚が少し黄ばんでいました。軽い黄疸《おうだん》ですよね。それに、ネットで以前の写真を見てみると、あれほどやせてはいなかった。おそらくは癌《がん》細胞が全身に転移し、悪液質《あくえきしつ》の状態になっている。それくらいのこと、医者ならすぐに……」

「ええ!?」

驚きの声を上げた明日香に、柊は視線を送る。

「もしかして朝霧君、……気づいていなかった？」

明日香は「……すみません」と首をすくめた。

「えー、まあ。こういう間抜けな医師もいますが、普通は気づきます。違いますか？」

柊は咳払《せきばら》いをすると、問いかけるような視線を莉奈に向ける。

数秒の沈黙のあと、莉奈は震える唇を開いた。

「先生のお見立てどおりです。主人は……末期の胆管癌で、余命は一、二ヶ月といわれています。本人もそれを知っています」

莉奈は紅い唇を舐《な》めると、ゆっくりと語り出した。

「主人は貧しい酒屋に生まれ、中学を卒業後、家業を手伝いはじめました。十九歳のときに、幼馴染《おさなじみ》だった一つ年下の幸子さんと結婚して、三人の息子に恵まれたということです。ちょうど時代は高度成長期に入ったところで、主人は実家の酒屋で酒以外のものを売りはじめました。これが現在、全国に展開するショッピングセンター『ニカイドウ』の前身です。時代の流れと主人の商才のおかげで、事業はどんどん大きくなっていきました。それにつれ、主人は日本中を飛び回るようになり、ほとんど家に帰らなくなったそうです」

莉奈は気を落ち着かせるように、小さく息を吐く。

「主人が三十歳のときです。幸子さんは……癌にかかりました」

淡々と語る莉奈の言葉を聞いて、明日香は息を吞む。

「なんの癌だったかは知りません。主人も知らないそうです。幸子さんは、主人に心配をかけないようにでしょうね、最期まで癌のことは誰にも言わなかったらしいです。結局、主人は幸子さんの死に目に会えませんでした。連絡を受けて急いで駆けつけたときは、すでに息を引き取ったあとだったらしいです」

「ご主人はそのことをずっと引きずってきたと」柊は鼻の頭を掻いた。

「ええ、主人の心残りは、幸子さんへの謝罪だけでした。だから私は提案したんです。私が幸子さんになってあげるって」

「自分から……顔を変えるって言い出したんですか」

明日香の舌がこわばる。早苗は目を大きくし、柊は「ほぅ」と感嘆の声を上げた。

「そうです。私から提案しました。だから、私が手術に納得しているかどうかなんて確認する必要もないんです」

　莉奈は目元に力を込めると、柊に向き直る。

「手術をしていただけますね？」

　柊は軽く顎を引くと、上目遣いに莉奈を見た。唇の端に笑みを浮かべながら。

「あなたはいま、夫への『愛』のために私の手術を受けたいとおっしゃいましたね」

「それがなにか？」莉奈の表情が険しくなった。

「いえ、美しいお話だと思ってね。少々美しすぎて、鼻につく物語です」

「先生、なにを言って……」

　止めようとした明日香は、柊の鋭い視線に射貫《いぬ》かれ、言葉を継げなくなる。

「莉奈さん、私はね、あなたにもっと自分に正直になって、自分の内面を晒け出していただきたいんです」

「……どういうことですか？」

「顔を変えて、あなたにどんなメリットがあるんですか？　『愛』なんて曖昧なものじゃなく、私のような世俗にまみれた人間にも理解できる理由を教えてください」

「理由……？」

「そうですね。たとえば……遺産についてのお話とか」

　柊が『遺産』という言葉を口にした瞬間、莉奈の目がかすかに泳ぐ。

「主人は私が手術を受けてまで自分の願いをかなえようとしていることに、罪悪感を持っているようです。ですから、……遺産の分配を変えることを提案してきました」

「ほう、その詳しい内容についてお聞かせ願えませんか」

「現在の遺言では、遺産は主人の妹、三人の息子、そして私の五人に均等に分けられることになっています。主人はそれを、私が遺産の半分を受け取るという内容に書き換えると言っています」

「二階堂グループ会長の遺産の半分ですか。いやあ、それはうらやましい」

「私は、主人が思い残すことなく最後の時間を過ごすための手伝いをしたいだけです。遺産なんてどうでもいいんです。ただ、主人がそれでは納得いかないらしく……」

「だめです。だめ！　だめ！」柊は苛立たしげに首を振る。「体裁を取り繕うのはやめましょう。あなたはそんなつまらない女じゃないはずだ。若くして立ち上げた会社を急成長させ、その美貌で二階堂彰三を籠絡《ろうらく》して後妻におさまった。そしていま、自らの顔にメスを入れてまで、二階堂グループの実権を握ろうとしている。素晴らしいバイタリティだ。あなたが本邸に入れないのも納得です。ご主人の妹や息子など、あなたの足元にも及ばないでしょう。羊の群れの中に虎が侵入するようなものだ」

柊は両手をテーブルについて身を乗り出すと、莉奈の目を至近距離でのぞき込む。

「そんなあなたの本性を、私は美しいと思います。その生命力はまさに『美』そのものだ。私はね、その本性を晒け出したあなたを手術したいんですよ。そうすれば、あなたは幸子さんの顔になったとしても、彼女以上に美しくなるでしょう」

柊は両手を広げ天井を仰いだ。あまりにも芝居じみて、そしてあまりにも非常識なその言動に、明日香は言葉を失う。

莉奈の肩が震えはじめる。泣いている？　そう思った瞬間、莉奈の顔が勢いよく上がった。明日香は目を疑う。莉奈は笑っていた。唇の両端を吊り上げ、不敵な笑みを浮かべていた。彼女の口から「くくっ」と小さな笑い声が漏れる。その笑いはすぐに大きく成長していった。腹を抱えて笑い続ける莉奈を、明日香は呆然と眺める。

笑いの発作がおさまると、莉奈は目に浮いた涙を拭いながら、柊を見る。

「さすがは柊先生。たった二回お会いしただけで、そこまで見抜くなんて。二階堂なんて、籍を入れてから三年経《た》っても、まだ私の本性に気づいてないっていうのに」

莉奈はソファーの背もたれに寄りかかると、長い足を組んだ。

「そんな……。本当に遺産目当てで……？」

明日香がつぶやくと、莉奈は虫でも追い払うように手を振った。

「当然じゃない。そうでもなきゃ、なんであんな年寄りと結婚するのよ。そもそも二階堂が私に惹《ひ》かれたのだって、死んだ元奥さんに似ていたからなのよ。まあ、そのおかげで私が二階堂グループの頂点に立てるんだから、ありがたいけどね」

「じゃあ、お金のために顔を変えるっていうんですか!?」

「そうよ。なんか変？　私はね、商売人なの。私は結婚という商品を二階堂に売った。そしていま、私にとって一番高値で売れる商品がこの顔なのよ」

胸を張って高らかに言うと、莉奈は目を細める。

「柊先生のおっしゃるように、言葉にしたおかげで、変な迷いも消えました。これで先生の手術を受ける資格はそろいましたよね。どうぞ、手術をお願いいたします」

柊はその顔に満面の笑みを湛《たた》えると、立ち上がって深々と頭を下げた。

「もちろんです、お客様。いまのあなたはとても美しい。あなたは私の『作品』にふさわしい方だ。プロとして最高の技術を以《もっ》て、依頼にお応えいたしましょう」

4

「本当にいいんですか？」

血圧を測りながら、明日香はストレッチャーに横たわる莉奈に声をかける。

二階堂家を訪れてから一週間後の土曜の朝、麻酔科医用の青い術着の上に白衣を羽織った明日香は、手術室の隣にあるリカバリールームのカーテンで囲まれた空間に、莉奈と二人でいた。手術室では早苗が手術の準備を整えている。

「ここまで来て、あとに引けるわけないでしょ」

「……自分の顔が変わっちゃうんですよ。怖くないんですか？」

莉奈はなにも言わなかった。明日香は小さくため息を吐くと、手術室の様子を見に行こうと身をひるがえす。

「……怖いわよ」

背後から聞こえた小さな声に、明日香は振り返る。

「いま、なんて？」

「怖いに決まっているでしょ。三十年間付き合ってきた顔を変えるんだから」

「ですよね！」

「でも、怖くてもやらなくちゃいけないのよ」莉奈は柔らかい笑みを浮かべる。「……私ね、主人に会ってすぐに決めたのよ。この人と結婚しようってね」

「それは遺産目当てでってことですか？　……私には理解できません」

「いいの、理解できなくて。私の気持ちは誰にも理解できなくていい。いまを逃したら、私は主人の希望をかなえられない。だから今日手術しないといけないの」

「……ご主人の病状、悪いんですか？」

「ええ、いまは本邸で臥《ふ》せってる。あと一ヶ月ももたないだろうって」

「そんな！　手術なんてやっている場合ですか。この手術を受けたら、二週間はご主人に会えないんですよ」

手術後の二週間、莉奈はこのクリニックと提携している近くの病院に入院し、そこで術後の管理を受けることになっている。そして、その二週間は外部と接触せず、さらに自分の顔を鏡で見ることもできない。それが柊が出した条件だった。

「術後の腫れや赤みが引いてはじめて、私の『作品』は完成します。それまでに顔を見ることは、火を入れる前の陶器を見て批評するような野暮《やぼ》な行為ですよ」

柊は得意げにそんなことを言っていた。

「いいえ、手術は受けます。あの人は絶対に待っていてくれるから」

莉奈の目に宿る強い意志の光に、明日香は説得が無駄だということを悟る。

「……手術室の様子を見てきます」

力ない声でつぶやくと、明日香はカーテンをくぐる。右手に扉の開いた手術室が見えた。中では術着姿の早苗が手際よく手術の用意を進めている。

手術室に入った明日香は麻酔器に近づき、酸素や吸入麻酔薬の残量、マスクの接続、シリンジにつめられた薬剤、喉頭鏡《こうとうきょう》と挿管チューブなどの確認を行っていく。

「今日はよろしくお願いしますね。明日香先生」

早苗は普段どおりの柔らかい笑みを浮かべる。これまではその笑顔に見とれてきた明日香だったが、今日は軽い苛つきすら感じてしまう。

金と権力のために自分の顔を変えようとする女。その手術を引き受ける美容外科医と、なんの迷いも見せず付き従う看護師。

　ここは私がいていい世界じゃない。やはり辞めよう。この手術の結果を見届けたら、ここでの勤務を辞めさせてもらおう。明日香は奥歯を噛みしめながら心を決める。

「準備ももうほとんど整いましたので、あと少しで入室可能になります。明日香先生、申し訳ないですけど柊先生を呼んできてもらってもいいですか」

　明日香は無言のまま頷いて手術室を後にした。清潔区域から出て、無人の待合へと入った明日香は、院長室の前で立ち止まる。今日はまだ、柊の姿を見かけていなかった。早苗いわく「手術前、柊先生は精神を集中させていますので」とのことだ。

　明日香は乱暴にドアをノックする。しかし、返事は聞こえてこなかった。再びドアを叩くが、やはり反応はない。居眠りでもしているんだろうか？　明日香は扉を開く。

　柊は部屋の奥にある自分のデスクに座り、一心不乱に鉛筆を動かしていた。明日香が部屋に入ってきたことにも気づいていないようだ。

　いったいなにを？　その鬼気迫る様子を眺めながら部屋の奥へと進んでいく。足元から、かさっという音が聞こえた。視線を落とすと、床に落ちた紙を踏んでいた。

　何気なく紙を拾った明日香は目を大きくする。そこには二階堂の元妻、幸子の横顔が描かれていた。一瞬、白黒写真と見間違うような精密なスケッチ。

用紙から視線を上げた明日香は、デスクや床の上に、十枚ほどのスケッチが散乱していることに気づく。そのすべてに、幸子の顔がさまざまな角度から描かれていた。デスクの前まで移動した明日香が「先生！」と声をかけると、柊は体を震わせた。

「な、なんだ⁉　なにがどうした⁉」

「手術の準備ができました。これから入室します」

「あ、ああ、そうか。けど、部屋に入るときはノックぐらい……」

「ちゃんとしました。二回も」

「あっそう」唇を尖らせた柊はデスクに鉛筆を放る。

「このスケッチ、先生が描いたんですか？」

「ん？　そうだよ。朝早く来て、イメージトレーニングをしていたんだよ。手を動かし、絵を描くことで、『作品』のイメージを固め、手術にのぞむんだ」

「そうですか。……もうすぐ入室しますよ」明日香は平板な声で言う。

「そうか。よし、仕事の時間といこうか」

柊は立ち上がると、両手で自分の顔をぴしゃりと叩いた。

＊

「深呼吸を続けてくださいね」

純酸素が流れ出すマスクを莉奈の口元に当てながら、明日香は声をかける。手術台に横たわった莉奈は小さく頷いた。

「いやあ、お待たせしました」

自動扉が開き、陽気な声を上げながら入ってきた柊が手術台に近づいてくる。

「莉奈さん、今日は私の持てる技術のすべてを出し切って、あなたのご期待にお応えいたします。どうぞ、大船に乗ったつもりでお任せください」

「よろしくお願いします」

莉奈が硬い声で答えるのを聞いて満足げに頷くと、柊は明日香に目配《めくば》せをする。明日香は器具台から、白濁した液体の入った二十ミリリットルシリンジを手に取った。

「それじゃあ莉奈さん、これから麻酔をかけます。ちょっと腕がしみるかもしれません。深呼吸を繰り返していてください。だんだん眠くなってきますから」

点滴ラインの側管にシリンジを接続し、プロポフォールを流し込んでいく。強力な麻酔薬が、莉奈の血管に流れ込んでいった。ものの数秒で、天井を見つめていた莉奈の瞳が閉じられ、同時に上下していた胸の動きも止まる。自発呼吸がなくなった。

明日香はマスクを莉奈の顔に密着させ、アンビューバッグから酸素を送り込みつつ、早苗に声をかけようと横を向く。すでに喉頭鏡を手にした早苗がすぐ隣に立っていた。

「ありがとうございます」

明日香は受け取った喉頭鏡を莉奈の口に差し込んでいく。喉の奥に声帯が見えた。

「チューブお願いします」

声帯から視線を外すことなく右手を上に向けると、早苗が気管内チューブを手渡してくる。それを声帯の奥に差し込んだ明日香は、カフを膨らませて位置を固定する。麻酔器から延びるチューブと気管内チューブを接続させ、アンビューバッグを押してみる。莉奈の胸が大きく上下した。聴診器を使い、両肺に空気が送り込まれていることを確認した明日香は、早苗とともにテープでチューブをさらに固定していく。

挿管操作を終えると、麻酔器を手動から自動モードへと切り替えた。ポンプが莉奈の肺に酸素を送り込みはじめる。明日香は送り込む空気に吸入麻酔薬を混ぜていく。

これで麻酔の準備はほぼ整った。『手術中は微動だにさせないように』という依頼に応えるため、やや麻酔深度を強めにし、筋弛緩薬《きんしかんやく》を点滴ラインから流し込む。モニターを確認すると、少々血圧が下がったが、全身状態に問題はなかった。

「麻酔の導入、終わりました」

「いや、お見事。無駄のないスムーズな導入だったね」柊は拍手をする。

「お世辞はいりませんから、さっさと手を洗ってきてください」

莉奈の体に滅菌《めっきん》シートをかぶせながら、明日香は冷たく言い放つ。

「はいはい」柊は苦笑すると、マスクをかけながら早苗と手術室から出て行った。

三分ほどかけて手を洗った二人は、手術室に戻ってくると滅菌ガウンを纏い、滅菌ゴム手袋を手にはめる。手術の用意は整った。

手術台の脇に立った柊は、莉奈の顔を見下ろしながら、ゆっくりと息を吐いた。その表情がこれまで見たことがないほど引き締まっていく。ついさっきまで柊が撒《ま》き散らしていた軽薄な雰囲気は、完全に消え去っていた。

「朝霧先生、お願いします」柊は低い声で言うと、ゆっくりと頭を下げた。

「あ、はい。お願いします」明日香は慌てて会釈を返す。

「メス」

つぶやいた柊の手に、早苗が素早くメスを渡した。

柊はメスを莉奈の顔に近づけると、瞼を下ろす。手術室に緊張が満ちていく。

十数秒の沈黙のあと目を見開いた柊は、莉奈の耳の前から顎にかけて、優しく撫でるように手を滑らせていった。撫でられた部位に赤いラインが走る。

もしかして、いまのが皮膚切開？　これまでに見てきた手術とは全く違うメスさばきに、明日香は目を見開く。外科などで皮膚にメスを入れるときは、もっと力を込め、そして慎重に皮膚を裂いていた。しかし、柊の皮膚切開は一切の迷いがなく、滑らかで、その手つきは官能的ですらあった。

「ボスミンガーゼ」

柊が指示すると同時に、早苗がボスミン溶液が染み込んだガーゼを手渡す。柊はそれを傷口に当て止血を行っていく。止血を確認した柊は、よどみない手つきで皮膚を剝離し、その下にある表情筋を露出させる。熟れた桃のような色の筋繊維があらわになった。柊はメスから持針器に器具を持ち替えると、複雑に縒《よ》れている筋肉に、緩やかに曲がった針を通し、いくつも細い糸をかけはじめた。

「これで表情筋の形を調節し、その上の皮膚にあらわれる形を調節していく」

手元に視線を注いだまま、柊は独り言とも説明ともつかない口調でつぶやく。

「目に関しては埋没法にて重瞼術《じゅうけんじゅつ》を行ったのち、涙袋を小さめに形成する。口唇などボリュームを出す部位に関しては、ヒアルロン酸とコラーゲンの注入を行う」

喋り続けながら表情筋に糸をかけた柊は、皮膚の縫合に入る。顔面の薄い真皮に、肉眼では容易には見えないほどの細い吸収糸をかけては、縫い合わせていく。あまりにも流麗な手つき。ものの数分で、メスで開いた傷が合わさっていった。表皮の内側に糸をかけて縒り合わせているので、外側からは糸も見えない。傷痕《きずあと》にはうっすらと赤い線が浮かび上がっているだけで、ほんの数分前まで、そこに大きく傷口が開いていたとはとても思えなかった。

柊は再び早苗からメスを受け取り、反対側の耳から顎にかけて皮膚切開にかかる。

「私が使う技術は形成外科としては一般的なものだ。ただ、その完成度が飛び抜けているんだよ。さらに、美容形成手術には技術だけではなく、美的センスも求められる。どこにどのような処置を施せば『美』が生まれるか。そのセンスには経験と才能、両方が要求される。そして、私ほどそのセンスに優れた人間などほかに存在しない」

明日香は思わず頷いてしまいそうになる。これまで馬鹿にしてきた自画自賛も、その流麗な手術の手つきを見てしまうと納得せざるをえなかった。

明日香はいつの間にか、柊の手元から目が離せなくなっていた。

5

莉奈の手術から二週間経った土曜日の昼下がり、明日香は柊、早苗とともに麻布十番《あざぶじゅうばん》の住宅地にある病院の前に立っていた。この五階建ての小綺麗な病院こそ、手術後に莉奈が運ばれ、現在も入院している病院だった。

「本当に君は物好きだね。こんなところまで付き合おうっていうんだから」

柊が苦笑しながら明日香を見る。

「担当した患者さんなんですから、当然じゃないですか」

「そのプロ意識は嫌いじゃないよ」

「別に先生に好かれたいと思っていません」

明日香が冷たく言い放つと、柊は「はいはい」と病院の中に入っていった。

入ってすぐの受付に座っていた受付嬢が、柊の姿を見て会釈をする。柊は軽く手を上げると、スーツのポケットから鍵を取り出し、入り口のすぐ脇にある『関係者以外立入禁止』と書かれた扉を開けた。どうやら、この病院とはツーカーの仲らしい。

扉をくぐった三人は、その先にあったエレベーターに乗り五階へと向かう。そこは入院病棟だった。右手の奥に廊下が延び、手前にはナースステーションが見える。

「術後のお客さんは、ここに入院するんだ。ここの院長とはいい関係だからね」

どうせ大金渡して病室を使わせてもらっているだけでしょ。明日香は「そうですか」と適当に頷いた。

「ああ、そうだ。朝霧君。麻酔科医の確保が不透明だったことから、今月はあまり手術を入れられなかったが、君の技量を確認できたから、今後はどんどん手術を入れていくよ。そのつもりでいてくれ」

「いえ、今回で終わりです。先生のクリニックでこれ以上働く気はありません。今日で辞めさせてもらいます」

明日香がはっきりと言うと、柊は口をあんぐりと開けた。

「いやいやいや、それは困るよ。せっかく腕のいい麻酔科医を見つけたと思ったのに。

そりゃあね、君は口が悪くて生意気だし、田舎者の雰囲気丸出しで、洗練された私のクリニックには似合わないけれど……」

「ほっといてください！　なんにしろ、先生に会うのは今日が最後です」

「そんなあ……。早苗君、こんなこと言っているんだけど……」

柊は唇をへの字にして、隣に立つ早苗を見る。

「あらあら、困りましたね。けれど、明日香先生が働きたくないって言うならしかたないんじゃないですか。どなたにも職場を選ぶ権利はありますから」

「けれど……」

反論しかけた柊の唇に早苗の指が触れる。それだけで柊は唇を尖らし黙り込む。

早苗さん、柊先生の扱い熟知しているなぁ。この二人、単なる雇い主と従業員の関係なのだろうか。もしかしたら……。

二人の関係について想像をめぐらしている明日香に、早苗が視線を向けてきた。

「このお話はあとにしませんか？　ここじゃ込み入った話はできませんし」

正論をぶつけられ、明日香は渋々頷いた。

ナースステーションの前に移動すると、早苗は「退院手続き、やっておきますね」と言って、中にいる看護師と話をはじめる。柊は「よろしく」と大股で廊下を進んでいった。明日香は一瞬躊躇《ちゅうちょ》したあと、柊のあとを追う。莉奈の病室は廊下の突き当たりにあった。

「この病院で最も高級な個室だ。まあ、それなりに値は張るが、プライバシーも守れるし、術後の管理もしっかりやってくれるので、安いもんだよ」

ついさっきまでむくれていたのが嘘《うそ》のように上機嫌に言うと、柊は扉をノックする。すぐに中から「どうぞ」という声が聞こえてきた。明日香と柊は部屋に入る。

そこは一流ホテルの一室のような広く、高級感のある部屋だった。窓のそばに置かれたベッドに、一人の女性が横たわっている。その顔には、古い映画に出てくる透明人間のように、包帯が巻かれていた。

「柊先生、お待ちしていました」

包帯から出た唇を開いて、二階堂莉奈は静かに言う。

「お待たせしました、莉奈さん。それではさっそく、手術の出来栄えを見るとしますか。ああ、ところで、ご主人の病状はいかがですか?」

「……かなり悪いですが、頑張ってくれています」

哀《かな》しげに答える莉奈に近づくと、柊は慣れた手つきで包帯を取り去っていく。

「わぁ……」あらわになった顔を見た明日香は、思わず声を漏らした。

「どうなんです? 私の顔はどうなっているんです?」

不安げに自分の顔に触れる莉奈に、柊はスーツのポケットから取り出した手鏡を渡した。莉奈はせわしない手つきでそれを受け取る。

「大成功ですよ、莉奈さん。あなたはもう、二階堂幸子さんそのものだ」

柊の言うとおり、その顔は写真で見た二階堂幸子と瓜二《うりふた》つだった。

切れ長の目は二重になり、やせていた頬は柔らかそうな膨らみを持っていた。唇も以前よりボリュームがある。鼻筋は少々高く、そして広くなった印象があった。

パーツ一つ一つの変化は大きくないものの、顔全体から受ける雰囲気は大きく変わっていた。二階堂莉奈はいまや、優しげな主婦、二階堂幸子へと生まれ変わっていた。

「どうぞ微笑んでみてください。さらに幸子さんの雰囲気に近づくと思います」

柊に言われたとおり、莉奈はややこわばった微笑を浮かべる。たしかにその表情は、写真の中で二階堂幸子が見せていた表情にそっくりだった。

「どうですか、ご感想は？」

莉奈は大きく息を吐くと、笑みを浮かべた。さっきよりも自然な笑みを。

「素晴らしい出来です。きっと主人も満足してくれるはずです」

ノックが響き、早苗が中に入ってくる。

「退院の手続きは終わりました。あら、莉奈さん。以前の顔もお美しいですけど、こちらの顔もとても魅力的ですよ」

「ありがとうございます。残りの手術料金は後日、指定の口座に振り込みます。皆さんには本当にお世話になりました。一色さん、申し訳ありませんがタクシーを呼んでいただけますか？　早く主人にこの顔を見せたいので」

「なにを言っているんですか。私たちがお送りしますよ。私の愛車、四リッターV型八気筒ツインターボエンジンのポルシェでね」

柊は自慢げに胸を張った。

*

砂が落ちていく。砂時計の砂が……。

酸素マスクに覆われた口で荒い呼吸をしながら、二階堂彰三は焦点の合わない目で天井を眺める。この数日間、頭の中ではずっと砂時計の砂が落下し続けていた。すべての砂が落ちたとき、きっと自分の命は尽きるのだろう。焦燥が彰三の胸を焼く。

三週間ほど前から、痛みが強くなり、主治医はモルヒネの投与をはじめた。それ以来、常に霞がかかっているかのように思考がぼやけていた。

緩慢な動きで部屋の中を見回す。妹、三人の息子、主治医、使用人たち。十人を超える者たちが、不安と憐《あわ》れみを湛えた視線を向けていた。彰三は目を閉じる。

幸子……。四十年も前に失った妻の、優しげな笑顔が瞼の裏に浮かぶ。最もつらい時期を支えてくれた妻。彼女がいたからこそ、自分は仕事に打ち込み、二階堂グループを日本屈指の会社へと成長させることができた。

思えば幸子には、ほとんど贅沢もさせてやれなかった。私を支えるだけ支えて、それに見合った報酬を受け取ることなく、彼女は逝《い》ってしまった。その名前に反して、幸子の一生は不幸なものではなかったのか？　その疑問がずっと、心を苛《さいな》んできた。できることなら、彼女に謝りたかった。そして自分がどれほど感謝していたかを伝えたかった。瞼の裏に映った幸子の顔が、次第に莉奈のものへと変化していく。

三年前に会ってすぐ、年甲斐《としがい》もなく莉奈に夢中になってしまった。自分の年齢にかんがみることもせず、彼女を食事に誘い、そして数回のデートのあと、結婚を前提とした交際を申し込んだ。もちろん、やんわりと断られると思っていた。しかし予想に反し、彼女は「私でよければ」と笑みを見せてくれた。

家族は当然、結婚に激しく反対した。「あの女は遺産目当てだ」、数えきれないほど忠告を受けた。しかし、そんなことは分かっていた。財産以外に自分に莉奈を惹きつけるような魅力があると思うほどうぬぼれてはいない。

財産目当てで結婚を受け入れた莉奈は、誠実でないのかもしれない。しかし、私だって誠実とは程遠かったのだ。彰三は唇の端に自虐的な笑みを浮かべる。私は莉奈自身に惚《ほ》れたのではなく、莉奈が醸し出す幸子の面影に惚れたのだから。

お互い不誠実な結婚生活。けれど、それに安らぎを感じていた。

半年ほど前、不治の病の宣告を受け、残された時間が少ないことを知ったとき、莉奈は私になにかできることはないか、言葉を選びながら訊いてきた。それに対し私は「幸子に謝りたい」と、当てつけるようなことを口にしてしまった。あのときの莉奈のこわばった顔を思い出すと、罪悪感で胸が締め付けられる。けれど、莉奈はひとしきり絶句したあと「それなら、私が幸子さんになります」と言い出した。

形成手術によって自分の顔を幸子に変える。莉奈の提案をあまりにも非倫理的だと思いながらも、その誘惑に抗《あらが》うことができなかった。命が尽きる前に幸子に謝れるなら、すべてを捨ててもいいとさえ思った。

眠りに落ちかけた彰三の意識は、どこからか聞こえてきた言い争う声にすくい上げられる。眉間にしわが寄る。いったいなんの騒ぎなんだ。

数十秒すると騒音は消え、かわりに誰かが近づいてくる足音が響く。

「……彰三さん」

耳元で囁《ささや》かれ、彰三は薄目を開けた。息が止まる。

「さち……こ？」

幸子が、四十年前に死んだはずの妻がそこにいた。彰三は震える手を伸ばし、幸子の頰に触れる。幸子は記憶の中と同じ柔らかい笑みを浮かべると、しっかりと頷いた。

うめくような声を上げながら、彰三は幸子の手を両手で握り締めた。

「幸子、幸子、幸子……」彰三はあえぐように、愛する女性の名前を呼び続ける。

これはいまわの際《きわ》に見る夢なのだろうか？　混乱しかけた彰三は、幸子の肩越しに見える人物に気づき、すべてを理解する。部屋の入り口付近に柊が、麻酔科医と看護師を引き連れて立っていた。

ああ、この幸子は莉奈なのか。莉奈は本当に、ここまでのことをしてくれたのか。

彰三は莉奈の顔を見つめる。理性では目の前にいるのが莉奈だと分かっていても、その顔、そして醸し出す雰囲気は完全に幸子のものだった。頭の中で幸子との思い出がはじける。彰三は莉奈の体に震える手を回し、縋《すが》り付く。

「悪かった。苦労ばかりかけて……。なのに俺は……。悪かった。許してくれ」

謝罪の言葉を繰り返すたびに、体が軽くなっていく気がした。

彰三はむせび泣いた。数十年間、胸の奥底に溜《た》まっていた澱《おり》を吐き出すかのように。

数分間、莉奈の胸に額をつけながら嗚咽《おえつ》を漏らし続けた彰三は、酸素マスクの下で大きく息を吐くと、莉奈から離れ、部屋の中を見回す。妹、息子たち、主治医、使用人たちが、そして麻酔科医の女もどこか冷めた目でこちらを見ていた。

軽蔑されるのも当然か。彰三は苦笑する。自分の欲望のために妻を前妻の顔にする夫、遺産の取り分を増やすために、そんな馬鹿げた要望に応える妻。はたから見れば、エゴとエゴがいびつにぶつかり合っているだけだ。けれど、それでかまわなかった。

「莉奈、ありがとう。最期のわがままを聞いてくれて」

穏やかに言うと、彰三は部屋の隅に控えていた銀縁の眼鏡《めがね》をかけたスーツ姿の中年男に、「おい」と声をかける。二階堂グループの顧問弁護士だった。弁護士は小走りに近づいてくると、一枚の紙を莉奈に手渡した。

「新しい遺言書だ。遺産の半分をお前に渡すようにしてある。確認してくれ」

莉奈は私のエゴに応えてくれた。ならば、それに見合った報酬を受け取るべきだ。

遺言書を受け取った莉奈は、紙面に目を通していく。彰三の妹と息子たちが莉奈をにらみつける視線には、殺気すらこもっていた。紙面に一通り目を通した莉奈は満面の笑みを浮かべた。部屋のどこかから舌打ちの音が聞こえる。

「満足か？　それじゃあ署名を……」

彰三がそうつぶやいた瞬間、莉奈は遺言書を勢いよく縦に裂いた。

あまりにも唐突で、意味不明な行動に、彰三は凍《こお》りつく。ベッドの周りに陣取り、莉奈をにらみつけていた人々も同じように固まる中、柊とその隣に立つ看護師だけがなぜか楽しげに微笑んでいた。

「り、莉奈？　どうしたんだ。なにか遺言に不満でも……」

震える声で訊ねる彰三に向かって、莉奈は小首をかしげる。

「彰三さん。誰ですか、莉奈って？　私は幸子ですよ」

「莉奈……？　なにを言って……？」

戸惑う彰三は莉奈に抱きしめられ言葉を失った。

「きっと悪い夢でも見ていたんですよ。私はずっと、あなたのそばにいました」

莉奈は優しく、そして柔らかく微笑んだ。遊び疲れて帰ってきた子供を迎える母親のような笑顔。記憶の中にある幸子の笑顔。

「疲れたでしょう。これまでずっと頑張ってきましたからね。あなたが頑張ってくれたおかげで、私はずっと幸せでした。ありがとうございます」

莉奈の腕が彰三の頭を柔らかく包み込む。

「私はあなたと出会えて、あなたと過ごせて、本当に幸せでした」

莉奈は彰三の顔を撫でながら囁く。その瞬間、ようやく彰三は悟った。自分が大きな間違いを犯していたことを。

ああ、私はなんて愚かだったんだ。自信がないばかりに、莉奈が財産目当てで自分に近づいたと思っていた。けれど違ったのだ。莉奈は私を一人の人間として、一人の男として愛してくれていた。

「私は主人の遺産に興味はありません。一切の相続を放棄します。その代わり、主人を最期までここで看《み》させてください。それが相続を放棄する条件です」

莉奈が彰三の家族たちに向かってはっきりと言い放つ。反論は聞こえてこなかった。

莉奈は彰三の体をゆっくりとベッドに横たえると、顔をのぞき込んできた。

「彰三さん、私がずっと一緒にいますから、安心してくださいね」

「ああ、ありがとう。愛しているよ幸子。……莉奈」

少し驚いたような表情を見せた莉奈の目に、うっすらと涙が浮かんだ。

「はい、彰三さん」

＊

「……先生は最初から分かっていたんですか」

二階堂家からクリニックへと戻る車内で、明日香は助手席に座る柊に話しかけた。

柊は両手を後頭部で組みながら、「なんのことかな？」と空惚《そらとぼ》ける。

「だから、莉奈さんの目的が遺産とかじゃなく、旦那さんの最期の願いをかなえてあげることだったってことですよ」

「いやいや、そうとは限らないんじゃないか？　たしかに彼女の目的は遺産ではなかった。けれど、前妻のことしか頭になかった夫に反撃したかったのかもしれないし、自分をないがしろにしてきた二階堂家の人々の鼻をあかしたかったのかもしれない」

「なんで、そんなひねくれた見方ができるんですか」

相変わらずなにを考えているのか分からない人だ。明日香はこめかみを押さえる。

「また先生は、そんなこと言って。莉奈さんは、旦那さんを心から愛していたに決まっているじゃありませんか」

運転席の早苗が、おっとりと言った。

「そうですよね！　きっとそうです！」明日香は後部座席から身を乗り出す。

「女性はロマンチックでいいねぇ。しかし、まさか遺産の受け取りまで拒否するとはね。おとなしくもらっておけばいいものを。なにを考えているのやら」

「え？　先生は莉奈さんがご主人を本当に愛しているって見抜いたから、あの手術を引き受けたんじゃないですか？」

明日香が訊ねると、柊は顔の前で手をパタパタと振った。

「そんなこと分かるわけないじゃないか。読心術の心得はないよ」

「じゃあ、なんで最初は渋っていたのに、手術を引き受けたんですか？」

「彼女がすべてを晒け出したからだ。心の鎧《よろい》をすべて脱ぎ捨てて、自らを剝き出しにした人間、そこには根源的な『美』が宿る。晒け出されたものが『愛』であっても、『欲望』であっても」

「剝き出しって、莉奈さんは『遺産のため』って嘘をついたじゃないですか」

「本当か嘘かなんて関係ないんだよ。本当なら彼女は自らの一番汚い部分を晒け出したことになるし、嘘だとしたら名誉をかなぐり捨ててでも、手段を選ばず目的を達成しようとしたことになる。どちらにしても彼女はあのとき、自分の胸の内を晒け出していたんだ。だからこそ彼女を、私の『作品』となるにふさわしいと判断した」

得意げに語る柊を眺めながら、明日香は唇の端を上げる。柊が語る『美』とやらは理解できなかったが、美容外科、そして柊に対する嫌悪感はいつの間にか薄くなっていた。

「それで明日香先生、どうなさいます？」

優しい笑顔のまま、早苗は少々乱暴にハンドルを切る。

「え？」

「クリニックを辞める件ですよ。今回の件を見届けてからというお話でしたけど」

ああ、そうだった。明日香は麻布十番の病院で啖呵《たんか》を切ったことを思い出す。

莉奈の行動は理解できないが、それでも彼女は本当の愛のために手術を受けていた。きっと二階堂も、そして莉奈自身もあの手術を受けたことで幸せになれたんだろう。それがいびつな幸せだとしても。

少し美容外科の世界を見てみるのも悪くないかも。それに、ここ以上の待遇はまず見つからないよね。最近、本格的に家計がピンチだし……。

「あの、もうちょっとぐらいなら、働いてみてもいいかなーって思ったりして……」

明日香が小声で言うと、バックミラーに早苗の花が咲くような笑顔が映った。

「これで正式に明日香先生もクリニックのメンバーですね。よろしくお願いします」

「こちらこそよろしくお願いします！」

早苗のおかげで気まずい空気にならなかった。明日香はこっそりと胸を撫で下ろす。

「性格はともかく、腕はまあまあだからな。働きたいなら働かせてやってもいいよ」

「先生に性格うんぬんを言われたくありません！」

柊の憎まれ口に言い返しながら、明日香は微笑む。ちょっと変わった職場だが、少しの間お世話になることにしよう。

『それではニュースをお伝えします、昨夜千葉県で暴力団が所有している倉庫から、大量の銃器と爆発物が発見され押収されました。なかには軍で使用される殺傷能力の高い武器も含まれており……』

ラジオの音楽番組が終わり、ニュースがスピーカーから流れてくる。

『今日未明、足立《あだち》区の路上で女性の遺体が発見されました。女性は近所に住む看護師の亀村真智子《かめむらまちこ》さん三十二歳と判明。警察は周囲の状況より、殺人と判断し……』

ラジオの音がぶつりと切れる。柊がオーディオ装置に手を伸ばしていた。

「どうかしましたか？」

柊の横顔がこわばっているのを見て、明日香は目をしばたたかせる。

「せっかくいい気分なのに、世俗のニュースなんて無粋《ぶすい》だよ」

柊は軽やかにオーディオのボタンを押していく。車内にクラシックミュージックが流れ出す。内臓まで揺らすような重低音に明日香は思わず胸を押さえた。

「ベートーヴェン交響曲第六番『田園』だ。素晴らしい旋律だろ。まあ、芸術を理解できない田舎者には、少々高尚すぎるかもしれないけれどね」

「田舎者で悪かったですね」

唇を尖らせながら明日香は身じろぎする。ついさっき見た柊の表情が、なぜか頭の中にこびりつき、剝がすことができなかった。

幕間1

全裸でベッドに横たわる女の頬を撫でる。絹のような肌の質感が心地よかった。

「綺麗だよ……」

声をかけるが、女は瞼を閉じたまま反応しなかった。

「本当に君は綺麗だ」

男は再び話しかけながら、水と混ぜたシリコンのパック剤をボウルの中で練ってい

く。水と混ざり合ったパック剤は、次第にその粘度を増していった。

そろそろいい具合だ。男はそう判断すると、パック剤を手のひらですくい上げ、女の顔に大胆に塗りはじめた。灰色のパック剤が女の蒼白《あおじろ》い皮膚を覆っていく。

君は綺麗だ。そしてその『美』を作り出したのは私だ。もう十分に私が与えた『美』を堪能《たんのう》しただろう。だから、それを返してもらうとしよう。

とうとう口と鼻もパック剤に覆われる。しかし、それでも女は動かなかった。

女の顔を厚くパック剤で覆い尽くすと、男は人差し指で女の胸を軽く押す。指先に伝わってきた感触に、男は眉をひそめた。生命活動が停止してからわずか一時間ほどだというのに、肌の張りが失われてきている。

素早くやらなくては、彼女の『美』を保存することはできない。

焦る気持ちを抑えつつ、パック剤が固まるのを待ちながら、男は女の腕を撫でる。たしか『亀村真智子』とかいう名前だった。拉致するときはほとんどこちらを疑うことなく、スタンガンの一発でおとなしくなった。この部屋に連れてきて、チオペンタールとベクロニウム、そして塩化カリウムを投与したときも、眠るように息を引き取った。まるで『美』を保存することに、自ら参加してくれているかのように。

そう、『作品』たちはもっと積極的になるべきだ。どんなに私が『美』を与えたとしても、数十年もすればそれは幻のように消えてしまう。私はそれを防ぎ、彼女たちの『美』を永遠に残そうとしている。永遠に自らの『美』が残る。それは悦《よろこ》ぶべきことだ。たとえ命を失ったとしても。それなのに……。

男は四年前の出来事を思い出し、奥歯を噛みしめる。四年前、『作品』を拉致しようとしたとき、激しく抵抗された。あれからすべての歯車が狂いだした。

抵抗されたことに腹を立て、命を奪う際に麻酔薬と筋弛緩剤を使わなかったら、全身を痙攣《けいれん》させながら泡を吹き、苦悶《くもん》の表情を浮かべながら死んだ。

あれは失敗だった。ただ……。男の顔に妖しい笑みが浮かぶ。

苦痛に歪んだ死に顔、それもある種、前衛的な『美』ではあった。予期しないところから生まれる『芸術』もまた美しい。

男は目を閉じると、『作品』の思い出を反芻《はんすう》する。甘い記憶が全身を包み込んだ。数分思い出に浸ったのち、男は目を開く。そろそろパック剤が固まったはずだ。男はパック剤を強化するため、前もって水に溶いておいた石膏を上から塗り広げていった。

額に汗を浮かべながら、男は唇の両端を上げていく。この石膏が乾けば型が完成する。彼女の『美』を遺《のこ》すための型が。きっとその型は美しいものを生み出すことができるだろう。誰もが息を呑むほど美しいデスマスク。

男の口から漏れ出た忍び笑いが、薄暗い部屋にこだましていた。

第二章　仁義なきオペ

1

「こんにちはー」

土曜の昼過ぎ、早苗が受付に座ってファッション雑誌を読んでいると、入り口の扉が開き、風鈴の音とともに明るい声が響いた。

「こんにちは、明日香先生。あら、荷物いっぱいですね」

早苗は雑誌から顔を上げ、同僚となった麻酔科医、朝霧明日香に声をかける。

「参考書詰め込んできちゃいました。今日は麻酔の予定も入っていないから、あいている時間でレポートをまとめちゃおうかなと思って」

明日香は膨らんだリュックを下ろすと、額の汗をハンカチで拭った。神谷町《かみやちょう》にある純正医大から六本木にあるこの柊《ひいらぎ》美容形成クリニックまで自転車で通っているらしい。

「そうですか。それじゃあ喉渇いていますよね。すぐにお茶持っていきます」

「ありがとうございます」

明日香は礼を言いながら、待合の奥にある『麻酔科控室』と表札のかかった扉を開き、中へと消えていった。早苗は受付の裏手にある給湯室へと向かい、抽斗《ひきだし》から取り出した紅茶を淹《い》れはじめる。

紅茶をティーカップに注《つ》いだ早苗は、振り返って麻酔科控室の扉を眺める。明日香がこのクリニックで働きはじめてから二ヶ月近くが経《た》っていた。

麻酔科医が確保できたことにより、この一ヶ月で三回の全身麻酔の手術が行われた。それらは、癌《がん》により乳房切除を受けた婦人の乳房再建術、交通事故で顔に大きな傷を負った少女の瘢痕《はんこん》形成術、口蓋裂《こうがいれつ》の幼児への手術と、美容外科というよりは一般形成外科の範囲に含まれる手術で、明日香がそれらの手術には抵抗感を抱くことはなかったようだが、美容外科自体には、まだ抵抗を感じているようだ。

明日香先生ってまっすぐなのよね。そこが可愛《かわい》いんだけど。苦笑を浮かべながらティーカップとクッキーを盆に載せた早苗は、麻酔科控室へと向かう。

「お待たせしました」

「わぁ、ありがとうございます！」

六畳ほどの広さの空間にデスクセット、ソファー、リビングテーブルが置かれた簡素な部屋。デスクの上にノートパソコンと数冊の参考書を広げていた明日香は、軽い足取りでやってきてソファーに座ると、笑顔でクッキーを齧《かじ》りはじめた。

本当に可愛い。早苗は少し間を空けて明日香の隣に座った。

「私もご一緒してもいいですか？　さっきから一人で、暇をもてあましていたんです」

「もちろんいいですけど。柊先生いないんですか？」

「二時間ぐらい前に電話がかかってきて、『用事ができた』って出かけられました」

早苗はそのときのことを思い出す、柊の表情がいつになく硬かったことが気になっていた。

「クリニックが開いている時間に、院長が姿をくらましていいんですか？」

「今日は手術も面会も入っていませんから」

紅茶を一口飲んだ早苗は、明日香が自分の横顔に視線を注いでいることに気づいた。

「どうかしましたか？」

「いいえ、早苗さんって綺麗《きれい》だなぁって見とれちゃって」

「あら。ありがとうございます」

男性に「綺麗だ」と言われても、その言葉の裏に下心を感じてしまい反応に困るが、明日香に褒められたら素直に嬉《うれ》しかった。明日香は上目遣いで視線を投げかけてくる。

「あの、早苗さんっていつ頃からここに勤めているんですか？」

「そうですね、ここができてすぐからですから、もう三年になりますね」

私に興味持ってくれたのかしら。そういえば、これまで二人で話す機会はほとんどなかった。今日は暇だし、ガールズトークもいいかも。

「ここって、三年前に開業したんですか？」

「それまでは違う場所で開業していたみたいですけど、私も詳しいことまでは……」

「そうなんですか。……あの、早苗さんって、なんでこのクリニックで働いているんですか？　早苗さんぐらいの技術があるなら、もっと手術が多い大病院でばりばり働きたいとか思わないんですか？　ここだと、柊先生が手術代ふっかけるから、手術自体が多くないし、受付とか事務的なことまでやらないといけないじゃないですか」

「局所麻酔のオペは平日結構やっているんですよ。たしかに時々、もっとオペに入りたいって思うことがなくもないですけど、……ここはお給料もいいですしね」

早苗が言葉を濁すと、不審に思ったのか、明日香が身を乗り出してくる。

「もしかして、柊先生になにか弱みでも握られていたりします？」

虚を衝《つ》かれた早苗は、一瞬呆《ほう》けたあと、ぷっと吹き出した。

「違います違います。私は好きでここで働かせてもらっているんです」

「あ、そうなんですか。すみません、変な想像して」

早苗は「いえいえ」と手を軽く振りながら考える。さてどこまで話そうかしら。これからも一緒に働くのだから、ある程度は話しておいた方がいいわよね。

「実は私、このクリニックの最初の患者なんですよ」

明日香は「へ？」と気の抜けた声を上げると、まばたきを繰り返す。

「私も柊先生の手術を受けているんです。昔はもっと地味な顔をしていました」

「え？　……ええ!?」

「驚きました？」

「あ、……はい。すごく驚きました。……えっと、なんで手術を？」

三年前のことを思い出して、早苗は遠い目を天井に向ける。明日香は慌てて、「あっ、すみません！」と謝ってきた。

「色々ありまして」

「そんなに気にしないでください。たいしたことじゃないんです。まあ、そんなこんなでいつの間にか、このクリニックで働くようになっていました」

なんの説明にもなっていないことを理解しつつ、早苗は取り繕う。明日香は軽く首をすくめると、上目遣いにもの言いたげな視線を投げかけてきた。

「どうかしました？」

「早苗さんってもしかして……柊先生と恋人同士だったりします？」

予想外の質問に、早苗は再び小さく吹き出す。

「いえいえ、そんな関係じゃないですよ」

「そうなんですか。すみません、また変な想像して。でもよかったです。早苗さんが柊先生みたいな変な男と付き合っていなくて」

柊先生、本当に嫌われていますねえ。早苗は苦笑を浮かべる。私は別にそうなってもかまわなかったんですけど、ただ、一緒に働いてみると……。

「一緒に働いてみると、柊先生、手術以外のことは本当にだめだめですから。なんとなく、できの悪い弟の面倒を見ているような気分になっちゃって。それに、柊先生は女性とちゃんとお付き合いするつもりはないみたいですし」

「え、女の人に興味ないんですか？　もしかして男の人が……」

「いえ、お金でそういうサービスをしてくれる女性しか相手にしないというか……」

「……最低」

「まあ、色々問題がある人ですけど、手術の腕が超一流なのは間違いないですよ。きっと、先生の手術で幸せになれた人も多いと思います」

「そうかもしれませんけど……」

明日香が不満げにつぶやくと、かすかに風鈴の音が聞こえてきた。

「先生が帰ってきたみたいですね」

立ち上がり、扉を開けた早苗は「あら？」と声を漏らす。受付の前に立っていたのは柊ではなく、二人の男だった。一人は銀行強盗でもするかのように、サングラスとマスクで顔を隠していた。年齢ははっきりしないが、少し薄くなっている髪を見ると中年だろうか。しかし、そんな異様な風体の男以上に、もう一人の人物が注意を引いた。

紋付き袴《はかま》を着こなした老人。真っ白な髪を短く刈り込み、鋭い眼光でこちらを見ている。そのこめかみから頬にかけて、大きな傷痕《きずあと》が走っていた。おそらくは刃物でつけられた傷痕が。どうひいき目に見ても、堅気《かたぎ》の人間ではない。

「柊先生はいらっしゃるかな？　鷲尾竜之介《わしおりゅうのすけ》が依頼に来たと伝えていただきたい」

初老の男は腹の底に響く声で言う。

あらあら、明日香先生が嫌がりそうな依頼の予感。早苗は鼻の頭を指で撫《な》でた。

2

紅茶で口を潤すと、鷲尾竜之介は目の前のソファーに座る二人を鋭い視線で射貫《いぬ》いた。

朝霧とかいう名前の麻酔科医は身をこわばらせたが、柊は気にした様子を見せず、茶請けのクッキーを齧っている。相変わらずつかみ所のない男だ。

モデルのような看護師にここに通されてから二十分ほどして、柊は「お待たせしました。パチンコやっていまして」とへらへら笑いながら、麻酔科医とともにやってきた。

「お久しぶりです、柊先生」鷲尾は柊に向かって頭を下げる。

「いやあ、本当にお久しぶりですね、鷲尾さん。今日はどんなご用件で？」

馴《な》れ馴《な》れしく笑いかけてくる柊の表情が癪《しゃく》に障った。鷲尾は隣に視線を向ける。そこではマスクとサングラスをかけた男が、体を小さくして座っていた。

こいつのせいで、またこの小生意気な形成外科医に会うはめになった。この男との接触は危険なのだ。それなのに……。苛立《いらだ》ちが胸の中で膨らんでいく。

「先生に手術をお願いしたい男がいるんですよ」

「ほう、それでどなたの手術を？」

柊は鷲尾の隣に座る男、浜中竜也《はまなかたつや》にぶしつけな眼差《まなざ》しを向けてくる。

「お察しのようにこの男です。おい」

鷲尾が声をかけると、竜也はのろのろとマスクとサングラスを外した。憔悴《しょうすい》しきった顔があらわになる。血色は悪く、目の下を濃いくまが縁取っていた。

「……鈴木《すずき》といいます」

竜也はためらいがちに名乗る。前もって、偽名を使うように指示していた。

「この男の顔を変えていただきたい」鷲尾は親指で竜也の顔を指した。

「どのように変えましょうか？　私の腕なら、どんな顔でもよりどりみどりですよ」

柊は上機嫌につぶやきながら、竜也の顔を凝視する。

「どう変えていただいても結構。この男の顔が別人になりさえすれば」

「別人になりさえすればいいですか。分かりました」

腕を組んで満足げに頷《うなず》く柊の横で、麻酔科医が表情をこわばらせる。裏の世界にどっぷりつかった柊とは違い、どうやらこの女は堅気のようだ。

鷲尾は唇を歪《ゆが》める。こんなガキの前で話をしても大丈夫なのだろうか？　この話が漏れれば、竜也だけでなく俺の立場も、下手《へた》をすれば組の基盤も根本から揺らいでしまう。

逡巡《しゅんじゅん》する鷲尾の脳裏に、少女の笑顔がはじける。屈託のない、無邪気そのものの笑顔。

こわばっていた口元がかすかに緩んだ。

選択肢なんてなかったんだったな。鷲尾は柊の目をまっすぐに見つめた。

「先生。こちらにも色々都合があるので、手術日は来週末でお願いしたい。場所はこのクリニックではなく、私が指定する病院でやっていただく」

　金を握らせることで懇意にしている小さな病院が山梨にあった。あの病院の存在を知っているのは、組の中でもごく一部の人間だけだ。あそこなら、情報が漏れる可能性を限りなく低くできる。

「病院の場所は……」

「ちょっと待ってください」鷲尾の言葉を柊が遮った。「勝手に話を進められては困りますねぇ。私はまだ、手術を引き受けるとは言っていませんよ」

「どういう意味ですかな？」眉間のしわが深くなる。

「言葉どおりの意味ですよ。とりあえず、そちらの方が手術を望まれる背景を知りたいですね。そのうえで、承るかどうか判断させていただきます」

　ヤクザ者の依頼に、「背景が知りたい」だと？

「……先生、ふざけてんのか？」

　鷲尾は顎を引くと、声のトーンをさらに下げる。堅気の人間にこんな態度を取ることはほとんどない。しかし、ヤクザ者をなめるというなら話は別だ。

「ふざけてなんていませんよ。私が執刀するに値するのか知りたい。それだけです」

　柊は笑みを浮かべたまま、鷲尾の目をまっすぐにのぞき込んできた。

　俺にガンをつけようっていうのか。いい度胸じゃねえか。鷲尾は刃物のような視線を返す。部屋の空気が凍《こお》りついた。

数十秒間、視線を激しくぶつけ合ったあと、鷲尾は大きく舌打ちをした。組の若い衆でも震え上がる俺のガンを、平然と受け止めやがった。相変わらず頭のねじがぶっ飛んでやがる。そんなんだから、あんな事件に巻き込まれちまうんだよ。

「おいおい、先生よ。どうしちまったんだよ。あんたの売りは、腕がよくて、口が堅い、そして、金さえ積めばどんな手術でも引き受けてくれるってとこだろ」

鷲尾は堅気の相手をするときにかぶる、慇懃《いんぎん》な仮面を脱ぎ去る。

「人は変わるんですよ、鷲尾さん」

「ああ、そりゃそうだろうな。あんたに会うのは四年ぶりだ。四年もありゃあ人は変わる。特に、『あんなこと』があったあとじゃあな」

当てつけるように言うと、へらへらとした笑みとともに、柊の顔から感情が消え去った。完全なる無表情。鷲尾は唇の端を上げる。さすがのこいつも、あの事件のことは笑って話せないらしい。当然だ。この俺でさえ耳を疑うような、ひでえ事件だった。

鷲尾は、四年前まで柊の後ろに影のように付き従っていた男を思い出す。一瞬、背中に冷たい震えが走った。陽気だったが、その反面、陰も感じさせる男だった。しかし、まさかその『陰』があそこまで底なしに深く、歪んだものだとは見抜けなかった。

「あの事件から、あんたに近づくのは避けていたんだけどな。そろそろほとぼりも冷めたと思って、今日は顔を出したんだよ」

「……ほとぼりが冷めたから？　そんなでまかせを私が信じると思うんですか」

柊の顔に再び笑みが浮かぶ。さっきまでの軽薄な笑みではなく、暗く濁った笑み。

「でまかせ？」

「そうですよ。鷲尾さん、あなたは慎重な方だ。本当なら四年経とうが十年経とうが、可能な限り私に近づかないはずです。それなのに、今日訪ねてきた。なぜか？　答えは簡単だ。それほど追い詰められているからです」

今度は鷲尾が黙り込む番だった。奥歯がぎりりと軋《きし》む。

「鷲尾組の組長が直々に、しかも護衛もつれないでやってきた。四年前でもこんなことは一度もなかった。あなたがそこまでして助けたい、そこの『鈴木さん』がどんな人物なのか。ぜひ知りたいですね。特にあなたとの関係とかね」

「……言いたいことがあるならはっきり言え」

「ではそっきり言いましょう。あなたと自称『鈴木さん』は、雰囲気こそまったく違いますが、よく観察すると鼻筋と耳の形、そして目と眉の間の距離などに類似点が多い。つまり『鈴木さん』はあなたの血縁、おそらくは息子さんだ」

内心の動揺が表情に出ないよう、鷲尾は顔に力を込めた。竜也は俺よりも母親に似ているというのに、あっさりと見破りやがった。

　ふと隣を見ると、竜也が露骨に顔を歪め、体を震わせていた。

「落ち着かんか！」竜也を一喝すると、鷲尾は柊に向き直る。「先生、あんたの想像どおりだよ。こいつは俺が、外の女に産ませたガキだ」

「お名前は？『鈴木』じゃない本当のお名前の方です」

「……浜中竜也だ。俺の名前から一文字とった」

「それでは浜中さん、あらためてはじめまして。ようやくスタートラインに立てました」

　芝居じみた態度で頭を下げる柊に、竜也はおずおずと会釈を返す。

「先生よぉ。こいつが俺の息子だって知っている奴《やつ》は、ほとんどいねえんだ。そんな秘密まで教えたんだ。……分かっているんだろうな」

　怒りを抑え込みながら鷲尾は言う。

「そこまで信頼していただけるとは光栄ですね。やっぱり医者と患者はお互い信頼しないと。それで、浜中さんはいったいなにをやらかしましたか？」

「そこまで言う必要があるのかよ？」

「ええ、もちろんです。バックグラウンドを知ってこそ、お客様の内面を観察することができ、ひいては私が手術するに値するかどうかの判断ができるのです」

「……本当に変わったな、あんた。分かったよ。話しゃいいんだろ」

外見こそ四年前と同じだが、あの事件で柊は変わった。おそらくは根っこの部分が。

鷲尾はぽつりぽつりと話しはじめる。

「さっき言ったように、こいつは愛人が産んだ俺のガキだ。ただ、こいつが生まれても、俺は養育費を渡すだけで一度も会わなかった。こいつの母親が、堅気の世界で育てたい、俺に関わらせたくないって言っていたからな。こいつが二十歳になったその日には、もう成人したんで養育費もいらないという連絡があった」

「立派な女性ですね」

「ああ、いい女だったよ。ただ苦労したんだろうな、こいつの教育までは手が回らなかったらしい。こんなくずに育っちまった」

鷲尾は息子に鋭い視線を送る。竜也は目を伏せて体を小さくした。

「二年前、こいつの母親が癌で逝《い》っちまったんだ。その寸前、あいつは俺が父親だってこいつに教えた。そうしたら、この馬鹿はすぐに俺のところにやってきて、うちの組で働きたいとか言ってきやがった。勤めていた会社がつぶれて、無職だったんだってよ」

「それはそれは、せっかくお母様が苦労したっていうのに」柊は肩をすくめる。

「俺の息子だから、でかい顔して楽できるとでも思っていたんだろ。もちろんすぐに追い返したが、その後もしつこくつきまとってきやがった。わずらわしかったんで、同じ系列の組に紹介してやった」

「おや、ご自分の組の仕事は与えなかったんですか？」

「当たり前だ。こいつ、自分から俺の息子だってぶちまけたんだ。下手にうちの組になんか入れてみろ、なにが起こると思う？」

「跡目争いってやつですかね。正妻のお子さんたちに命を狙われかねない」

「ああ、そのとおりだよ。だから俺がわざわざ頭を下げて、ほかの組に口をきいてやったんだ。一応大学を出ていて、もともとは小さな会社で経理の仕事もやっていたんで、その組が経営する店の経理を頼まれていたらしい」

「なんとなく話が見えてきました。経理といえば『あれ』でしょうねぇ」

「そうだ。この馬鹿、組の金をちょろまかしてやがった。二億円近くもな」

鷲尾は自分の太腿《ふともも》を殴りつける。竜也は自分が殴られたかのように、体を震わせた。

「二億円⁉　それはすごい。いったいなにに使ったんですか？」

「女だよ。水商売の女に貢いでやがったんだ。もう姿を消しやがったけどな」

「はっはー、二億も吸い上げて逃げ切るとは、その女性はかなりのやり手ですねぇ。それで、横領はまだ気づかれていないんですか？」

「いまはまだな。ただ、時間の問題だ。帳簿のつじつまが合わないことに感づきはじめたらしい。もうすぐばれちまう。紹介した手前、うちの組が損失を補塡《ほてん》することになる。そしてこの馬鹿は……」

「この季節でも、東京湾の水は冷たいでしょうねえ」

柊が苦笑すると、竜也の顔が一気に青ざめた。そんな覚悟もねえくせに組の金に手を出しやがったのか、この馬鹿は。頭痛がさらにひどくなる。

「というわけで先生、顔と名前を変えて、こいつを逃がさないといけないんだよ。新しい戸籍はこっちで用意する。だから先生には顔を変えてもらいたい。……頼む」

鷲尾は座ったまま、深々と頭を下げる。竜也も慌てて立ち上がり、鷲尾にならった。

「気乗りがしませんねえ」

柊はソファーにふんぞり返る。鷲尾の頬が引きつった。

「……おい、どういう意味だ。まさか、ここまで話させておいて、手術しないなんて言い出すつもりじゃないだろうな」

「だっていまの話、全然『美しく』ないじゃないですか。いい年した男が、キャバ嬢に貢ぐために横領した。そんな男を息子だからって逃がしてやる。鷲尾さん、任俠《にんきょう》で鳴らしたあなたらしくもない。息子さんはもう大人だ。自分の尻ぐらい自分で拭くべきじゃないですか」

こんな男に『任俠』を説かれるとは……。はらわたが煮えくりかえるが、反論はできなかった。柊は唐突に両手をテーブルについて身を乗り出してくる。

「鷲尾さん、まだ隠していることがあるでしょう?」

「隠していることだと?」

再び頭の中で、あどけない少女の笑顔がはじけた。

「そうです。今回のあなたの行動は、最初から最後までらしくない。極道としての『美しさ』がまったく見えない。いったいどうしたっていうんです?」

柊は顎を引いて睨《ね》め上げてくる。鷲尾の手がぶるぶると震え出す。

「……孫だ」

「はい? なんですか? よく聞こえません」

柊は手をかざした耳を、鷲尾の口元に近づけてくる。

「だから、孫だって言っているんだ!」

鷲尾は唾を飛ばしながら怒鳴り声を上げる。

「この馬鹿息子には娘がいるんだ。まだ五歳だ。母親はこいつに愛想を尽かして、娘を置いてとっくの昔に出て行っている。こいつは男手一つで娘を育てているんだ」

「なるほど、お孫さんのために、不出来な息子さんを助けたいと」

「孫はこの男にべったりなんだ。こんな馬鹿でも、父親だからな。こいつが殺されたら、あの子は……施設に預けられることになる」鷲尾はがりがりと頭を掻《か》く。

「おや、あなたが引き取らないんですか?」

「俺が引き取れば、孫まで跡目争いに巻き込まれかねないんだよ。だから、……だからこの馬鹿が殺されたら、あの子は一人っきりで生きていかないといけなくなる。五歳だぞ、まだたった五歳なのに……」

鷲尾は両手で顔を覆って俯《うつむ》く。

「つまり、孫が可愛すぎて、極道としてよりも、孫煩悩な老人としての自分を取るというわけですね」

鷲尾は力なく頷く。柊の言うとおりだ。俺は極道としての道を外れようとしている。

「……二千万ですね」

「なんだって？」鷲尾はゆるゆると顔を上げる。

「ですから、手術代ですよ。手術の難易度自体は高くないですが、あなたの指定の病院で行うとなると、こちらも色々準備を整えなければいけません。諸費用合わせて二千万。あなたなら払えないことはないでしょう？」

「手術……してくれるのか？」

てっきり、断られるものだと思っていた。見ると、柊の隣に座る麻酔科医も口をあんぐりと開けている。

「あなたは極道としてのプライドより、孫への愛情を取った。それを知られることは、かなりの恥辱だったはずだ。そこまで自らの『恥』を晒《さら》け出したあなたは、ある意味、美しいですよ。正直、息子さんの覇気のない態度に断ろうかとも思っていたんですが、あなたのその『美しい』心意気に免じて、手術をお受けいたしましょう」

柊の言葉を聞いて、鷲尾は固く目を閉じる。瞼《まぶた》の裏に、孫の笑顔が映った。

これで……、これであの笑顔を守ることができるかもしれない。

「ありがとう、先生。本当にありがとう」

鷲尾は深々と頭を下げた。

＊

「正気ですか、先生？」

鷲尾と浜中がクリニックをあとにするやいなや、明日香は柊に嚙《か》みついた。

「どうしたんだい、発情期の猫みたいに興奮して」柊は上機嫌に言う。

「発情期!? ああ、そんなことより、本気であんな手術を引き受けるつもりですか？」

「当然だ。二千万だぞ。しかも、顔を別人にさえすればいい。ぼろい商売じゃないか」

「けど、暴力団の依頼でしょ」

「朝霧君、あの男の前で『暴力団』っていう言葉はタブーだよ。あの男は堅気には手を出さないのを誇りにしている、自称『任俠』だ。『ヤクザ』はよくても『暴力団』なんて呼ばれたら、血圧上がってぽっくりいっちゃうよ。そして君は東京湾行きだ」

　柊が鼻歌交じりに言う。一瞬、海の底で魚につつかれている自分の姿を想像して、明日香の背筋が冷たくなった。

「東京湾って……、堅気に手を出さないんじゃないんですか」

「なんにしろ、あの男の前で『暴力団』はやめておいた方が無難だよ」

「そんなことより、ああいう人の依頼なんて受けていいんですか？　だってあの浜中っていう人、二億円もお金を盗んだんでしょ。犯罪者を逃がす手伝いをするなんて……」

「なにを言っているんだ、朝霧君。浜中さんは犯罪者なんかじゃない。警察に被害届が出され、逮捕され、裁判で有罪になってはじめて『犯罪者』になるんだ。今回、金を盗まれた奴らは警察には絶対に届けない。だから浜中さんは『犯罪者』ではないんだよ」

　柊は明日香の顔の前で人差し指を左右に振る。

「いや、浜中さんは犯罪者どころか、被害者だよ。彼はこのままじゃ、命を狙われるんだから。この法治国家で裁判もなしに私刑で殺されようとしている人を『被害者』と呼ばないで、誰を被害者と呼ぶんだい。ねえ、朝霧君？」

柊は腰を曲げると、下から顔をのぞき込んでくる。その横っ面に拳をめり込ませたいという衝動に、明日香は必死に耐えた。

「なんにしろ、私は反対です。こんな手術、危険すぎます！」

「若いのに心配性だね、君は。私が手術を引き受けなければ、彼の一人娘は施設に引き取られることになるんだよ。かわいそうだと思わないのかい？」

「それは……」

「そうだろ。かわいそうだろ。私なら、顔を別人にしても、雰囲気までは変えないようにに手術できる。父親が顔を変えたことを、娘も受け入れやすいだろう。人助けをして、手術代金も十分にもらえる。一石二鳥じゃないか」

ぺらぺらと喋《しゃべ》る柊を前にして、明日香は説得をあきらめる。この男、口が達者すぎる。

「ということで朝霧君、来週はちょっと出張になる。ああ、もちろん出張代はバイト料に上乗せするよ。ちなみに、契約書に書いてあるとおり、断ることはできないからね」

「は⁉　どういうことですか、契約書って⁉」

「おやおや、もしかして契約書を細かいところまで読んでいないのかな。ちゃんと、『やむを得ない理由がない限り、乙は麻酔科医としての業務を断ることはできない。

それに反して甲に損失が出た場合は、乙はその損失を補塡しなければならない』と書いてあるよ。つまり、君が断った場合、私は手術代の二千万円を請求できるんだよ」

「に、二千万円って……。そもそも、ヤクザに関わりたくないっていうのは『やむを得ない理由』に当たるじゃないですか」

「手術を受ける浜中さんはヤクザじゃないよ。今回の手術は一般人の彼が、単に自分の顔を変えたいという手術だ」

「そんなの詭弁《きべん》です！」

「詭弁なんかじゃないよ。なんなら、法廷でどっちの言い分が正しいか勝負しようか？」

もうそろそろ、この人殴ってもいいかな？　明日香が拳を握り込んだとき、黙って成り行きを見守っていた早苗が二人の間に入る。

「柊先生、あんまり明日香先生をいじめないであげてください。それじゃあ、好きな女の子をいじめる小学生みたいですよ」

「な、なにを言っているんだ。私はただ……」

柊の反論を無視すると、早苗は明日香に向き直る。

「明日香先生、柊先生は悪ぶっていますけど、本当は浜中さんの娘さんに悲しい思いをさせたくないだけなんですよ。ただそれを口にするのが恥ずかしいだけなんです」

「いやいやいや、そんなわけないだろ」

まくしたてる柊に一瞥《いちべつ》もくれることなく、早苗は明日香に向かって話し続ける。

「抵抗もあるかもしれませんけど、どうか力を貸してください。浜中さんの娘さんが幸せになるためには、明日香先生の協力が必要なんです」

明日香は硬い表情のまま、十数秒黙り込んだあと、「今日は帰ります」と部屋を出る。エレベーターを待っていると、早苗が追いかけてきた。

「すみません、二、三日で連絡しますんで、今日はほっといてください」

暗い声で言った明日香に、早苗はどこか申し訳なさそうに、参考書とノートパソコンでぱんぱんに膨れたリュックサックを差し出す。

「あの、お忘れ物です」

「……ありがとうございます」

明日香は伏せた顔をかすかに赤らめながら、リュックを受け取ると、逃げるように扉の開いたエレベーターに滑り込んだ。

ビルから出た明日香は、ぶつぶつと愚痴をこぼしながら、ガードレールに固定している自転車へと近づいていく。

「なに考えているのよ、犯罪者の片棒担ぐなんて」

たしかに、五歳の子を孤児にしたくはない。けどヤクザの依頼を受けるなんて……。

「すみません……」

「あ?」唐突に声をかけられ、明日香はドスのきいた声を発しながら振り返る。

背後に眼鏡《めがね》をかけた線の細い若い男が立っていた。明日香の威圧感のせいか、眼鏡の奥の目に怯《おび》えが走っている。

「あ、ああ。なんですか?」

男を鋭くにらみつけていることに気づき、明日香は慌てて愛想笑いを浮かべる。

「あの、突然すみませんが、少しお時間をいただけないでしょうか?」

顔から愛想笑いが消えていく。どうやらナンパかキャッチセールスのたぐいらしい。

「間に合ってますんで」

そう吐き捨てると、明日香は固定していたチェーンを外し、シティサイクルにまたがる。男は慌てて肩に手を伸ばしてきた。明日香はペダルから足をおろすと、伸びてきた手を内側から払い、返す刀で軽くバランスを崩した男の鼻先に拳を突き出す。

「こういうのは体に触らないのが最低限のルールでしょ。警察につき出されたいわけ?」

「違うんです、話を聞いてください。柊貴之《たかゆき》のことについてお話を伺いたいんです!」

男は小刻みに顔を左右に振る。

「……柊先生の?」

明日香は眉根を寄せると、サドルにまたがったまま、男の顔を凝視した。

3

私はなにをやっているんだろう。紅茶をすすりながら、明日香は自問する。目の前では、十数分前にはじめて会った男がジュースの入ったコップに口をつけていた。柊の件で話をしたいと言った男とともに、明日香はクリニックから歩いて数分のところにあるこのお洒落《しゃれ》なカフェに入っていた。

思わずついてきてしまったが、こんな正体不明の男と話して大丈夫なのだろうか。明日香は警戒心で飽和した視線を目の前の男に向ける。年齢は自分と同じくらいだろうか。どことなく弱々しい人の好《よ》さそうな顔をしているが、外見と中身が同じとは限らない。

ジュースを一口飲んだ男は、一息つくと、明日香に向かって頭を下げた。

「急に呼び止めて申し訳ありませんでした。私はこういう者です」

男は立ち上がると、恭《うやうや》しく名刺を差し出す。普段、ほとんど名刺のやりとりをしない明日香は慣れない手つきでそれを受け取った。

『フリージャーナリスト　平崎真吾《ひらさきしんご》』

名刺にはそう記されていた。

「雑誌などに記事を書いています。特に社会問題や犯罪などを専門にしています。インターネットなどで調べていただければ、私の記事がいくつか出てくるはずです」

「それで、お話っていうのはなんですか？　私が柊先生のクリニックで働いていると知っているんですよね。どうやって調べたんですか？」

「柊貴之の周囲を調べているうちに、あなたが新しい麻酔科医としてクリニックに入ったと知りました。ジャーナリストとして情報源を保護する義務がありますので、どこからあなたの情報を手に入れたかはお教えできません。どうかご了承ください」

平崎は額がテーブルにつきそうなほど頭を下げる。

「頭を上げてください。それで、いったい私になんの用なんですか？」

「柊貴之について話を伺いたいんです」顔を上げた平崎は表情を引き締める。

「柊先生のことを？」

「はい。もともと私は暴力団がらみの取材をよく行っていました。その中で、私の耳にある噂《うわさ》が入ってきました。……凄腕《すごうで》の形成外科医の噂です」

明日香の表情がこわばった。

「ええ、それが柊貴之です。彼は裏の世界で有名な形成外科医です」

それは事実なのだろう。明日香はついさっきの、柊と鷲尾のやりとりを思い出す。

「医師免許を持っているので、柊が手術をすること自体には法的な問題はありません。けれど、彼が行った手術の中には、法的には罪に問えないとしても、倫理的には許されないものが少なくない。犯罪者の顔を変えて、その逃亡の手助けをするとか」

明日香は唇を嚙む。浜中の手術がまさにそれだ。そして、私は麻酔科医として、その手術に手を貸そうとしている。

「けれど、最初はそれほど柊に興味を持っていたわけではありませんでした。暴力団に協力する医者がいるのは問題ですが、それより遥《はる》かに悪質な人間でこの世はあふれています。ただ最近、柊が四年前に起こったある事件の関係者であることを知りました。それ以来、柊について調べ上げることは私のライフワークになっています」

四年前……、さっき鷲尾も、その頃に何かあったとほのめかしていた。

「四年前になにがあったんですか？」

誘導されていることに気づきながらも、明日香は訊《たず》ねずにはいられなかった。

「やっぱり知らないんですね」

「知らないから訊《き》いているんじゃないですか」

「あなたは、柊貴之がやっていることが正しいとお思いですか？」

不意打ちの質問をくらい、明日香は言葉に詰まる。

柊の行為が正しいことなのかどうか、それは柊のクリニックに勤めはじめてからいうもの、ずっと抱いていた疑問だった。そして、その答えはまだ出ていない。

「……分かりません」

「私は間違っていると思います。正直言いますと、美容外科自体に私は疑問を持っていますし、法外な金額を取ることも倫理的にはおかしいと思います。いわんや、暴力団と癒着《ゆちゃく》するなんて、言語道断です」

自分が責められているような心持ちになり、明日香は軽く目を伏せる。

「私は柊のやっていることを隅々まで調べ上げて、それが許されることなのかどうか、世間に問いかけたいと思っています。そしてそれ以上に、四年前の事件の真相についてもきっと暴き出したいと思っています」

「だから、四年前になにがあったっていうんですか？」

明日香は少し苛立《いらだ》ちながら、数十秒前と同じ質問を繰り返した。

「朝霧先生、私たちジャーナリストにとって、情報は最も価値があるものなんです。ですから簡単に教えるわけにはいきません。特に『四年前の事件』についての情報は、私も集めるのにかなり苦労したんです」

「教える気がないなら、気になる言い方しないでください」

「教えないとは言ってません。ただ、あなたからも情報をいただきたいんですよ」

「……教えて欲しければ、柊先生をスパイしろってことですか？」

「端的に言えばそういうことです」

明日香は平崎をにらむ。こんな怪しい話、断るべきだ。そう、きっぱりと……。

「……ちょっと考えさせてください」

理性とは裏腹に、明日香はそう答えていた。

「もちろん、今日答えをいただこうとは思っていません。決心がつきましたら、名刺に書いてある電話番号に連絡ください」

平崎は伝票を持って立ち上がる。

「もし機会があったら、柊貴之に『弟子』のことを訊ねてみてください。きっと面白い反応をしますから」

「……弟子？」

首をひねる明日香を尻目に、平崎はさっさと会計に向かってしまった。

「なんなのよ、いったい……」

カップに残っていた紅茶を口の中に放り込む。ぬるい紅茶がやけに苦かった。

4

「……早苗君、……まだ、着かないのかな」

助手席に座った柊が、顔を真っ青にしながら口を押さえる。

「あと少しのはずなんですけど……」ハンドルを握った早苗はナビを眺める。

鷲尾と浜中がクリニックを訪れた翌週の土曜日、明日香は柊と早苗とともに山梨の山奥にある病院、鷲尾が指定してきた手術場所へと向かっていた。こんな手術にかかわりたくないのだが、二千万を請求すると脅され、結局協力するはめになっていた。

明日香は木々が生い茂る窓の外に視線を向ける。高速道路を降りてから、すでに一時間以上経っている。目的地はかなり人里から離れた場所にあるようだ。

視線を窓の外から、両手で口を押さえている柊へと移す。この男が途中のパーキングエリアで、焼きそばやら、じゃがバターやらをばくばくと食べていたせいで、約束の時間ぎりぎりになっている。あれだけ食べたあと、この曲がりくねった山道を早苗のやや乱暴な運転で進めば、車酔いするのも当然だ。

「先生、吐かないでくださいよ。ご自慢の車内が汚れたら悲惨ですからね」

普段馬鹿にされているお返しをすると。柊は死体のように蒼《あお》い顔で振り返った。

「前のシートは特別にいい革を使っているんだ。吐くなら、後部座席に吐く」

「そんなことしたら、本気で引っぱたきますからね」

「ああ、見えてきました。やっと着きましたね」

早苗の安堵《あんど》を含んだ声が車内に響く。後部座席から身を乗り出してみると、前方に三階建ての、やや年季が入った建物が見えてきた。

早苗の運転するカイエンは、病院前の広い駐車場に横滑りするように停《と》まる。エンジンが停止するやいなや、柊は転げ落ちるように車外へ飛び出ると、駐車場の端まで走ってえずきはじめた。明日香は顔をしかめて、柊から視線を外す。

「気持ちいいところですね」運転席の扉を開けながら早苗が言う。

車外に出て若草のさわやかな香りを堪能《たんのう》しつつ、明日香は「そうですね」と同意した。木々のざわめきが心地《ここち》よく鼓膜を揺する。

鬱蒼《うっそう》とした森を切り開いた土地に建つ病院。病院自体はそれほど大きくはないが、敷地は広い。百床程度の療養型病院といったところだろう。

銀のセダンが駐車場に入ってくる。見舞客だろうか。こんな山奥では見舞いも大変だ。

「柊美容形成クリニックの皆様ですね？」

遠くから声をかけられる。見ると、白衣姿のかなり太った中年男が近づいてきていた。樽《たる》のような腹が白衣を突き上げ、歩くたびに二重顎がたぷたぷと揺れている。

「はじめまして。太田《おおた》病院の院長を務めています太田一郎《いちろう》と申します」

男は軽く息を乱しながら言うと、白衣のポケットから名刺を取り出した。

「ああ、どうも。……柊です」

いつの間にか、明日香の背後に来ていた柊が、前に出て名刺を片手で受け取る。

「鷲尾さんからお話は伺っております。どうぞ今日はよろしくお願いいたします」

太田は柊の手を両手で強引に握ると、勢いよく上下に振る。

「浜中さんはもう入院を？」まだ吐き気があるのか、柊は力ない声で訊ねた。

「浜中……。えっとですね、鷲尾さんからご紹介いただいた患者さんなら、昨日から特別室に入院しています。ただ、私たちは『鈴木』さんと呼んでいますけど……」

卑屈な笑みを浮かべる太田に、明日香は嫌悪感をおぼえる。

「ちなみに、こちらは療養型病院のようですが、手術設備は大丈夫なんでしょうね」

少し顔色がよくなってきた柊が質問を重ねていく。

「ええ、いまは療養型ですが、以前は外科病院として手術もしていました。手術室はしっかりしています。私も外科医ですので、時々必要に応じて手術は行っています」

「なるほど、普通の病院に行ったら警察に通報されるような患者の治療を、内密に行っていると。たとえば刀傷《とうしょう》の処置とか、違法薬物中毒の治療とか……」

柊のあてつけるようなセリフに、「いや、まあ……」と言葉を濁す太田に先導され病院に近づいていくと、建物の陰に救急車が停まっているのが見えた。車体の側面には『太田病院』と記されている。どうやら、この病院が所有している救急車らしい。

「おや、病院専用の救急車をお持ちなんですか」柊が救急車を指さす。

「ええ、容態が悪くなった患者さんは、麓の街の総合病院まで搬送する必要がありますので。わざわざ自治体の救急車を使っていたら時間がかかってしまうんですよ」

「いやあ、それは素晴らしい。かなり費用がかかったでしょう。この規模の病院で専用の救急車はなかなか持てませんよ」

「それには、色々事情がありまして……」太田は背を丸める。

「そんなに卑屈になることはありませんよ、えっと……太った先生でしたっけ？」

「……太田です」

「ああ、そうでしたね。すみません、この名刺を見てつい」

けらけらと笑いながら、柊は自分の後頭部をはたく。

なにが「つい」だ。なんでこの人は、わざわざ初対面の人間を怒らせようとするのだろう。あきれ果てながら、明日香は小さなため息を漏らした。

「あらためまして太田先生。そんなに卑屈になる必要はないんですよ。昨今の国による医療費の抑制によって、こちらのような小さな病院の経営はかなり厳しい。そんなおり、金を都合してやると言われれば、ヤクザにでも尻尾《しっぽ》を振る。その貪欲な姿勢は、経営者としてはある意味立派ですよ」

露骨なあてつけに、太田の顔が紅潮する。

「あ、あなたはどうなんだ！　あなたもヤクザの手術を引き受けたんだろ」

「いや失礼。単なる金の亡者の、くされ形成外科医のたわごとですよ。聞き流していただけたら幸いです。同じ穴のむじな同士、仲良くやっていきましょう」

急に馴れ馴れしくなった柊の態度に、太田の眉間にしわが寄る。

「さて、太田先生。さっそくではありますが、浜中さん……ああ、あなた的には『鈴木』さんでしたっけ。彼に会うことにしましょう」

柊はまるで数年来の親友のように、太田の肩をバンバンと叩《たた》いた。太田は疲れ果てた声で「ご案内します」とつぶやきながら肩を落とした。

＊

「どうも、浜中さん」

引き戸を勢いよく開けると、柊は片手を上げながら病室へ入っていく。本館の裏にある、二階建ての別館。その二階に浜中の病室はあった。以前は外来や手術に使っていたというこの別館は現在、二階にあるこの病室と手術室以外は使用しておらず、一階部分は物置になっているらしい。『特別』な患者を隠すためには、理想的な施設だ。

「あ、先生。どうぞよろしくお願いいたします」

ビジネスホテルの一室のような病室。その中心に置かれたベッドに横になっていた浜中は、柊に向かって頭を下げる。彼のそばには、中年の看護師が立っていた。この別館の内情を知る数少ない看護師の一人で、今日の手術でサポートを務めるらしい。

「いやあ、ここは自然に恵まれたいい場所ですね。こんなところで過ごせば、病気も治ってしまいそうだ。ああ、浜中さんは別にご病気は患っていませんでしたね」

「たしかに病気は持っていませんが、このままだと末期癌患者より早くこの世から消えそうです。本当にやっかいな連中ですよ。あとは先生だけが頼りです」

先週クリニックではほとんど口を開かなかったのが嘘《うそ》のように、浜中の舌は滑らかだった。あのときは鷲尾の手前、おとなしくしていただけで、こちらが本来の姿なのだろう。自分が横領したせいでこんなことになっているくせに、調子のいいことだ。

「まあ、任せてくださいよ。ああ、その子が娘さんですか」

見ると、小さな女の子が床頭台《しょうとうだい》に隠れるようにして顔をのぞかせていた。その小動物のような愛らしい雰囲気に、明日香の顔が一気に緩む。

柊が手招きするが、少女は怯えた表情を浮かべたまま、動こうとしない。

「真里菜《まりな》。こっちに来なさい」

浜中が呼ぶと、少女はおずおずとベッドに近づき、父親の入院着の裾を摑《つか》んだ。

「いやあ、可愛いお嬢さんだ。あの鷲尾さんがメロメロになるのも分かる」

娘を褒められて、浜中は顔をほころばせる。

「真里菜ちゃん。お父さんのことは好きかな？」

柊はしゃがみ込むと、猫なで声を出す。真里菜はためらいがちに頷いた。

「真里菜ちゃん。パパはこれからお顔を変えるんだよ。もしかしたら、真里菜ちゃんはパパの顔が分からなくなっちゃって怖い思いをしちゃうかもね。けれどね、それはしかたがないんだ。そうしないとパパ、悪い奴らに『めっ』されちゃうからね」

理解できなかったのか真里菜は首をかしげる。代わりに浜中の顔がこわばった。

真里菜が不安げに浜中に抱き付く。わけの分からないことをまくしたてる中年男が怖かったのだろう。娘をだしに揶揄《やゆ》された浜中は、硬い表情で娘の背中を撫でた。

「ああ、すみません。娘さんを少々怯えさせてしまったかもしれませんね。さて、時間も惜しいですし、さっそく手術室に向かいましょうか。そちらの車椅子にお移りください。手術室に着くまでの間に最終的な確認をさせていただきます」

柊は胸の前で両手を合わせた。ぱんっという小気味いい音が室内に響いた。

のそのそとベッドから降り、車椅子に腰掛けた浜中に真里菜が近づく。

「真里菜はちょっと待っていてな。お父さん、お顔にできた病気を治してくるから」

浜中に頭を撫でられた真里菜は、ぷるぷると顔を左右に振る。この部屋に一人で残されることが不安なのか、その目には涙が浮かんでいた。

「手術室の前までなら一緒に行っても大丈夫ですよ。そのあと本館のナースステーションに連れて行って、看護師たちにお相手させましょう」

太田が顎の脂肪を揺らしながら愛想よく言うと、浜中は一瞬躊躇《ちゅうちょ》したあと「それではお願いします」と頭を下げた。

車椅子に座った浜中を先頭に、一団は病室を出て廊下を進んでいく。真里菜は車椅子の横を歩きながら、浜中の手の甲に、自分の小さな手を重ねていた。

「先日ご説明したとおり、あなたの顔を特徴づけている、その目立つ頬骨と、やや曲がっている鼻筋の形成が今回の手術の肝《きも》になります。そこを直すことで、顔を不自然にすることなく、他人に与える雰囲気を大きく変えることが……」

柊が手術の細かい説明をはじめる。そのとき、柊の胸元からジャズミュージックが流れ出した。説明を途中で遮られた柊は、唇をへの字に歪めると、スーツの内ポケットから取り出したスマートフォンを明日香に向かって放った。

「私はいま忙しい。君が用件だけ聞いてくれたまえ」

なにが「たまえ」だ。苛つきつつ明日香は液晶画面の『通話』のアイコンに触れる。

『柊先生！』

電話から男の声が聞こえてきた。おそらくはかなり年をとった男の声。

「柊はただいま電話に出られません。朝霧と申しますが、私が……」

『そこから逃げるんだ！』

明日香が言い終える前に、鼓膜に痛みを感じるほどの声量で男は叫んだ。

「逃げるって……？　あの、どなたでしょうか？」

『鷲尾だ！　今日の手術を依頼した鷲尾だ！』

「え？　鷲尾さん？」

その場にいた者たちが、甲高い声を上げる明日香に視線を向ける。

『そうだ。いますぐに息子と孫を連れて、その病院から逃げ出せ！　危険だ！』

「危険ってどういうことですか？　もう、手術室に向かっているんですよ」

『鉄砲玉が、竜也を殺しにそっちに向かっている。もう着いているかもしれない』

衝撃的な内容に一瞬、明日香の頭は真っ白になった。

「な、なんで……。この前は、まだばれないって言っていたじゃないですか。それに、この病院のことを知る人もほとんどいないって……」

『鉄砲玉を送ったのは、竜也が金を掠《かす》め取った組じゃない。俺の長男、うちの組の若頭だ。どこからか手術のことを聞きつけて、けじめをつけさせようっていうんだ』

脳裏に、ついさっき駐車場に入ってきたセダンがフラッシュバックする。次の瞬間、明日香は大きく目を見開いた。廊下の奥にある階段から、屋内だというのにサングラスをかけ、ブラックスーツに身を包んだ体格のいい男が姿を現していた。

男はスーツの懐に手を入れると、大股に廊下を進んでくる。

「あ、あ、あの人、殺し屋です！」

必死に明日香が声を張り上げると同時に、男は懐から手を抜いて、廊下を走り出した。その手には、蛍光灯の光を鈍く反射する鉄の塊が握られていた。回転式の拳銃。

「早苗君、子供を！」

柊は叫ぶと、唐突に明日香の手を摑んで強く引いた。予想外のことにバランスを崩した明日香は、廊下に倒れ込む。後頭部が壁に当たり、一瞬視界がぐらりと揺れた。

頭を振って顔を上げた明日香は、息を吞《の》む。近づいてきた男が、車椅子で呆然《ぼうぜん》と固まっている浜中に銃口を向け、無造作に引き金を引いた。

壁を震わせるほどの爆音が続けざまに響き渡り、車椅子の上で浜中の体が激しく跳ねる。男は素早く身を翻すと、もと来た階段へ向かって走っていった。

明日香は微動だにできなかった。目の前で起こったことが信じられなかった。

「……パパ？」

廊下に倒れ込んだ早苗に抱きかかえられていた真里菜が、這《は》うように車椅子に近づいていく。しかし、浜中は動かなかった。父親の体に手を伸ばした真里菜は、すぐに熱湯にでも触れたかのようにその手を引いた。そこには、真っ赤な血がべっとりとこびり付いていた。

「目を覚ませ朝霧君！　女っぽさをアピールしても、君のがさつさは消えないぞ」

声をかけられ、明日香は顔を上げる。柊が険しい顔で見下ろしてきていた。

「そこに死にかけた男がいるんだ。全身管理は麻酔科医の仕事だろ」

がさつで悪かったな！　気にしていることを指摘され、頭に血が上る。同時に消えていた現実感が戻ってきた。明日香は勢いよく立ち上がると、車椅子に駆け寄る。

喉の奥からうめき声が漏れた。大きくはだけた入院着からのぞく浜中の腹、そこに二つの穴が開き、血があふれ出していた。位置からして、一発は肝臓を直撃している。

浜中は背もたれに体を預け、こうべを力なく垂れたまま動かなかった。

明日香は浜中の首筋に指を沿わせる。指先に弱々しいながら脈が触れた。

「圧迫止血しないと。なにかガーゼみたいなものないですか。それに早く輸液を」

立ち上がった早苗と柊が同時にハンカチを差し出す。明日香は二枚のハンカチを受け取ると、特に出血の激しい右上腹部の傷にあて、体重をかけて圧迫する。手にぬるりとした生暖かい感触が走った。

「あ、あ……救急車で……」腰を抜かしながら太田がつぶやく。

「なに言っているんですか、こんなに出血しているんですよ。間に合いません！」

「け、けれど、撃たれたなら緊急手術が必要で……」

「そこに手術室があるでしょ。私が麻酔をかけますからオペをしてください」

傷口を圧迫したまま叫ぶと、太田は細かく顔を左右に振った。

「わ、私は十年以上、開腹するような大きな手術は執刀していないんだ。そもそも、外傷の緊急オペなんて一度もやったことがない」

明日香は唇を噛む。圧迫である程度は抑えられているが、出血はいまも続いている。腹腔《ふくくう》内は血の海だろう。早く開腹して、出血を止めなくては助からない。

呆然《ぼうぜん》と立ち尽くしている真里菜を見て、焦燥が胸を焼く。このままでは、この子は目の前で父親を、唯一の家族を失ってしまう。

「……私が執刀する」

独り言のようなつぶやきに、明日香は視線を上げた。

「は？　いまなんて？」

「私が執刀すると言ったんだよ」

柊は険しい表情でジャケットを脱ぎ捨てる。

「なに言っているんですか⁉　先生は形成外科医でしょ」

形成外科医は皮膚やそのすぐ下にある軟部組織の手術を専門としている。その技術は、開腹して内臓の修復に必要なものとはまったく別物だ。

「手術には変わりないだろ」

「変わりないって……」

「迷っている暇なんてない。いますぐオペを行わなければ、その男は命を落とし、娘は目の前で父親を失う。そして、この場でオペができるのは私だけだ」

どこか冷めた柊の声が、茹《ゆ》で上がっている脳細胞をいくらか冷やしてくれた。

たしかにそのとおりだ。明日香は柊と視線を合わせ頷いた。

「すぐにその男を手術室に運ぶぞ。着いたらすぐに全員でルートを数本確保し、全開で補液を行うとともに、朝霧君は麻酔導入を。導入次第、私が開腹し出血部を修復する。早苗君は器械出しを。太田先生は助手をお願いします」

「わ、私が助手……。そんなこと……」

首を左右に振る太田の白衣を両手で摑むと、柊は荒々しく引き立てた。

「あんた、腐っても外科医だろ。私が指示を出すから、助手ぐらいしっかりやれ。こういうトラブルが起こりうることぐらい分かって、ヤクザとつるんでいたんだろ！」

太田は丸い顔を真っ青にしながら、何度も首を縦に振った。柊は「ご協力どうも」とつぶやくと、摑んでいた白衣の襟を放す。

「そこの看護師さん」

「は、は、……はい！」へたり込んでいた中年看護師が裏返った声で返事をする。

「あなたはそこの子を本館のナースステーションに連れて行って預けたあと、あるだけの輸血用血液製剤をかき集めて戻ってきてください。戻ってきたら、外回りのオペナースをこなしてもらいます」

「は、はい。分かりました」

看護師はすぐに立ち上がると、真里菜の手を引いていく。真里菜は焦点の合っていない目でまばたきを繰り返しながら、人形のように連れて行かれた。

「私たちも行きましょう」

早苗が立ち上がり、車椅子を押しはじめる。明日香は傷口を圧迫する力が弱まらないように細心の注意を払いながら、足を動かした。清潔区域へと入り抗菌タイルが敷き詰められた短い廊下の先にある手術室に入ると、全員で完全に脱力した浜中の体を手術台へと移動させた。

「明日香先生、代わります」

早苗が傷を押さえる明日香の手に、自らの手を重ねる。明日香は頷くと手を引き、麻酔器の電源を入れた。電源ボタンに赤い血がべっとりと付着する。明日香が素早く浜中の体に血圧計や心電図の電極を付けていく間に、柊と太田は浜中の手背《しゅはい》静脈に点滴針を刺し、点滴ルートを確保していた。

麻酔器のモニターに、浜中のバイタルサインが表示される。

「血圧六十二の三十、脈拍百三十四、ショック状態です！」

かなり厳しい数値に、明日香は顔を歪めながら声を張り上げ、麻酔器の酸素バルブを開く。百パーセントの酸素が勢いよくチューブを通り、接続されたマスクから放出される。明日香はマスクで浜中の口元を覆った。

「朝霧君、交代だ。君は麻酔を」

点滴ラインに全開で生理食塩水を流しはじめた柊が、浜中の口に添えたマスクに手を伸ばしてくる。明日香はマスクから手を離すと、カートの抽斗から必要な薬を探す。すぐに目的の麻酔薬は見つかった。静注用のケタミン。

一般的な麻酔導入に使用するプロポフォールは血圧を下げる副作用があるのに対し、ケタミンは投与時の血圧低下が少なく、外傷患者などの麻酔導入に使用される。

この体格といまの状態なら……七ミリリットルっていうところか。麻酔科医としての経験が、必要な投与量をはじき出す。

アンプルから必要量を注射器で引いた明日香は、点滴ラインの側管にシリンジを接続すると、中身をゆっくりと流し込んだ。透明な液体がラインを通り、浜中の体へと吸い込まれていく。明日香は目を凝らし、浜中の胸に視線を注いだ。細かく上下していた胸の動きが遅くなり、そしてついには動かなくなる。自発呼吸が停止した。

麻酔カートに置かれた喉頭鏡《こうとうきょう》を手に取ろうとした瞬間、目の前に目的のものが差し出された。いつの間にか、柊がマスクを持つのと反対側の手で喉頭鏡を持っていた。カートの上には、キシロカインゼリーが塗られた気管内チューブも用意されている。

「ありがとうございます！」

明日香が喉頭鏡を受け取ると、柊はマスクを浜中の口元から外した。浜中の口に喉頭鏡を差し込んだ明日香は、チューブの先端を声帯の奥へと素早く差し込んだ。

固定したチューブを麻酔器と接続した明日香は、ゴム製のバッグを押して酸素を送り込む。浜中の胸が大きく上下した。テンポよく酸素を送り込みながら、明日香はモニターの数値を確認し、中身の少なくなった点滴袋を交換していく。

柊たちも手術の準備を進めていた。傷口を押さえる役目は、いつの間にか早苗から太田に代わっている。滅菌《めっきん》手袋をはめた早苗は器具台に手術道具を並べていき、柊は浜中の腹に殺菌用のヨード液を大量にかけていく。

すぐに開腹するつもりだ。明日香は慌てて筋弛緩剤を側管から流し込む。十分に筋弛緩剤を効かせておかないと、腹筋が硬直してなかなか開腹をすることができない。

「手術器具、用意できました」

早苗の言葉に頷くと、柊は滅菌手袋をはめ、ベッドの脇へと立った。

「手洗いと滅菌ガウンは？」傷口を押さえながら、太田が訊ねる。

「そんな余裕はない。まずは開腹して出血を止める」

柊は目を閉じ、一度大きく深呼吸をする。手術室の空気が緊張に包まれた。

明日香は息を呑んで、柊を眺める。本当にこんな手術を執刀できるのだろうか。銃撃による肝外傷の修復。経験豊かな腹部外科医でもかなり困難な手術のはずだ。

明日香は横目でモニターを眺める。血圧は八十八の四十六。大量輸液のおかげでなんとか循環動態を保ってはいるが、逆に言えばこれだけ大量に輸液しているにもかかわらず、血圧は低いままだ。腹の中では出血が続いているのだろう。早く完全な止血をしなければ、浜中を助けることはできない。

柊はゆっくりと瞼を上げると、右手を早苗に差し出した。

「……メス」

早苗は素早くメスを渡す。柊は視線を浜中の腹に注いだ。

「太田先生、圧迫を解除してください」

太田の表情に怯えが走る。その気持ちは理解できた。圧迫していてもこれだけ出血しているのだ。この圧を解除したときどうなるか、想像するのも恐ろしかった。次の瞬間、傷口から血があふれ出す。その想像以上の勢いに、明日香は顔を歪める。

覚悟を決めたのか、太田は分厚い唇に歯を立てると、その場から飛びすさった。

早く開腹を！　明日香の焦りをよそに、柊はメスを手にしたまま動かなかった。

止め処《とど》なく血があふれる傷口を前にして、メスを持つ柊の手はぶるぶると震え、蒼《あお》白《じろ》い顔には激しい葛藤が浮かんでいた。

だめだ。やっぱり、形成外科医の手に負えるような手術じゃなかったんだ。

「……血圧七十二の四十に低下しました」

絶望をおぼえつつ、明日香はモニターの数字を読み上げる。この数十秒で血圧が激しく低下している。圧迫が解除されたことで、腹腔内での出血量が増えているのだろう。このままでは、数分で心停止を起こす。けれど、……どうしようもない。

明日香があきらめかけた瞬間、柊は目を大きく見開き、浜中のみぞおちにメスを当てた。皮膚に深く食い込んだメスは、正中線を下方に進むと、へそを避けて下腹部にまで達する。柊が普段行う、撫でるように皮膚だけを切り裂く繊細な皮切ではなく、皮膚の下の脂肪や結合組織まで切り裂くような大胆なメスさばき。

「クーパー」

柊はメスを器具台の上に放ると、早苗に手を差し出す。早苗は珍しく一瞬迷うようなそぶりを見せたあと、慌てて柊にクーパーを渡す。

刃の部分に軽く角度がついた手術用のはさみであるクーパーを手にした柊は、その丸まった先端部をメスで開いた皮膚の間に差し込んだ。

「太田先生、吸引の準備を」

ようやく手袋をはめて、ベッドの反対側に立った太田に声をかけると、柊は手を無造作に動かした。クーパーの刃が滑らかに腹膜を引き裂いていく。そのあまりの手際のよさに、明日香は目を奪われる。わずか数十秒で開腹が完了した。大学病院で多くの緊急手術を見てきたが、ここまでのスピードは経験がない。

腹腔内に溜《た》まった血液があふれ出してくる。半熟のオムレツにナイフを入れたかのような光景。明日香は奥歯を噛みしめる。血圧が下がるはずだ。少なくとも二リットルは出血している。腹膜が開いたことで、腹腔内の圧が弱まり、さらに出血量が増えるはずだ。少しでも血圧を保つために、明日香は生理食塩水を全開で点滴し続ける。

「吸引を！」

「は、はい！」上ずった声を上げながら、太田がプラスチック製の吸引管を腹腔内に差し込む。洟《はな》をすするような音を立てながら、大量の血液が吸い込まれていく。

柊は無影灯《むえいとう》を動かして光が当たる角度を調節すると、メスとクーパーで開いた傷口に両手を突っ込んだ。血の海と化している腹腔内に浮かぶ巨大な臓器、肝臓。そのピンク色にてかる臓器から、血液が噴き出している。

「太田先生、吸引を早苗君に交代。私の代わりに視野を確保して！」

柊の指示を受けた太田は、慌てて早苗に吸引管を渡すと、柊の代わりに両手で創部《そうぶ》を開いた。柊の脇から必死に手を伸ばした早苗は、受け取った吸引管で血液を吸い続ける。

血の池の水位はみるみる下がっていった。柊は左手で肝臓を持ち上げながら、その奥をのぞき込み、そこにクーパーを持った右手を差し込む。

なんで裏側を？　明日香には柊の行動の意味が分からなかった。

「血圧、五十八の二十八です！　さらに低下中です！」明日香は震え声で叫ぶ。

「コッヘル！」

　肝臓の裏をのぞき込んだまま、柊がクーパーを投げ捨てた。早苗は身を乗り出して吸引している無理な体勢から、必死にコッヘル鉗子《かんし》を柊に渡した。柊はコッヘルを持った手を再び肝臓の左側に差し込む。

　モニターに表示される脈拍数が一瞬低下する。心電図にも乱れが生じはじめていた。

　心停止しかけている。もう、……どうしようもない。明日香があきらめかけた瞬間、肝臓から噴き出していた血液が唐突に止まった。

　明日香は慌ててモニターを確認する。心停止をしたため出血が止まったのかと思った。しかし、心電図はしっかりと心臓の鼓動を描き出していた。血圧も低いながら維持されている。それどころか、少しずつではあるが上昇してきていた。

　止血できたの？　状況が理解できず、明日香は立ち尽くす。

「止血……したんですか？」

　明日香が訊ねると、柊は大きく息を吐いて天井を仰ぐ。

「完全な止血じゃない。肝十二指腸靱帯《じんたい》をコッヘルで挟んで、一時的に肝動脈と門脈の血流を遮断した。一時的な処置だが、出血は抑えられる。遮断していられるのは二十分程度だから、その間に傷の処置をする。朝霧先生、循環動態の安定をよろしく」

「あ、はい」

明日香が返事をすると、柊は腹腔に手を差し込んで傷の具合を確認していく。

「二ヶ所の銃創、一発は腹腔に入ることなく皮下組織を削っただけだが、もう一発は肝臓を直撃。Ⅲaの肝損傷を引き起こしている。出血の具合から見るに、出血源はおそらく肝動脈だろうね。まず銃弾を摘出して、損傷した血管と胆管を結紮《けっさく》したのち、創部を大網《だいもう》で覆う大網充填術を行う」

柊はよどみなく術式を決定していった。形成外科医なのにこんな高度な外傷手術ができるなんて……。呆然とする明日香の前で、柊は力強く宣言した。

「絶対に手術を成功させて、この男を娘のもとに帰してやるぞ」

5

「このたびはご愁傷様でした」

目の前に立つ鷲尾に向かって、柊は深々と頭を下げる。

「……いや、迷惑をかけた」

鷲尾はどこか居心地悪そうに身じろぎをすると、頭を下げ返してくる。柊の後ろに立つ明日香は、そんな鷲尾を冷然と眺めた。

浜中の手術を行った翌日の早朝、鷲尾は一人で太田病院に姿を現した。昨日の手術のあと、徹夜で朝を迎えた明日香たちは、別館の病室の前で鷲尾を迎えていた。

「ちなみに、昨日浜中さんを銃撃した男は、誰だか分かりましたか？」

柊は濃い隈《くま》に縁どられた目をこする。柊だけでなく、明日香、早苗、そして太田も睡眠不足と過労で、疲れ切った表情を晒していた。

「……俺の長男が面倒みている若い衆だ」

「そうですか。御長男に伝えてください。やるならもっと腕の立つ奴をさし向けろってね。ひどいもんでした。二発も撃ったのに、命中したのは一発だけ。下手をすればうちのスタッフに当たっていましたよ。もしかしたら……あなたのお孫さんにもね」

孫について言及された瞬間、いかつい鷲尾の顔が歪んだ。

「ああ、伝えておく。本当にすまなかった」

再び頭を下げる鷲尾を眺めながら、柊は唇の両端をつり上げた。

「言葉で謝られても困るんですよねぇ。謝罪には色々あるじゃないですか。あなた方の業界ではよく言うんでしょ。『誠意を見せろ』って」

「もちろん、約束の手術代に上乗せさせてもらう。三千万でどうだ」

「毎度あり。それで結構ですよ。さすがは組長。さて、それではさっさとやるべきことをやってしまいましょう」

柊はサイズの合っていないスーツのポケットから封筒を取り出し、鷲尾に手渡す。

「これは？」鷲尾は不思議そうに封筒に視線を落とした。

「浜中さんの死亡診断書です。死因は肝不全としてあります」

封筒の中身を確認した鷲尾は、「世話になった」とみたび頭を下げる。その光景を眺めながら、明日香は眉間に深いしわを寄せた。睡眠不足で重い頭に鈍痛が走る。

なんでこんなことに？　昨日、撃たれた肝臓の修復をするまではよかった。すべてがうまくいくような気がしていた。それなのに……。頭痛がひどくなる。

「それじゃあ鷲尾さん、息子さんの『ご遺体』に会いますか」

手術代の値上げで機嫌が直ったのか、普段どおりテンション高く言うと、柊は扉を開いた。病室へ入った鷲尾は、その場で足を止めた。病室の中央にあるベッドには浜中が横たわり、そのわきの簡易ベッドの上では、真里菜が小さな寝息を立てていた。

鷲尾は歩を進め、簡易ベッドのそばに立つと、かすかに涙のあとが残っている真里菜の頬におずおずと触れる。少女の瞼がゆっくりと開いていく。

「……誰？」真里菜は父親の入院着を摑みながら、怯えた声を出す。

鷲尾は口を開く。しかし、その口から言葉が出ることはなかった。

「パパのお友達だよ。怖い顔しているけど、パパとすごく仲がいいんだよ」

鷲尾の背後から顔を出した柊が言う。

「パパの……お友達？」

不思議そうに鷲尾を眺める真里菜の態度を見て、明日香は鷲尾がこれまで孫に直接会ったことはないのだと気づく。

「そうだよ。パパのお見舞いに来てくれたんだ。『こんにちは』は？」

「……こんにちは」

柊に促され、真里菜は上目遣いに鷲尾を見たまま、小声で言う。

「……こんにちは」鷲尾は震える声を絞り出す。「お嬢ちゃん、……名前は？」

「……まりな」

「真里菜ちゃんっていうのか。お年はいくつ？」

鷲尾はいまにも泣き出しそうなほど顔を歪めながら、真里菜を見つめる。

「えっと……五歳」真里菜は大きく指を開いた手を掲げる。

「五歳か。……真里菜ちゃん、パパのことは好きか？」

「うん！　大好き！」

それまで不安げな表情が浮かんでいた真里菜の顔に、笑みが広がっていく。それにつられるように、鷲尾の表情にも笑みが浮かんだ。

「そうか、大好きか……」

鷲尾は手を伸ばすと、壊れやすい硝子《ガラス》細工を扱うかのような手つきで、真里菜の頭を撫ではじめる。一連のやりとりで警戒心が薄れたのか、真里菜は子犬のように気持ちよさそうに目を細めた。

「真里菜ちゃん、これからもパパと仲良く、幸せに暮らすんだよ」

鷲尾が優しく、そして哀《かな》しげに言った瞬間、浜中がうめき声を上げて身をよじる。

「おや、痛そうですね。麻薬の効果が弱くなってきたのかもしれませんね。朝霧先生、フェンタニルを追加した方がいいんじゃないかな」

柊に促された明日香は、無言のまま浜中のベッドに近づくと、その首筋に伸びる中心静脈への点滴ラインから、強力な鎮痛作用を持つ麻薬であるフェンタニルを投与した。すぐに険しかった浜中の表情は緩み、気持ちよさそうな寝息を立てはじめる。

昨夜、止血に成功したあと、柊はわずか三十分ほどで肝臓の修復を終え、さらについでとばかりに浜中の顔の形成手術を行いながら、とんでもないことを言い出した。

「浜中さんは病気で亡くなったことにしよう。私が死亡診断書を書くから」

「は？　なにを言っているんですか？」

あまりにも常識外れの提案に、明日香は耳を疑った。

「銃で撃たれたんですよ。真里菜ちゃんを連れて行った看護師さんが通報して、いま頃警察が来ていますよ」

「君は本当に子供だねぇ」

「どういう意味ですか?」

童顔にひそかなコンプレックスを持っている明日香は、硬い声で言った。

「太田先生が通報を許したと思っているのかい? 賭けてもいい、彼は警察に知らせないように指示しているよ。それどころか、いま頃さっきのナースが血を拭いたり、弾丸を回収したりして、証拠隠滅をはかっているかもね」

「なっ!?」

明日香は驚いて、手術室の隅にいた太田を見た。露骨に目をそらした太田の態度は、柊の予想が正しいことを如実に語っていた。

「なんで!? 人が撃たれたんですよ!」

「この平和な日本で患者が銃撃されるなんて大事件だ。通報したら、この自然に囲まれた静かな病院が、警官とマスコミであふれかえることになる。そうなればこの病院とヤクザとのつながりも明るみに出る」

持針器《じしんき》の先に付いた針を浜中の瞼の裏に通しながら、柊は楽しげに言った。

「そういう問題じゃないでしょ。犯人を捕まえないと」

「なんのために?」

結紮《けっさつ》した糸を眼科剪刀《せんとう》で切りながら、柊は心から不思議そうに首を傾けた。

「なんのためにって、あたりまえじゃないですか! 犯人を捕まえないと、また浜中さんが狙われるかも……」

「犯人が捕まれば殺されないとでも？」

「え？」虚を衝かれて、明日香は呆けた声を出した。

「今回の犯人は、ヤクザがけじめを取らせるために送り込んできたヒットマンだ。実行犯が逮捕されたところで、この男は狙われ続けるよ。死ぬまでね」

「そんな……、それじゃあ、どうすればいいんですか？」

「だから、解決法なら私がさっき言ったじゃないか。死ぬまで狙われるなら、この男を『殺せば』いいんだよ」

「……偽の死亡診断書を書くつもりですね」明日香は表情を硬くした。

「ご名答！　君もなかなかこの世界のことが分かってきたじゃないか」

「偽の診断書なんて、犯罪ですよ！」

「ああ、たしかに犯罪だろう。けれど、そうしなければ浜中さんは殺され、真里菜ちゃんはたった一人の家族を失う。なにがなんでも法を守ることと、法を破っても五歳の子供が不幸にならないようにすること。どちらの方が正しいんだろうねえ」

明日香は唇を噛む。私だって真里菜ちゃんを不幸になんかしたくない。けれど……。

「世間の『正しさ』になんてなんの意味もないんだよ。傍観者の多数決によって決められる『正義』になんて、犬の糞《ふん》ほどの価値もない」

柊は手を動かしながら喋り続けたのだった。

昨日の苦い記憶を思い返していた明日香が我に返ると、真里菜が浜中のベッド越しに不安げな眼差しを向けてきていた。

「お姉ちゃん。パパ、大丈夫？」

「大丈夫よ。ちょっとお怪我《けが》しちゃって、いまは眠っているけど。すぐに起きるからね。真里菜ちゃんは、待っていられるかな？」

真里菜は笑顔で「うん！」と頷く。その愛らしい姿を見て、頭が混沌《こんとん》としてくる。たしかに柊の行動によって、この子の笑顔は守られるだろう。だからといって社会のルールを破ることが許されるのだろうか？　明日香は鷲尾と話す柊に視線を向ける。

「おそらく二週間ほどで、退院可能なぐらいまで回復するでしょう。全身状態が悪かったので、顔の方は侵襲《しんしゅう》の小さい、最低限の処置しかしていませんが、それでも浜中さんだと見抜けないぐらいにはなっています。新しい顔、その死亡診断書、そしてあなたが用意した新しい戸籍があれば、あなたの息子さんは完全な別人になれます」

「助かる」

「大丈夫だとは思いますが、息子さんが生きているという情報が漏れないように、細心の注意を払ってください。この病院に入院しているうちにまたヒットマンを送られては、元も子もないですからね」

「ああ、それは任せてくれ」

「あと、鷲尾さん。息子さんとお孫さんには、今日を最後に二度とお会いにならないことをお勧めします。せっかく別人になっても、あなたが会っていたら、死んでいないことが明るみに出てしまうかもしれませんからね」

鷲尾は痛みを堪《こら》えるような表情でベッドに座る孫を眺めた。その口からかすれ声が漏れる。

「……もちろんだ」

「それでは、今回の私の仕事はここまでです。アクシデントがあって、個人的には満足いく仕事ではありませんでしたが、結果よければすべてよしということにしておきましょう。それでは太田先生、浜中さんの今後の治療はお任せいたします。そして鷲尾さん」

声をかけられた鷲尾が緩慢に顔を上げる。

「お孫さんとの最後の時間、ゆっくりお過ごしください」

仰々しく頭を下げると、柊は廊下へと出る。明日香と早苗もそれに続いた。

病室を出る寸前、明日香は振り返る。真里菜に向かって小声で何か話しかけている鷲尾の横顔、それはとても哀しげで、それでいてとても幸せそうだった。

＊

瞼を開けると、それほど高くない位置に天井が見えた。

ここは……？　明日香は霞《かすみ》がかかっているような頭を振る。

「お目覚めですか？」

聞きなれた声が響く。上半身を起こすと、ハンドルを握った早苗の後ろ姿が見えた。

「よくお眠りでしたよ」早苗はバックミラー越しに微笑《ほほえ》みかけてくる。

ああ、太田病院から戻る車の中で、いつの間にか後部座席で横になって眠ってしまったのか。状況を把握した明日香は、しょぼしょぼする目をこすった。助手席ではリクライニングを限界まで倒した柊が、大口を開けて眠っている。

「すみません、早苗さんが運転してくれているのに。どのくらい眠っていましたか？」

「三時間ぐらいですかね。もう東京に入っていますから、あと少しで着きますよ」

「早苗さんは眠くないんですか。早苗さんも、昨日ほとんど眠っていないでしょ」

「ええ、ですから高速で運転中、何度か眠りかけました」

「ええ!?」

「冗談です。眠気防止のガムを噛んでいるから大丈夫でしたよ」

「心臓に悪い冗談はやめてください」

胸を押さえて抗議する明日香に、早苗は笑顔のまま「ごめんなさいね」と謝罪する。

この人も柊ほどではないが、変わった人だ。

「早苗さんは……今回の件、どう思っているんですか？」

そんな疑問が、自然に明日香の口をついた。

「と言いますと？」早苗はコケティッシュに小首をかしげる。

「ヤクザの依頼を受けて、すぐ近くで人が撃たれるなんて事件に巻き込まれて、そして死亡診断書までねつ造して……」

「私としては、あまり危険な依頼は受けて欲しくないですけどね。明日香先生はどう思っているんですか？」

苦笑しながら、早苗は質問を返してきた。

「私は、ヤクザの依頼を受けることも、死亡診断書をねつ造することも間違っていると思います。ただ、じゃあどうすればよかったのかっていうのが分からないんです」

「明日香先生が柊先生のやり方を認められないのは、当然だと思いますよ。やっぱり、世間のルールからは外れたやり方ですからね」

「早苗さんは、柊先生に反対しないんですか？」

「私は……柊先生についていこうと決めていますから」

静かなその口調の中に、明日香は強い決意を感じ取った。

「……そうですか」

柊の住む世界は、私にはあまりにも異質すぎる。いったい柊は、これまでどんな人生を送ってきたのだろう？　そこまで考えたところで、ふと疑問が浮かんだ。

「早苗さんって、柊先生があんな救急手術ができるって知っていたんですか？」

「いえ、知りませんでした。だから、開腹手術をするって言い出したときは驚きました」

「あれって、絶対に外傷外科の教育を徹底的に受けた人の手際でしたよね。普通の外科医じゃ、銃による怪我をあんなにスムーズに治療できないはずです」

明日香はいびきをかきはじめた柊に視線を向ける。この男の正体がつかめない。

「柊先生は、自分の過去のことをほとんど喋りませんからねぇ。私もはじめて会った三年前より前のことは、なにも知らないんですよ」

三年前。明日香の頭に、フリージャーナリストと名乗った男の顔が浮かぶ。あの男は、なにか柊の過去について知っている様子だった。ああ、そういえば別れ際、あの男になにかアドバイスされたっけ。明日香は腕を組んで考え込んだ。

「もう新橋《しんばし》駅に着きますけど、明日香先生はそこでよかったんでしたっけ？」

「あ、はい。お願いします」

新橋駅から銀座《ぎんざ》線で上野広小路《うえのひろこうじ》駅まで行き、そこから徒歩十五分ほどの位置にある自宅マンションまで帰る予定だった。早苗は「分かりました」と言うと、カイエンを路肩に一時停車する。

「柊先生、起きてください」

早苗に揺り起こされた柊は、苦しげにうめきながら目を開けると、「ここは？」と左右を見回す。

「新橋駅です。明日香先生はここで降ります」

「あ、ああ、そうか。朝霧君、お疲れ様だったね。今回は予定外のトラブルがあったうえ、日曜まで付き合わせてしまったから、バイト代は出血大サービスで……」

「それより柊先生、訊きたいことがあります」

明日香の硬い声が柊のセリフを遮った。

「訊きたいこと？」

「柊先生には『弟子』みたいな人っていないんですか？」

明日香は質問をぶつける。平崎という男に「訊いてみろ」と指示された質問を。

突然、柊の目つきが鋭くなり、頰が細かく痙攣《けいれん》しだす。

「弟子……だと」

食いしばった歯の隙間から、柊は低く籠もった声を絞り出す。そのあまりの変貌に、明日香は思わず身を引いた。早苗も目を大きくしている。

「いえ、ただ……、これだけの技術を持っているんだから、教えて欲しいって押しかけて来る人がいないのかなって思っただけで……」

明日香はしどろもどろになりながら、必死に言い訳をする。次の瞬間、我に返ったのか、柊は「あ……」と口を半開きにした。

「あ、ああ……。そりゃあ、教えを乞いにくるドクターはいるよ。けどね、私の技術は天賦の才があってはじめて身につくものだからね。弟子は取っていないんだよ」

柊は早口で言う。

「……そうですか。すみません、変な質問して」明日香は扉を開き、外へと出た。

「いや、別に気にしていないよ。えっと、……ではまた来週」

引きつった笑みを浮かべながら、サイドウィンドウを下げた柊が軽く手を上げる。

「ええ、また来週……」

「それじゃあ明日香先生、失礼しますね」

早苗は明日香に手を振ると、カイエンを発車させた。

明日香は車体が見えなくなるまで、その場に立ち尽くし続けた。

幕間2

「ガイシャの顔に付着していた物質ですが、科捜研からの報告によりますと、女性が使用するシリコン製のパック剤でした。全国で発売しているもので、そちらからホシをたどるのは困難だと思われます」

刑事の一人が報告すると、正面に座った管理官が重々しく頷く。

「次、検視報告はどうなっている?」

「検視で首筋に電撃によるものと思われる火傷《やけど》の痕が見つかっています。スタンガンを押し当てられたものと思います。また左の手の甲に内出血と注射痕が発見されています。死因に関しては、体内から微量の麻酔薬が検出されています。時間経過により分解が進むため断定はできませんが、麻酔薬の大量投与により死亡した可能性が高いとのことです。またガイシャには以前、美容整形手術を受けた形跡がありました」

会議室がざわめく。四年前と同じだ。警視庁捜査一課殺人班の刑事である黒川勝典《くろかわかつのり》は報告を聞きながら、両手の拳を握り締める。先週、足立区の路地裏で全裸の女の死体が発見された。捜査の結果、女は先々週から行方不明になっていた亀村真智子という看護師で、状況から殺人事件と見て捜査がはじまった。遺体発見の次の日には千住《せんじゅ》署に捜査本部が置かれ、警視庁捜査一課から黒川を含めた多くの捜査員が投入された。

遺体が全裸で放置されていたことから、当初は性犯罪か強盗致死事件だと思われていた。しかし、女の体にはっきりとした外傷の痕はなく、手に注射痕があり、顔や髪に灰色の物質が付着していたこと、そしてなにより、被害者が過去に美容手術を受けた形跡があることが判明し、捜査本部はにわかにざわつきはじめた。それらの特徴が、四年前に起こった連続猟奇殺人事件と酷似していたのだ。

この捜査本部を取り仕切る管理官が両手を打ち鳴らし、会議室にいる捜査員たちの注意を引く。

「あー、諸君の頭の中に、四年前のヤマが浮かんでいることはよく理解できる。しかし、あのヤマは週刊誌などに手口が詳しく載ってしまっている。さらに、事件は三年以上起きていないことを考えると、安易に同一犯と考えるのは危険だ。また四年前の事件は、すでに犯人も判明し、ほかの部署が追っている。今回の事件は、模倣犯の可能性が高い。ガイシャはかなり男関係が派手だった。医療関係者でガイシャと関係した男も多いだろう。まずはセオリーどおり、ガイシャの交友関係をはっきりさせるとともに、拉致されたと思われる場所、そして遺体の遺棄現場の目撃情報を集めることからはじめよう」

管理官の言葉に多くの捜査員が頷くのを見て、黒川は小さく舌打ちをする。

なにが模倣犯だ。おまえらの目は節穴か。どこからどう見ても、四年前と一緒だ。あいつがやったに違いない。あの異常者が。黒川は四年前の記憶を反芻する。

薄暗く、異臭が漂う部屋の壁に並べて掛けられていた四人分のデスマスク。それらに恨めしげに見つめられた瞬間、激しい嘔気《おうき》に襲われ、胃から食道へと駆け上がったものを必死に飲み下した。警官になって約二十年、いやこの世に生まれ落ちてから四十数年間で、あれほどの恐怖と嫌悪を感じたことはない。

あの部屋で誓った。絶対に犯人に報いを受けさせてやる。逮捕して、吊《つる》してやると。

椅子がひかれる音が会議室に響いた。いつの間にか会議が終わっていたらしい。捜査員たちが続々と出て行っても、黒川は座ったまま動かなかった。

「あの、黒川さん？」

この捜査でペアを組む所轄所刑事の坂下《さかした》が、訝《いぶか》しげに声をかけてくるが、黙殺する。黒川の頭の中には一人の男の顔が浮かんでいた。あの男のことを思い出すたびに、黒い感情が全身の細胞を冒していく。

「とうとう戻ってきやがったな、……神楽誠一郎《かぐらせいいちろう》」

黒川の顔に、肉食獣の笑みが浮かんだ。

第三章　虚像の破壊

1

「やあ、朝霧君」

柊《ひいらぎ》美容形成クリニックに入ると、陽気な声がかけられた。見ると、いつもは早苗が座っている受付に、柊の姿があった。先週、太田病院からの帰り際、『弟子』についつて言及したときの柊の変貌を思い出してしまい、明日香は反射的に顔を伏せてしまう。

「ん、どうかしたかい？」

「いえ、ちょっと風邪《かぜ》気味で」明日香は咳払《せきばら》いをして誤魔化す。

「健康だけが売りの君が風邪をひくなんて、今年の風邪はたちが悪いんだねぇ」

「健康だけが売りで悪かったですね。先生はなにをしているんですか？」

「だから、今年の風邪はたちが悪いんだよ。早苗君が昨日から風邪で寝込んでしまってね。今日は休ませているんだ」

「え、早苗さん大丈夫なんですか？」

「さっき電話で、熱が引いたから、今日も出勤すると言ってきたんだけど、今日はお客さんの面談があるだけだからね。しっかり体を休めるように言ったよ。なにかしきりに出勤したがっていたけどね。ちょっとワーカホリック気味なのかも」

明日香は横目で掛け時計を眺める。彼女、時刻は午後一時。三日前に早苗から送られてきた業務メールでは、二時過ぎに来週全身麻酔の手術を予定している患者が面接に来るということだった。

「自分抜きで、先生に患者さんの対応をさせるのが心配だったんじゃないですか？」

明日香は肩をすくめると、麻酔科控室へ向かう。

「ああ、そうだ朝霧君。紅茶の葉がどこにあるか知らないかな？」

「紅茶ですか？　知りませんけど、外の自販機で買ってきたらどうですか」

「いやいや、私が飲みたいわけではなくて、お客さんが来たときに出すつもりなんだけど、見当たらないんだよね……」

柊は受付の裏手にある給湯室へと向かう。しかたなく明日香も給湯室に入ると、柊は冷蔵庫の中に上半身を突っ込み、中をのぞき込んでいた。

「やっぱりないんだよなぁ」

「なんで紅茶の葉を探すのに、冷蔵庫をのぞき込んでいるんですか?」

「え、なんでって……」

「茶葉は冷蔵なんてしませんよ、ちょっとどいてください」

明日香は柊を押しのけると、流しの脇にある抽斗《ひきだし》を開ける。予想どおり、缶に入った茶葉があった。

「ほら、ここにあるじゃないですか」

「ああ、それが紅茶だったのか。てっきり飴《あめ》でも入っているのかと」

「サクマのドロップスじゃないんだから。あと、ここにクッキーも入っていたはずですけど、知りませんか?」

「ああ、それならさっき小腹が減ったんで……」

「その辺のコンビニで、なにかお茶請けになるもの買ってきてください」

「……はい」柊は素直に頷く。

前から思っていたが、手術の腕以外はこの人、典型的なだめ男だ。早苗さんって、きっと母性本能が強すぎて、この人を放っておけないんだろうな。

「私は控室にいますから、患者さんが来たら呼んでください」

控室に入った明日香は机の上に参考書を置くと、ノートパソコンの電源を入れる。来週までにレポートをまとめないといけないし、発表のためのスライドをパワーポイントでつくる必要もある。時間を無駄にはできなかった。

明日香は参考書を開きながら、パソコンのキーボードを叩きはじめる。

三十分ほどレポートを書いたところで、手を止めると、大きく伸びをした。レポート提出まであまり余裕がないというのに、身が入らなかった。『弟子』という単語が頭の隅から離れない。この一週間、これ以上おかしなことに巻き込まれたくないと、考えないようにしてきたが、さっき柊の顔を見てからどうにも気になってしまう。

明日香は数秒迷ったあと、インターネットエクスプローラーを起動させた。このクリニックはWi-Fiが入っていてネット環境はかなりいい。検索サイトを表示させると、明日香は検索バーに『柊貴之《たかゆき》　弟子』と打ち込み、クリックしようとする。次の瞬間、勢いよく扉が開いた。

「朝霧君、ちょっといいかな？」

「ノックしてください！」明日香は勢いよくノートパソコンを閉じる。

「これは失礼、ポルノサイトでも見ていたかな」

「そんなもの見るわけないじゃないですか！　なんの用なんですか？」

柊はいそいそと盆の上に載ったカップをテーブルの上に置いていく。

「紅茶を淹《い》れてみたんだよ。ちょっと一息つくのもいいだろ」

「……これ、なんですか？」

カップを満たしている液体は、とても紅茶とは思えないほど濃い色をしていて、底から三分の一ぐらいには、ヘドロのように黒い物体が溜《た》まっている。おそらくは茶葉なのだろう。頭に『どぶ川』という単語が浮かぶ。

「なんで茶葉が底に溜まっているんですか?」

「いや、ちゃんとかき混ぜたんだけど、どうやっても溶けなくてね」

「溶けるわけないでしょ、インスタントコーヒーじゃないんだから!」

「ああ、やっぱり淹れ方を間違っていたのか。そうじゃないかなとは思ったんだけど、せっかくの高い紅茶なんで、捨てるのがもったいなくてね。それなら君に毒味……もとい、味見をしてもらおうと思ってね」

「こんなもの飲んだら吐きますよ!」

「飲んでみないと分からないじゃないか。もしかしたら美味《おい》しいかもしれないぞ」

「それなら自分で飲め!」

明日香は額を押さえる。早苗さんはよく、三年間もこの人の世話をしていたな。

「そんな言い方ないじゃないか……」

「いいから、その液体は捨ててください。患者さんの分は私が準備しますから」

「分かったよ」

子供のように拗《す》ねだした柊は、テーブルの上に置かれた英文の参考書を手に取ると、ぱらぱらとめくりはじめる。

「なんだか難しい勉強をしているね。こんなもの読んで楽しいのかい？」

「楽しくはないですよ。けれど、レポート書くためにやらないといけないですから」

「レポートねぇ。大学院生は大変だねぇ」

柊はソファーに腰掛け、今度は論文を眺めはじめる。もしかしてこの人、早苗さんがいなくて、暇をもてあましているのだろうか？

「朝霧君はさ、なんで院なんかに行っているの？」

「なんでってどういうことです？」

「だからさ、君は麻酔科医としてもう十分な腕を持っている。かなり稼ぐことができるはずだ。それなのに、君はわざわざ金を払って大学院で勉強をしている」

「私は別にお金が稼ぎたくて医者になったわけじゃないですから」

「医者は職業だよ。職業というものは自らの能力を金に換えるためのものだ」

明日香は顔に苦笑が浮かぶ。ここまで徹底していると清々《すがすが》しくさえあった。

「私はお金に関しては生活できるぐらいあれば十分なんです。いや、もちろんちょっと贅沢《ぜいたく》できるぐらいあった方が嬉《うれ》しいですけど……」

「金がどうでもいいなら、君はどうして苦労して医者になんてなったんだい？」

「麻酔の研究をするためです。基礎研究をして、優れた麻酔薬を作りたいんです」

「麻酔薬……。そのために麻酔科に入局し、大学院に進んだと？」

「私が高校生の頃、祖母が亡くなったんですよ。卵巣癌《がん》で、発見されたときにはもうかなり進行していて、予後二、三ヶ月っていう状態でした。私、お祖母《ばあ》ちゃん子だったんですよ。だから祖母が入院してからは、毎日お見舞いに行きました」

柊は普段のように茶化すことなく、明日香の言葉に無言で耳を傾ける。

「入院して二週間ぐらいしたら、かなり疼痛《とうつう》が強くなって、麻薬の投与が必要になってきました。祖母は高齢だったせいか、眠気の副作用が強く出て、私がお見舞いに行っても半分寝ぼけたような状態で、まともに会話が成立しなくなりました」

十年以上前の記憶が、胸にちくりと痛みを走らせる。

「麻薬の投与がはじまってから亡くなるまでの間、私は祖母とほとんどまともに会話できませんでした。伝えたいことがいっぱいあったのに……」

「だから、副作用が少なく痛みを取り去る薬の研究がしたいっていうわけか」

「そんなところです。そういうわけで私は基礎研究がやりたくて、奨学金をもらって医学部に行って、麻酔科医になったんですよ。だから、収入が少なくてもあまり気になりません。まあ、衣食住に困るのはいやですけど」

明日香は肩をすくめる。

「先生から見たら馬鹿らしいですよね。昔のことを引きずって、リターンの少ない世界に進もうとしているなんて」

　柊は腕を組むと、横目で視線を向けてきた。

「医師になるのは大変だ。まず医学部に入るのにかなりの競争を勝ち抜く必要がある。さらに六年間の医学教育、そして二年間の研修を終え、それでようやくスタートラインだ。そこから専門技術を身につけるのには、さらに最低数年の歳月を必要とする」

「はあ、そうですね……」

「それだけの労力を払って手にした技術だからこそ、私はその対価として十分な報酬を得るべきだと思っている。特に私のような天才が、苦労を重ねて磨いた技術はね」

「まあ、そうでしょうね」

「君の選んだ道は、苦労が多い割に実入りが少ない。はっきり言えば効率がきわめて悪い世界だ。自ら進んでそこに飛び込んでいる君は、私の価値観では、『馬鹿』、もしくは『マゾ』ということになる」

　かちんときた明日香は反論しようと口を開くが、その前に柊が言葉を続けた。

「ただ、私はその選択が『美しい』とは思うよ。私には理解できないが、信念を曲げることなく愚直に努力し続ける。それはある意味『美』だと思う」

「はあ……それはどうも」

「そもそも『美』というものは普遍的なものではなく……」

柊の言葉を聞き流しつつ、明日香は口を開く。

「柊先生は、なんで美容外科医になろうと思ったんですか？」

「なんでってどういう意味だい？　私は外科医として、神から天賦の才を受け取っているからね。それを磨かないことは、社会にとって大変な損失じゃないか」

「たしかに先生は、外科医としての才能があると思いますよ。けれど、なんで美容形成外科なんですか？　先週の手術を見たら、一般外科医としての技術もかなりのものでしたよ。外科の中でも、形成外科を専攻した理由がなにかあるのかなと思って」

明日香の質問に、柊は一瞬真顔になるが、すぐに破顔する。

「それは君、効率の問題だよ。君の選んだ道とは対照的に、美容外科はとても効率がいい。美容形成外科手術は自由診療だから、国に金額を決められることなく、腕に応じた技術料を請求できる。つまり、すべては金のためさ」

すべては金のため、か。得意げな表情の柊を見ながら、明日香は考える。

金のためというのは本音だろう。しかし、普段より早口の柊の様子を見ると、それだけではないような気がした。そのときドアの奥から風鈴の音が聞こえてくる。

「お、ちょっと早いけど、お客さんがいらしたみたいだね」

柊は立ち上がると、いそいそとドアに向かって歩いて行った。

「朝霧君、私がお客さんたちを案内しているから、君は紅茶を淹れて持ってきてくれるかな。早苗君ほどは期待していないけど、お客さんに恥ずかしくない味を頼むよ」

柊はドブのような紅茶を淹れたとは思えないセリフを吐くのだった。

＊

「失礼します」

四人分のティーカップが載った盆を手に、明日香は院長室へと入る。ソファーには柊のほかに二人の人物が座っていた。一人は人の好《よ》さそうなスーツ姿の男性だった。年齢は四十前後だろう。中肉中背でどこにでもいるサラリーマンといった雰囲気だ。男性の隣には細身の女性が座っていた。その顔は大きなサングラスとマスクで隠れているので、年齢ははっきりしないが、雰囲気からすると男性と同じくらいだろうか。

「ああ、ご紹介します。うちの麻酔科医の朝霧先生です」

明日香はティーカップをテーブルに置きながら、「朝霧です」と会釈する。男性は「はじめまして、草柳健太《くさやなぎけんた》と申します」と名乗るが、女性の方はまるで聞こえていないかのように、微動だにしなかった。

「彼女は藤井舞子《ふじいまいこ》といいます」慌てて草柳が女性を紹介する。

「邪魔が入りましたけど、お話を進めていきましょうか」柊は両手を合わせる。

邪魔って私のこと？　明日香は唇を尖《とが》らせながら、柊の隣に腰掛けた。

「藤井さんが手術を受けたいというお話でしたね。どのような手術をご希望で？」

愛想よく言いながら一口紅茶をすすった柊は、すぐに眉根を寄せて明日香を見る。

私だって、本格的な紅茶なんて淹れたことないんだからしかたないじゃない。柊の視線に気づかないふりをして正面を向いた明日香は、舞子が自分を凝視していることに気づいた。サングラス越しでも分かるその視線の圧力にたじろいでしまう。

「……あの、なにか？」

「この子が麻酔をかけるの？」

舞子のよく通るハスキーな声には、明らかな怒気が含まれていた。

「ええ、全身麻酔の手術をする場合には、そうなりますね」

柊は紅茶に大量のミルクと砂糖を投入しながら答える。

「ほかの麻酔科医に代えて。私、この子には麻酔をかけてもらいたくありません」

オブラートに包むことなく発された言葉に、心臓が大きく跳ねる。

「おや、朝霧先生の麻酔が不安ですか？」柊はティーカップをテーブルに戻した。

「当たり前じゃない。こんな若い女」

「ちょっと舞子、それは……」

草柳が止めようとするが、舞子はハエでも追い払うように手を振った。

「なんにしろ、もっとましな麻酔科医を用意しておいてよ」

明日香は表情が歪《ゆが》まないように、口元に力を込める。女で、しかも年齢より若く見られることが多いせいで、これまで何度か同じような状況に陥ったことがある。どれだけ麻酔科医としての腕があっても、外見だけで『頼りない』と判断されるのだ。

「たしかに彼女は若くて頼りなく見えるでしょう。ただ若く見えるのはあくまで童顔だからで、実はもう二十八歳、立派なアラサーなんです」

『アラサー』言うな！　明日香は柊をにらむ。

「しかも、この年になっても浮いた噂《うわさ》もなく、麻酔科医としての仕事と研究に打ち込んでいます。簡単に言えば、麻酔オタクのちょっとかわいそうな子だということです。まあ、そういうわけですから、彼女の麻酔に関しての腕は間違いありません。手術を受ける際には、ぜひ青春をなげうって培《つちか》った、彼女の技術を信頼してください」

青春をなげうった覚えなんてない。明日香は反論したいのをぐっと耐え、返事を待つ。舞子は大きく舌打ちをすると、苛立《いらだ》たしげにかぶりを振った。

「どんなに保証されても、私はその子に麻酔をかけてもらいたくはありません。手術代を出すのは私でしょ。それなら私は『お客』じゃない」

高圧的に言い放つ舞子を前にして、明日香の胸には怒りや悔しさにかわって、疑問が湧きはじめた。なんでここまで、この女性は私を拒絶するのだろう？

「『お客様は神様です』っていうわけですか。しかたありませんね」

　ため息交じりに柊がつぶやくのを聞いて、明日香は唇を固く嚙《か》んだ。

「どうぞ、お引き取りください」柊は立ち上がると、慇懃《いんぎん》に言う。

「はぁ!?」舞子はマスクの下から甲高い声を上げた。「なに言っているの？」

「朝霧先生の麻酔が受けられないとなると、私の手術は受けられません」

「麻酔科医を代えればいいだけじゃない！」

「弘法筆を択《えら》ばずっていうのは、実は嘘《うそ》らしいですね。本当は弘法大師も筆を択んで書いていたってことです。それだけ道具というのは大切なものなんですよ」

「なんの話よ？」

「いい仕事をするためには、道具や環境を整える必要があるということですよ。新しく麻酔科医を雇うとしたら、わずか一週間で探さないといけない。そして腕のいい麻酔科医を雇える保証もない。つまりは満足な手術ができるかどうか分からない」

「でも、私は客なのよ！」

「お客様は神様かもしれませんけど、あなたが『客』かどうかは私が判断します」

　柊ははっきりと言い放つ。拳を握った舞子の手が震えだした。部屋の空気が張り詰めていく。明日香はソファーに座ったまま息を呑《の》んで成り行きを見守った。

　十数秒の沈黙のあと、舞子は不満げに「分かったわよ」とつぶやく。

「ご理解いただいたようで感謝します。それでは、あらためて手術の話をしていきましょうか。どのような手術をご希望ですか？」

「……綺麗にしてよ」

「はい？」柊は首をひねる。

「だから、可能な限り、手術で私を魅力的にしてって言っているの！」

「なるほど、……魅力的にですか。それでは失礼ですが、お顔を拝見させていただいてもよろしいですかな？」

舞子はふてくされたような態度で、ゆっくりマスクとサングラスを外していった。あらわになった顔を見て、明日香は小さく息を呑む。背中に冷たい震えが走った。

舞子の顔は整っていた。いや、整いすぎていた。剝《む》いた卵のような光沢のある肌。小さな顔には不釣り合いに大きな二重の目、眉間からすっと通った鼻筋、ピンク色に濡《ぬ》れる肉感的な唇、すべてのパーツがそれ単独では魅力的なのだが、なぜかその顔を見ると、強い違和感をおぼえた。

明日香は舞子の顔を凝視したまま、違和感の正体を探っていく。最初に気づいたのは、表情の不自然さだった。舞子が顔を動かすたびに、その不自然さは際立っていく。まるで顔面がいくつかのパーツに区分けされ、各部位が別々に動いているかのようだ。

「おお、これはすごい！　何回ぐらいやりましたか？」柊は興奮した声を上げる。

「……大きいのは七回」

いったいなんの話なんだ？　首を傾ける明日香を見て、柊は大きく両手を広げる。

「おや、もしかして朝霧先生、なんの話か分かっていないかな？　一目瞭然じゃないか。まずは両目、鼻筋、唇、上顎骨に下顎骨、あとは胸もかな」

柊は体のパーツをあげながら、舞子の体を指さしていく。草柳が顔をしかめるが、舞子本人が表情を変えることはなかった。

「それってもしかして……」

「そう、この女性は過去に、大がかりな美容形成手術を受けているんだよ。本人の言葉を信じるなら、七回もね」

「ええ、そうよ」あっさりと舞子は認める。

「あとですね、ちょっと気になったことがあるんですよ。私、あなたを昔、見たことがある気がするんですよね。たしか、テレビドラマかなにかで」

柊が言った瞬間、舞子の顔に優越感に満ちた笑みが浮かんだ。

「彼女は天城舞《あまぎまい》という芸名で、女優をやっています。私は彼女の個人事務所でマネージャーを務めています」

「あっ、天城舞！」

草柳の説明を聞いて、明日香は思わず声を上げる。思い出した！　高校生の頃にはまったテレビドラマで、主人公の少女の恋敵として出演していた女優だ。

「ああ、なるほど、女優さんでしたか」

「先生、天城舞を知らないんですか？　昔、すごく有名でしたよ！」

興奮気味の明日香に、柊は冷たい視線を浴びせかける。

「どこのミーハー中高生だ、君は。君の住んでいた田舎《いなか》では、芸能人はツチノコより珍しいのかもしれないけれど、この東京には掃いて捨てるほどいるんだよ」

「……田舎者で悪かったですね」

「うちの麻酔科医が失礼しました。それにしても、テレビに出ていた頃とはかなり雰囲気が違いますね。せっかく人気があったのに、なぜさらに美容手術を？」

「芸能界はね……残酷なの。常に進歩しなければすぐに飽きられるのよ……」

肉感的な唇を嚙んだ舞子に、柊はからかうように言う。

「なるほどなるほど。つまり視聴者に飽きられてきたから、なんとか美容形成手術を受けることで再浮上をしようとしたわけですね。それで、再浮上はできましたか？」

またか。明日香はこめかみを押さえる。なんでこの人は、わざわざ初対面の相手を怒らせようとするんだろう。案の定、舞子の顔が赤みを帯びていく。

「これまでの医者がヤブだっただけよ！」

「そう言われますが、個々の手術はかなり高い技術力で行われていますよ。まあ、私ほどではありませんけれどね」

「なら、なんで私はきれいになれないわけ？　なんで、こんな顔になっているのよ！」

舞子は前のめりになりながら、嘔吐《おうと》するかのように痛々しい言葉を吐き出していく。

柊は顎を引いて身を乗り出すと、舞子の顔を下方から上目遣いに見る。

「藤井さん。いや、天城舞さん。あなたの下顎骨を削った形成外科医、唇をそこまで肉感的にした形成外科医、フェイスリフトをした形成外科医、顎先にインプラントを埋め込んだ形成外科医、彼らはあなたに手術を勧めなかったんじゃないですか？　その手術をしても、全体のバランスを崩すだけだと説明したんじゃないですか？　まともな美容形成外科医だったらそう言うはずだ」

舞子は答えなかった。その沈黙は、柊の言葉が正しいことを雄弁に物語っていた。

「けれど、あなたは納得せず、強引に手術を行わせた。しかし、その結果は期待していたようなものではなかった。そうやってあなたは、見果てぬ『美』を求め、顔にメスを入れ続けた。違いますか？」

黙り込んだままの舞子は、殺気すらこもった視線で柊をにらみつけた。重くなった空気を取り繕うように、草柳が頭を下げる。

「柊先生は業界一の腕前で、どんな無理な依頼にも応えることができると伺いました。どうか、彼女の手術を引き受けてください」

「その判断は間違っていませんよ。私以上の技術とセンスを持った形成外科医など、どこを探しても見つからないでしょうからね。ちょっと失礼」

柊は唐突に両手を舞子の顔に伸ばし、その顔に触れていく。ちょっと間違えばセクハラになりかねない行為。しかし、舞子が拒絶することはなかった。数十秒、彼女の顔をこねくり回した柊は「……なるほど」とつぶやくと、手を引っ込める。

「無茶な要望に応えるためなんでしょうが、上下の顎骨にはかなり大胆な骨切りが行われていますね。骨の強度がかなり下がっているでしょう。それに、インプラントの埋め込みやフェイスリフトなどをやっているため、顔の皮膚と表情筋が乖離《かいり》している部分もあります。あと、ヒアルロン酸やボトックスの注射を繰り返した部分の皮下に、炎症性の瘢痕《はんこん》もありますね。この顔を手術するのはかなりのリスクを伴います」

柊が指折り問題点をあげていくたびに、舞子の目つきが鋭くなっていく。

「みんなそう。そうやって難癖つけて、最終的には『できない』って言い出すのよ」

「できないなんて言いませんよ」

柊が得意げな笑みを浮かべると、舞子は「え？」と細く整えられた眉をひそめた。

「たしかに私以外の形成外科医ではリスクが高すぎて、手術を断るでしょう。けれど私は、そんじょそこらの形成外科医じゃない」

「それならやってよ！　ぜひやって！」

ソファーから腰を浮かしかけた舞子の目の前に、柊は右手をつき出す。

「そう興奮しないでください。手術を決める前に、ちゃんとお伝えしないといけないことがありますから」

「なによ、お伝えしないといけないことって……」

「リスクについてですよ。たしかに私なら手術が可能でしょう。けれど、あなたの顔の状態が、大がかりな美容形成手術に適していないのも事実だ。この私でも百パーセント成功するとは言い切れない」

「……失敗したらどうなるわけ？」

「骨格が歪み、顔面神経にも障害が出るかもしれない。結果的には美しくなるどころか、ひどく醜い顔になる可能性がある。人が思わず視線をそらすぐらいのね」

舞子の顔が恐怖に歪んだ。

「そうです。決して可能性は高くないですが、いまよりも遥《はる》かに醜くなる可能性だってあるんですよ。天城舞さん、あなたはそのリスクを負って手術を行いますか？」

柊は舞子の目をのぞき込む。

「舞子、やめよう。危険すぎるよ。いまのままで君は十分にきれい……」

「あなたは黙っていて！」

上ずった声で言う草柳を一喝すると、舞子は血走った目を柊に向ける。

「本当に……、本当に手術が成功すれば、私はきれいになれるのね？」

「ええ、きっとご満足いただけるはずです」

「……やる」舞子はうめくように言った。

「舞子⁉　もっとよく考えてから結論を……」

「他に手術ができるって言った医者はいなかったのよ。なら、この人に賭けるしかないじゃない！」

舞子は草柳のスーツの襟を摑《つか》みながら叫ぶ。草柳は険しい表情で黙り込んだ。

「それでは、手術を受けるということでよろしいですか。手術代金はそうですねぇ……、かなり難しい手術になりますが、今回は百パーセントの成功を保証できないことをかんがみまして、千五百万円でいかがでしょう？」

「そんなはした金、すぐに払うわよ。だから早く手術して！」

かけらほどの迷いも見せず、舞子は身を乗り出す。

「そう焦らないでください。そうですね、まずは……」

柊はスーツの内ポケットから一枚の紙を取り出す。そこには、柊が手術後の患者を入院させる麻布十番の病院の、住所と地図がプリントされていた。

「天城舞さんだけ、いまからこちらの病院に向かってもらい、術前の検査を受けていただきます。普段はうちで検査をしているのですが、今日はナースが体調を崩しているもので。ああ、前もって連絡はしてありますからご心配なく。その間に、草柳さんには事務的なご説明をしておきます」

「ここに行けばいいのね」

差し出された地図を受け取ると、舞子は一瞬不安げなまなざしを草柳に向けたあと、マスクとサングラスを鷲掴《わしづか》みにして部屋から出て行った。

「いやあ、情熱的な女性ですね。草柳さん、あなたも苦労なさっておいででしょう」

柊が苦笑しながら言うと、草柳は勢いよく頭を下げた。

「柊先生、どうかお願いします！　先生の手術で舞子を満足させてやってください。もう、彼女は限界なんです」

「草柳さん、あなたと天城舞さんは、どのような関係なんですか？」

「は？　どのような関係と言いますと？　芸能事務所のオーナーと社長ですが」

「それだけですかぁ？　さっきのやりとりを見ていると、そういうビジネスライクな関係ではなく、もっとなんというか、親密な関係のように見えましたけど」

「先生！」

明日香がとがめるが、草柳は「いいんです」と首を左右に振る。

「そんな関係ではありません。ただ付き合いが長いので、家族のようになっているだけです。十五年ほど前、舞子が上京して芸能事務所に入ったとき、マネージャーになったのが、当時役者の道をあきらめ、新入社員として事務所に就職した私でした」

草柳はぼそぼそと語り出す。

「舞子は子供の頃から女優にあこがれていたらしく、必死に努力していましたが、なかなか芽が出ませんでした。そんな彼女に、事務所の社長は『お前は演技はいいが、顔が地味だから売れない』と繰り返しました」

「……ひどい」明日香は顔をしかめる。

「しかたがないんだよ、朝霧君。芸能界というものは、『芸』や『美』を売るところだ。つまり、『美』がないイコール商品価値がないとも言える。厳しい世界だねぇ」

「商品価値って……」

絶句する明日香の前で、草柳は哀《かな》しげに頷《うなず》いた。

「ひどい話ですが、それが現実です。舞子は完全に自信を失って、情緒不安定になりました。そんな舞子に、社長は選択を迫ったんです。事務所を辞めるか……」

「美容形成手術を受けるか、ですね」

楽しげに言う柊に、草柳は重々しく頷く。

「私は事務所を辞めるべきだと思いました。芸能界で生きていくには、舞子は純粋すぎたんです。けれど、舞子はかなり迷った末に……手術を受けました。それによって、舞子の顔はかなり派手で目立つようになりました。自分の顔にメスまで入れる覚悟を認めてくれたのか、それとも単に商品として売れると判断したのか、社長も舞子を積極的に売り出してくれるようになりました。それが十年ほど前のことです」

十年前、テレビ画面の中で微笑《ほほえ》んでいた舞子が、裏でそんなにつらい経験をしていたのか。明日香は同情で涙ぐみそうになる。

「手術を受けてからの二、三年は、舞子にとっての絶頂期でした。ドラマやらCMやらの出演が決まり、使い切れないほどの収入もありました。その金を元手にして、もともと社長のことをよく思っていなかった舞子は、私を引き連れて新しい芸能事務所を開きました。それが、現在私が社長を務めている事務所です」

「かなり儲《もう》かっているんでしょうね。千五百万をはした金と言うぐらいですから」

柊の下世話な質問に、草柳は首を縦に振る。

「はい。ありがたいことに、開設当初から舞子を慕って、かなりのタレントがうちの事務所に入ってくれました。現在は看板と呼べるタレントも十人を超えまして、中規模の芸能事務所としてはいい経営状態を保っています」

「けど事務所の経営ほどには、天城舞さんご自身の芸能活動はうまくいかなかった」

「……ええ、視聴者に飽きられたのか、舞子の人気は下がっていきました」

「本当に厳しい世界だ。それで、人気が落ちてきた天城舞さんはどうしました？」

柊が嫌みったらしく質問をすると、草柳は頭を抱える。

「……舞子は再び美容手術を受けました。オファーが来ないのは自分の外見のせいだって思い込んで。けれど人気が戻ることはありませんでした。その後も舞子は、腕がいいと噂の美容外科医を見つけては押し掛け、強引に手術をしてもらいましたが、そのたびに顔がどことなく不自然になっていきました。なのに舞子はまだ美容手術にこだわっています。……もうどうやって止めればいいか分かりません」

「どうして止めたいんですか？」

「え？」草柳は顔を上げた。

「ですから、どうしてそこまでして、天城舞さんを止めたいんですか？　天城さんは事務所のオーナーですが、芸能人としての価値はいまやゼロに等しい。彼女が美容手術を繰り返そうが、事務所としては大きな損失はないはずです」

「それは……」

言葉を継げなくなった草柳を見て、柊は「まあ、いいでしょう」と肩をすくめる。

草柳は大きく息を吐くと、みたび頭を深々と下げた。

「先生、どうぞ舞子を救ってやってください。お願いいたします」

「お任せくださいよ」

柊はどこか含みのある笑みを浮かべた。

2

「本当に大丈夫なんですか？」

舞子と草柳が消えた扉を見ながら、明日香は言う。検査を終えてクリニックに戻ってきた舞子は、明日香と柊から手術や麻酔についての説明を受け、手術同意書にサインをしたあと、草柳とともにクリニックをあとにしていた。

「あれ、柊先生？」

明日香が首を回すと、いつの間にか柊は受付の中へと移動していた。

「なにしているんですか？」

「朝霧君、ちょっとこっちに来てみなよ」

受付に置かれたパソコンの前で、柊が手招きしてくる。

「なんなんですか、いったい」

受付へと入りディスプレイをのぞき込んだ明日香は、大きく目を見開いた。画面には水着姿の若い女性が映っていた。

「これって……？」

「女優、天城舞の画像だよ。『天城舞　画像』で検索したら大量に出てきたぞ」

柊は次々に画像を映し出していく。その大部分は十数年前、舞子が最も活躍していた頃の画像だが、中にはまだブレイクしていない頃、美容形成手術前の画像もあった。

「これが本当の舞子さん……」

液晶画面に映し出された少女の面影を残した女性は、たしかにブレイク後の『天城舞』に比べ地味な顔をしていた。しかし、汗の光る張りのある肌、そして生き生きとした表情には、あふれんばかりの生命力がみなぎり、とても魅力的に見えた。

「『本当』という表現は適当じゃないな。美容形成手術は顔を『偽物』にするわけじゃない。顔にメスを入れることで、本質的な『美』を引き出しているんだ」

柊は腰を丸めると「くっくっ」とくぐもった笑い声を漏らす。

「『美』を引き出すって……。手術を受けていっても、舞子さんがきれいになっているとは思えないんですけど」

たしかに最初の美容形成手術で、舞子の外見は華やかになったのだろう。しかし、その生き生きとした魅力は、逆に削られてしまったように思えた。

「それは、執刀したのが私じゃないからだよ」

「先生なら舞子さんが納得するような顔にできるんですか？」

鼻につく柊の態度に、明日香は唇を尖らしながら訊《たず》ねる。柊は鼻を鳴らすと「さあ、どうだろうねえ」とつぶやいた。

「どうだろうねえって、あんなに自信満々に引き受けたじゃないですか」

明日香が糾弾すると、柊はシニカルな笑みを浮かべる。

「身体《しんたい》醜形障害《しゅうけいしょうがい》」

「はい？　なんですか？」

「天城舞がかかっている精神疾患のことさ」

「精神疾患？」

「気づいていなかったのかい。彼女は立派な精神疾患の患者だ。身体醜形障害、ほかには醜形恐怖症などと呼ばれることもあるね。強迫神経症の一種とされている。自分の外見が醜いと思い込み、そのことにとらわれて日常生活に支障をきたす疾患だ。美容形成手術を受けようとする患者には比較的よく見られる」

「それって、手術をすればよくなるんですか」

「程度が軽ければね。たとえば目や鼻の形、それら体の一部の形状にとらわれている場合は、そこに形成手術を施すことで、『とらわれ』から解放されることも多い。美容形成外科が『精神外科』とも呼ばれるゆえんだよ」

「精神外科……」

「そうだよ。聞いたことないかい。美容形成手術を望む人々は、多かれ少なかれ自らの外見に精神的な苦痛を感じているんだ。つまり美容形成外科医は手術を通して、そういう人々の精神を癒しているんだよ」

「けれど、舞子さんは手術を受けても、まだ精神的に不安定じゃないですか」

「手術で症状が改善するのは、程度が軽い身体醜形障害の患者だけだからさ。天城舞の症状は、顔を変えてどうこうなるレベルじゃない。彼女にはもはや、実際に外見が美しいかどうかなんて関係ない。『自分の顔』と認識した時点で、心がそれを『醜い』と判断してしまうんだ」

「そんな、なんで……」

「おそらく原因は、デビューしてから売れるまでの期間、事務所の社長に『お前の顔では売れない』と繰り返されたことだろうな。売れないストレスの中で、社長の言葉が暗示になって、自分は醜い存在なんだと心に刻み込まれたんだ」

　柊はゆっくりと首を左右に振った。

「彼女のようにひどい症状の身体醜形障害の患者は、醜い自分を変えようと必死に美容形成手術を繰り返すことが多い。けれど、どれだけ手術がうまくいっても、救われることはないんだよ。自分の存在そのものが醜いと思い込んでしまっているんだからね。そしてまた、手術を受ける。まさに底なし沼さ。もがけばもがくほどはまり込み、息ができなくなっていく。最終的には自殺をはかることすら珍しくない」

　柊は大きくため息を吐《つ》く。部屋に重い沈黙が降りた。

「……治せるんですよね」明日香はかすれた声で訊ねる。

「おいおい朝霧君、私の話をちゃんと聞いていたかい。身体醜形障害はそう簡単に治せるようなものじゃない。治療するためには、心の奥底に刻まれた、『自分は醜い』という認識をぶっ壊さないといけない。治療はかなり難しいよ」

「なら、なんで手術を引き受けたんですか？」

「カリカリするなって。『難しい』と言ったんだ。『治せない』とは言っていないよ」

本当に大丈夫なのだろうか？　明日香が不安をおぼえていると、数分前に舞子たちが消えていったドアが開いた。

「おや、なにか忘れ物かな？」

扉に向き直った柊の顔が急速にこわばっていく。

「お邪魔しますよ」

スーツ姿の男が二人、院内に入ってきた。明日香の知らない男たちだった。

一人は中年で、固太りした体をしわの寄ったスーツに包んでいる。いかついその顔は、他人を威嚇するような迫力があった。中年男に続いて入ってきた三十代なかばぐらいの男は、やや線が細く、どこか自信なげに見えた。

「黒川さん。ここには来ないって約束だったはずですけどね」柊が硬い声で言う。

「そうでしたっけ？　それはすみません。ちょいと近くを通ったもので。久しぶりにお話を聞きたくなって」

わざとらしく頭を掻《か》きながら、黒川と呼ばれた男は分厚い唇を歪めて笑う。

「久しぶりって、先々週に会ったじゃないですか」

「ああ、あれからまだ二週間しか経《た》っていないんですか？　いやあ、てっきりもっと経っていると思いました」

先々週？　明日香は記憶を探る。そういえば二週間前、鷲尾組長がやってきた日、柊は数時間クリニックをあけていた。そのとき、この男たちと話していたのか？　彼らはいったい誰なのだろう？

「おや、そちらの女性はスタッフの方ですか」黒川は明日香に向き直る。

「あ、このクリニックで麻酔科医をしている朝霧といいます」

戸惑いつつ自己紹介をすると、黒川は慇懃に頭を下げた。

「警視庁捜査一課の黒川です。こちらは千住署の坂下です。はじめまして」

「警視庁？　っていうことは刑事さんですか？」

「朝霧君！」

柊のいつになく鋭い声に、明日香は身をこわばらせた。

「刑事さんは私と話をしに来たらしい。悪いけれど外してもらえるかな」

「え？　あ、……はい」

明日香は慌てて黒川たちに一礼すると、麻酔科控室に向かった。刑事たちとなにを話すつもりなのか興味はあったが、そんなことが言い出せる雰囲気ではなかった。

控室に入った明日香は、閉めた扉に耳をつけてみる。ぼそぼそと話し声が聞こえてくるが、やはり会話の内容までは分からない。焦《じ》れる明日香の視界に、壁に掛けられた聴診器が飛び込んでくる。

あれだ！　明日香は聴診器を手に取ると、耳に装着し、集音部を扉に押し付けた。

「……って何度も言っているでしょ！」

想像よりもクリアに、外の会話が聞こえてきた。柊が珍しく語気を荒くしている。

「先生、そう興奮しないでくださいよ。念のための確認なんです」

「だから、なんで『あいつ』が私に接触してくると思うんですか」

「あの男がこの日本で頼れるのは、師匠のあなたぐらいしかいないからですよ」

心臓が大きく跳ねる。『師匠』ということは『柊の弟子』について話をしている。

「あんな男、もう私には関係ありません」

「先生がそう思っていても、あちらはそう思っていないかもしれないじゃないですか。なんと言っても『師匠』なんだから、あなたに助けを求めて接触してくる可能性は十分にある。それとも、もしかしたら定期的に連絡を取っていたりしますか？」

「そんなことあるわけないでしょう！」

「いえいえ、そうとは限りませんよ。あの男は、あなたを慕っているみたいですからね。あの、神楽誠一郎は」

神楽誠一郎、その名前を聞いた瞬間、視界がぐらりと揺れた。喉から「ひっ！」と悲鳴のような音が漏れる。せわしなく耳から聴診器を外した明日香は胸を押さえる。心臓が全力疾走でもしたかのように鼓動を刻んでいた。

『神楽誠一郎』、あの刑事は間違いなくそう言った。

神楽誠一郎が、あの連続殺人鬼が柊の弟子？

遠くから扉が閉まる音が聞こえてくる。刑事たちが帰ったのだろうか。いや、それにしては早すぎる。きっと話を聞かれないために、柊が刑事を連れ出したのだろう。

明日香はソファーに近づくと、倒れ込むように座った。

あの神楽誠一郎が柊の弟子だった。四年前、医療界を、いや日本全体を揺るがすような事件を起こし、忽然《こつぜん》と姿を消した男。鷲尾や平崎が言っていた『四年前の事件』、それはあの男が起こした連続猟奇殺人のことだった。

明日香は手を伸ばしてノートパソコンを開くと、検索サイトの検索バーに入力されている『柊貴之　弟子』を消し、代わりに『神楽誠一郎』と入力してクリックした。液晶画面に検索結果が表示される。最も上に表示されているネット辞書を開く。

『神楽誠一郎　東京都練馬《ねりま》区出身　一九八〇年生

・人物

神楽誠一郎は日本の形成外科医・殺人事件容疑者。二〇一四年、「酒井《さかい》外科病院女児死亡事件」で悪質な医療過誤を起こした医師としてマスコミで取り上げられ、刑事・民事にて訴えられた。医道審議会は二〇一四年七月、事件の社会的な影響を考慮し、裁判の判決前に医業停止一年という異例の決定を下す。さらにその後、二〇一二～二〇一四年に東京で起きた、美容形成外科手術を受けた経験のある女性が連続して殺された通称「整形美女連続殺人事件」の容疑者として、二〇一四年九月指名手配されるも、その直前にタイに逃亡。現在もその行方を捜査機関が追っている。

・事件概要

①酒井外科病院女児死亡事件

二〇一四年二月十三日午後九時頃、埼玉《さいたま》県狭山《さやま》市の路上で母親とともに祖父母の家から帰宅途中の山中景子《やまなかけいこ》（当時九歳）が車にはねられ負傷。母親は事故現場から数十メートルの距離にあった酒井外科病院に自らの手で娘を運んだ。

当時酒井外科病院には院長と、当直医であった神楽誠一郎がいた。酒井外科病院は救急指定病院ではなく、診察した院長は対応が不可能と見て、救急要請をするべきと判断した。しかし、その決定に神楽誠一郎が異議を唱え、院長の反対を押し切って、母親に十分な説明もしないまま緊急手術を強行する。

手術は失敗し、十四日午前零時頃、女児の死亡が確認された。この事件は当初、一般的な交通事故死として扱われていた。しかし、事件当日病院に勤務していた看護師が、手術を執刀した神楽誠一郎の専門が形成外科で、開腹するような手術は専門外であったこと、院長は総合病院へ搬送した方がいいと判断したが、神楽誠一郎がそのことに強く反対し、手術を強行したことを告発した。この告発によって神楽誠一郎は医療過誤にて刑事・民事ともに告訴され、また被害者である山中景子の父親が民放テレビ局に勤めていたため、この事件はマスコミに大きく取り上げられることとなった。

山中景子の遺族は、神楽誠一郎は開腹手術の経験が不十分にもかかわらず、自らの実力を過信したため医療過誤を起こしたと主張。マスコミはその主張を大々的に放送し、神楽誠一郎が行った手術を「人体実験」と断罪した。神楽誠一郎はマスコミの追及に対し沈黙を保ったまま、二〇一四年八月タイに渡航し、その後消息を絶っている。そのためこの医療過誤事件の裁判は被告不在のまま進み、民事にて一億二千万円の慰謝料を支払うよう命じる判決が下されている。

事件がおおやけになった当初は、神楽誠一郎を殺人犯のように扱うマスコミに対し、疑問を投げかける医療関係者も少なくなかった。その多くは、山中景子の受けた負傷の状態を考慮すると、救急病院に搬送を試みても、到着までに死亡する可能性が極めて高く、緊急手術を行うという判断は間違っていなかったというものだった。しかし、神楽誠一郎が「整形美女連続殺人事件」（詳細は後述）の容疑者として指名手配されたことにより、それらの主張はほとんど聞かれなくなった。

② 整形美女連続殺人事件

二〇一二年から二〇一四年にかけて関東で起きた連続殺人事件。美容整形手術を受けた形跡のある二十代から三十代の女性が四人、同一犯と思われる手口で殺害され、死体が遺棄された。死体の遺棄場所が関東全域に広がっていたこと、事件と事件の間の期間が長かったこと、美容整形手術を受けたこと以外に被害者たちに共通点がなかったこと、被害者たちがどこで手術を受けたか分からなかったこと、犯人を示す物証がほとんどなかったことなどから、警察は当初、事件が同一犯によるものとは気づいていなかった。

二〇一四年、前述の酒井外科病院女児死亡事件で告発された神楽誠一郎が海外に逃亡し、自宅が家宅捜索された際、被害者である四人の女性のデスマスクおよび、その他の証拠品が発見された。またその後の捜査で、被害者の四人が神楽誠一郎による美容整形手術を受けていたことも判明。警察は神楽誠一郎が、自らが手術をした女性のデスマスクを製作するために犯行に及んだものと見て容疑を固めた。

事件が明らかになった際、社会への影響は非常に大きく、医療、とりわけ美容外科に対する世間の風当たりはかなり強くなった。警視庁は神楽誠一郎を国際指名手配して行方を追っているが、現在も逮捕に至っていない。

また、神楽誠一郎の自宅からは、大量の爆発物も押収されており、テログループとの関係も疑われたが、現在のところ特定のテログループとの関係は明らかになっていない。

神楽誠一郎がタイに渡航する数時間前、勤務していたクリニックが放火と思われる火事により全焼している。これは神楽誠一郎が、自ら手術を行った患者の記録を消すために起こしたものと思われている。爆発物はこのクリニックを爆破するために用意したが、爆破よりも放火を選んだという説もある』

明日香は画面から視線を外すと、閉じた瞼《まぶた》の上から眼球を揉《も》んだ。誰もが書き込めるネット上の百科事典のため、細かいところで内容が不明瞭な点も多かったが、それでも事件の概要を思い出すのには十分だった。

日本では珍しいシリアルキラーによる連続殺人事件、しかもその犯人は、数ヶ月前に医療過誤で話題になっていた医者ということで、四年前ワイドショーは『連続殺人鬼 神楽誠一郎』一色に染まった。

神楽誠一郎が柊の弟子だった。考えてみれば納得できることもあった。当時の報道では、連続殺人の被害者たちにはかなりレベルの高い美容形成手術が施されていたうえ、どこで手術を受けたのか誰も知らなかった。完璧な手術と秘密厳守という柊のポリシーを受け継いでいるとしたら、それも当然だ。

このページに記されている『放火されたクリニック』とは、柊がここの前に開業していたクリニックのことだろう。四年前、柊は神楽誠一郎に自らのクリニックを焼かれ、そして三年前に新しくここで開業した。そう考えればすべてがつながる。

柊が『弟子』について隠そうとするのも当然だ。ただ、別に弟子が犯罪者だからといって、柊に非はない。……神楽誠一郎の犯罪に、柊がなにも関係していなければ。

先日会った平崎は、執拗《しつよう》に柊が重大犯罪に関わっていると匂わしていた。彼はいったいなにを疑っているのだろうか。いったいどんな情報を持っているのだろうか。思考が絡まって頭が痛くなってくる。この頭痛を治す方法は一つしか思いつかなかった。

明日香はバッグから財布を出すと、その中から一枚の名刺を取り出した。

3

「ご無沙汰しています。朝霧さん」

日曜の昼前、神谷町のカフェで英文の医学雑誌を眺めながらカフェラテをすすっていた明日香は、目だけ動かして近づいてきた男を見る。オレンジジュースの入ったグラスを持った平崎が、すぐそばで屈託のない笑みを浮かべていた。

この男と会って本当によかったのだろうか？　胸の中に不安が湧いてくる。その胡《う》散臭《さんくさ》さに二度と会わないつもりだった。しかし昨日、柊と刑事の話を聞いてから、耐えられなくなって連絡を取り、ここで待ち合わせをしていた。

「……神楽誠一郎」

明日香はその名前をぶつけて機先を制する。店内は閑散としている。他人に話を聞かれる心配はないだろう。対面の席に腰掛けた平崎の動きがぴたりと止まった。

「神楽誠一郎が柊先生の弟子。そうですね？」

明日香は声をひそめながら言う。平崎の唇の両端が上がった。

「そのとおり。日本中を震撼《しんかん》させたシリアルキラー、神楽誠一郎。彼は三年ほど柊貴之に師事していました。それくらいのことなら、素人《しろうと》でも調べがつきますけどね」

「なら、なんで前回教えてくれなかったんですか」

「簡単に種明かししたら、つまらないじゃないですか。それに、自分で調べたからこそ興味も湧く。そうじゃなきゃ、私にまた会おうとは思わなかったかもしれない」

たしかにそのとおりだった。明日香は顔をしかめる。

「柊先生と神楽誠一郎の関係について教えてください。なにか知っているんでしょ」

「私から情報が欲しければ、あなたも情報をください。ギブアンドテイクですよ」

平崎は人の好さそうな笑みを浮かべた。

「……なにが訊《き》きたいんですか？」

明日香は油断しないように気を引き締める。この男はその善人っぽい表情の裏で、なにを考えているか分からない。

「そうですね。それじゃあまず、柊の自宅がどこにあるか知っていますか？」

「クリニックの近くのホテルに住んでいると聞いていますけど」

以前、早苗と雑談したときにそんなことを聞いた。

「ええ、そのとおりです。あの男が定宿にしているホテル、かなり高級ですよ。美容外科って儲かるんですね」

「知っていたんですか⁉」

「すみません。試させてもらいました。偽の情報をつかまされたら困るんでね」

「ふざけないでください」

「ああ、そんなに怒らないで。今度は本当の質問です。クリニックの看護師とあなた以外に、柊が親しくしている人物はいますか？　仕事でも、プライベートでも」

「親しくしている人物……ですか？」

「ええ、日常的に柊と会っている人物です。たとえば、恋人がいるとか」

「恋人はいないはずです。私だってそんな親しいわけじゃないです。私の知る限り、柊先生と親しい人っていったら、クリニックに勤めている……」

「看護師の一色早苗だけ、ですか」平崎はうんうんと頷く。

「早苗さんのことは知っているんですね」

「もちろんですよ。柊についてなら、どんな細かいことでもいいから知りたいんです。知って、あいつの正体を暴いてやりたいんです」

　平崎の言葉に熱がこもっていく。そんな平崎を前にして、明日香は首をひねる。

「なんで、そんなに柊先生にこだわっているんですか？」

「え？　なんでって……」

　虚を衝《つ》かれたのか、平崎は一瞬言葉につまった。

「四年前の事件を調べたいなら、タイに行って神楽誠一郎の行方を追えばいいじゃないですか。なのに、犯人の師匠だったっていうだけの柊先生を熱心に追うなんて」

平崎は明日香を見たまま黙り込んだ。

「……この数日で平崎さんが書いた記事を読みました」

ネットで検索をかけると、本人が言っていたとおり、平崎が書いた暴力団関係や凶悪犯罪事件についての記事が引っかかった。

「それはどうも」

「私が見た平崎さんの記事は、ほとんど大きな犯罪に関してでした。そんな記事を書く人が、なんで柊先生に興味を持つのか分からないんですよ。たしかに柊先生が引き受ける手術の中には、倫理的に問題があるものもあるかもしれません。けれど少なくとも、平崎さんがそこまで入れ込むような大きな犯罪じゃないはずです。平崎さん、もしかして四年前の事件に、柊先生が関わっていると思っているんじゃないですか？」

それが、一晩考えて出した結論だった。明日香は息を呑みながら答えを待つ。平崎は十数秒間沈黙したあと、オレンジジュースを一口すすって息を吐いた。

「朝霧先生、私はあなたを重要な情報源だと見なしていますので、いまの質問に答えてもいいかと思っています。けれど、この先のことを聞いたら、あとに引けなくなる。柊貴之と普通に接することが難しくなるかもしれません。それでもいいんですか？」

「脅すんですか？」

「事実を言っているだけです」

平崎は淡々と言う。明日香は乾いた唇を舐《な》めて湿らすと、口を開いた。

「教えてください」

「分かりました。これから言うことは、世間にはまだ流れていない情報です。私がツテをたどり、警察から入手したんです。ですから……」

「もちろん口外したりはしません」

明日香は口元に力を込めると、一言たりとも聞き逃さないように精神を集中させる。

「神楽誠一郎が四年前、タイに逃げたことは知っていますね。そして国際指名手配されているにもかかわらず、いまも逮捕されていない」

「ええ……」

日本に住む国民の大部分は、そのことを知っているだろう。なにしろあの頃は、連日連夜『神楽誠一郎』のニュースが全国放送されていたのだから。

「けれど、このことは知られていないはずです。神楽誠一郎がタイに行った二週間後、ある人物がタイに入国しているんですよ」

「それってもしかして……」

「そう、柊貴之です。彼は一ヶ月以上タイに滞在し、帰国している。その間になにをしていたか警察に訊ねられると、彼は『女の子と遊んでいた』と答えています」

明日香は顔をしかめる。たしかに柊ならそういうことをやりそうだ。けれど……。

「けれど、女遊びするにはふさわしいタイミングではないですよね。自分の弟子がシリアルキラーだと判明して、しかもそのタイに逃げ込んでいたんですから」

平崎は低い声で言った。明日香は必死に頭を働かせる。四年前、神楽誠一郎を追うように、柊がタイに渡航していた。それはなにを意味するのだろう?

「連続殺人事件が明るみに出る前、神楽誠一郎は酒井外科病院での医療事故で窮地に陥っていました。そのとき、柊は神楽を救おうと弁護士を紹介したり、尽力したそうです。柊と神楽、この二人の師弟関係はかなり強固だったと考えるべきでしょう」

話題が変わる。不吉な予感が明日香の胸をかすめた。

「神楽誠一郎はいまも逃亡を続けています。事件から四年近く経つのに目撃情報一つない。組織に属しているわけでもない個人が、異国の地でここまで完璧に潜伏するのは困難です。警察は二つの可能性を考えています。すでに死亡しているか……」

平崎はそこで言葉を切ると、声をひそめる。

「もしくは顔を変えているか」

「それって、もしかして……柊先生が……」声が震える。

「そうです。柊貴之がタイに渡り、神楽誠一郎に形成手術を施して別人にした。だから神楽誠一郎はいまも逃亡できている。警察はその可能性を考えています」

「そんなことあるわけないじゃないですか！」

思わず叫んでいた。周囲の客たちの視線が集まり、明日香は身を小さくする。

「なんで『あるわけない』と言い切れるんですか」

「だって、柊先生がそんなことするわけ……」

「あなたは柊貴之と知り合って、それほど経っていないはずです。柊がどういう人間か完全に理解していると言い切れますか？」

「それは……」

「いま言ったことはあくまで警察の仮説です。私はこの仮説も併せて様々な可能性を検討しながら、四年前の真実を暴いていくつもりです。そしてそのためには柊貴之の情報が必要だ。絶対に」

力のこもった声で言う平崎を前にして、明日香は言葉を継げなくなる。

「朝霧先生」平崎が身を乗り出してきた。「あの悲惨な事件の解決のために手を貸してください」

頭を下げる平崎を前に、明日香は沈黙する。脳裏を柊の軽薄な笑顔がよぎった。

4

「おはようございます、明日香先生」

天城舞こと藤井舞子の手術当日、午前九時に明日香が柊美容形成クリニックの扉を開けると、朗らかな声が迎えてくれた。

「あ、おはようございます、早苗さん。風邪はもういいんですか？」

明日香は受付に座る早苗に訊ねる。

「ええ、もうすっかり。先週はご迷惑をおかけしました。患者さんの面談があるっていうのに倒れてしまって。お一人で柊先生のお相手するの、大変じゃなかったですか？」

早苗は心配そうに形のいい眉を八の字にする。

「まあ、それは大変でしたけど、早苗さんは毎日相手しているじゃないですか」

「ええ、時間をかけて手懐《てなず》けました」

早苗は妖艶《ようえん》な笑みを浮かべる。同性にもかかわらずドキリとしてしまう。

「ところで、患者さんってもう来ていますか？」

「藤井舞子さんならもう着替えて、患者控室で待っていらっしゃいますよ」

「それじゃあ、さっそく会いに行ってきます」

明日香は麻酔科控室に入り、ロッカーから白衣を取り出して羽織る。部屋から出てクリーンエリアの手前にある患者控室の前まで行くと、胸に手を置いて大きく息を吐いた。今日の患者は、なぜか分からないが自分に敵意を抱いている。顔を合わせるのに少し覚悟を決める必要があった。明日香は扉をノックする。

「失礼します」

部屋に入った瞬間に鋭い視線を浴びせかけられた。患者用の手術着を着た舞子がソファーに座りながら、明日香をにらんでいた。舞子の隣には、不安そうな表情を浮かべる草柳が座っている。

「なんの用なの？」

「いえ、あと十五分ほどでクリーンエリアに入室していただいて、そこで全身麻酔の準備を整えていきますので……」

「それなら十五分後に呼びに来ればいいでしょ」

舞子は明日香から視線を外すと、虫でも追い払うように手を振った。

なんなわけ、この人は。こっちはあなたが安全に手術が受けられるように、努力しようとしているっていうのに。

「分かりました。それじゃあ失礼します」

明日香は口調に怒りが滲《にじ》まないように、必死に感情を抑えながら部屋を出る。

「ご挨拶は終わりました？　私は手術室の準備を整えておきますね」

患者控室から出ると、ちょうど早苗がクリーンエリアへと入っていくところだった。早苗に愚痴を聞いてもらおうかと思っていた明日香は、手術室に向かう背中に声をかけようとするが、直前で思いとどまる。早苗はこれから手術の準備を整えなくてはならない。邪魔をするわけにはいかない。それなら……。

明日香は院長室の前へと移動する。ノックをする寸前、『神楽誠一郎』という名前が頭をかすめ、手が止まった。

……考え込んでいてもしかたがない。明日香はノックすると無造作に扉を開く。

「うわぁ！」甲高い声が響く。院長室の奥にあるデスクの前で、上半身裸の柊が両手で自分の体を隠していた。

「……なにしているんですか？」

「なにって、見ればわかるだろ。手術着に着替えているんだよ」

「ああ、そうですか。どうぞさっさと着替えてくださいな。私は気にしませんから」

空手部にいた頃、男子部員が道場で着替えていたので、男の裸の上半身など見慣れていた。

「私が気にするんだ。後ろを向いていてくれ。セクハラで訴えるぞ」

「はいはい」

明日香はその場で回れ右をする。背後で慌てて着替える気配がした。やっぱり、この人が神楽誠一郎の協力者なんてありえない。情けない柊の態度を前にしてそう思うが、先週平崎に言われたことがどうしても頭にこびりついていた。

「もういいぞ。それで、なんの用だったんだ？」

明日香が振り返ると、手術着に着替え終えた柊が疲れ果てた顔を晒《さら》していた。

「いえ、とりあえず到着したんで、挨拶でもしようかなって」

「はい、『おはようございます』」柊が芝居じみた口調で言う。

「おはようございます……」

「ほら、挨拶は終わったぞ。私はこれから手術直前まで精神統一をするんだ。天城舞にはもう挨拶は済ませてあるから、麻酔がかかったら呼んでくれ」

「……はい」明日香は唇を尖らせながら頷くと、柊に恨めしげな視線を送る。

「なんだい、その目は？　腹が減っているんだったら、給湯室にクッキーが……」

「別におなかはすいてません」

「そうか……」柊は数秒間、訝《いぶか》しげに明日香を見つめたあと、にやりと笑った。「もしかして、天城舞にまたくらわされたかい？」

図星を突かれ、明日香は言葉につまる。

「おや、大正解だったみたいだねえ。なんだ、男の裸を見ても平然としているようながさつな女性だと思ったが、可愛《かわい》いところもあるじゃないか」

さっきの意趣返しのつもりか、柊はやけに楽しそうに言う。

「悪かったですね、患者さんに文句言われたぐらいで落ち込んで」

「いやいや、そんなことはないよ。君はもっとそういう一面をアピールするべきだよ。

そうすれば、二十八歳で独身彼氏なしなんて……」

「ここで空手の稽古をしたいんですか？」

明日香は正拳を作り、顔の前にかざす。にやにやと笑っていた柊が一歩後ずさった。

「ま、まあ、そのことは置いておいて。君は本当に、なんで自分が嫌われているか分からないのかい？」

「先生は分かるんですか⁉」

「そんなの、一目瞭然じゃないか」

「教えてください！　なんで舞子さんがあんなに私を嫌うのか」

「簡単なことだよ。天城舞は君に嫉妬しているんだ」

「……嫉妬？　私に？」予想外の言葉に、明日香は眉根を寄せる。

「たしかに、君に嫉妬なんてばからしいことだ。東京に出て何年も経つのに垢抜《あかぬ》けなくて、貧乏で、アラサーなのに結婚どころか恋人もいない。正直いいところなしだ」

「喧嘩《けんか》売ってます？」

明日香は再び正拳を顔の前で構える。そろそろ、一発ぐらいなら顔面に叩き込んでも許されるんじゃないだろうか？

「ま、まあ落ち着きなさい。たしかに君は、世間一般から見れば、勝ち組とは程遠い。けれど、いまの君の姿こそ、天城舞が一番欲している姿なんだよ」

「アラサー独身がですか？」

「いや、そこじゃなくて。……君、思ったよりそのことを気にしているんだね」

柊は気を取り直すように咳払いをする。

「夢を持って麻酔の研究に打ち込んでいる君は、天城舞にかつての自分を思い起こさせるのさ。一人前の女優になろうと必死に努力していた自分を」

得意げに語る柊の言葉を聞いて、明日香ははっと息を吞む。

「柊先生。……先生は、舞子さんを助けられるんですか」

明日香がためらいがちに訊ねると、柊は小馬鹿にしたように鼻を鳴らした。

「君は本当に単純でお人好しだねえ。いまのいままで、天城舞の態度に腹を立てていたっていうのに、すぐに彼女に同情するなんて」

「単純で悪かったですね」

「いや、悪くなんかないよ。単純でいられるっていうことは、ある意味貴重なことさ。君はそのままでいなさい。私のようにならないようにね」

それまで軽い口調で語っていた柊の顔に、暗い影が差す。

「ねえ、朝霧君。なんで私がこれほどまでに天城舞の気持ちを理解できるのか。そして、普通の形成外科医なら断るような彼女の手術を引き受けたのか分かるかい？」

「先生が、舞子さんみたいな患者さんをたくさん治療してきたから、ですか？」

明日香は慎重に言葉を選びながら答える。柊の顔に自虐的な笑みが浮かんだ。

「どんなに多くの患者を診《み》てきてもね、あくまで患者は他人なんだよ。『患者の気持ちになって治療する』なんて言う医者がいるけどね、そんなの不可能だ。いや別に批判しているわけじゃない。そういう医者たちはたしかに、患者の立場になったらと想像して、必死に治療しているんだろう。けれど、患者は医者の想像の何倍、何十倍の苦悩を抱え込んでいるんだから」

柊の笑顔が痛々しいまでに歪んでいく。

「私はね、自分のことが大っ嫌いなんだよ。いや嫌いなんて言葉じゃ言い表せないな。自分を……憎んでいるんだ。天城舞が現在の自分を憎む以上にね。だからこそ、私は彼女の気持ちが分かるし、私なら彼女を救えるかもしれない」

自分を憎んでいる。そう語る柊を前にして、明日香はなにも言えなくなる。軽薄な仮面に隠された柊の本質に触れている。そんな気がした。

柊は大きく息を吐く。その表情は憑《つ》き物《もの》が落ちたかのように穏やかで、そして哀しげに見えた。

「だからこそ、私は最高の美容形成外科医でいられるんだ」

＊

規則正しい心電図の音を聞きながら、明日香はモニターに表示されている数値を目で追っていく。血圧、脈拍、呼吸数、血中酸素濃度、すべてが正常値だった。

問題なく全身麻酔への導入を終えたことを確認した明日香は、手術台に視線を向ける。口に挿管チューブを挿入された藤井舞子が、目を閉じて横たわっていた。明日香は点滴量を調整すると、筋弛緩剤《きんしかんざい》を投与していく。これで手術の準備は整った。掛け時計を見ると、時刻は午前九時五十分になっていた。

舞子はリカバリールームで手術前の準備を行うときも、そして手術室に入室してからも、ちくちくと明日香に嫌みをぶつけてきたが、ほとんど気にならなかった。

自分のことを『天才形成外科医』と恥ずかしげもなく自称する柊、彼は自分に絶対の自信を持つ、自己愛が過剰な人間だと思っていた。そんな男から発せられた、自己に対する憎悪の言葉。そのことがこの数十分、明日香の思考を支配していた。

なぜ柊は自らのことを憎んでいるのだろう。神楽誠一郎の起こした事件となにか関係があるのだろうか。

「ご不安ですか？」

「え?」早苗に声をかけられ、明日香は我に返る。

「この手術のことですよ。さっきから明日香先生、心配そうな表情をしているから」

「あ、……ああ、そうなんです。本当に手術で舞子さんを助けられるのかって……」

明日香は慌てて誤魔化す。舞子のことを心配しているのも本当だった。

「柊先生ならきっと大丈夫ですよ」

早苗の言葉に、明日香はすぐに頷くことはできなかった。

「けれど、これまでどんなに美容手術を受けても、舞子さんは苦しんできたんですよ。いくら柊先生でも……」

暗い顔で言う明日香を、早苗は十数秒間、無言のまま見つめたあと、口を開いた。

「ちょっと昔話をしてもいいですか?」

「え? 昔話?」明日香は目をしばたたかせる。

「はい。三年前、私がはじめて柊先生と会ったとき、私が柊先生の手術を受けることになったときの話です」

明日香は目を大きくする。三週間前にははぐらかされた二人の出会いの話。

「ぜひ聞かせてください!」明日香は身を乗り出した。

「実は私、バツイチなんです」

早苗はなんの前触れもなく言う。唐突な告白に明日香は戸惑ってしまう。

「そ、そうなんですか。それはなんというか……」

「元夫と出会ったのは二十四歳の頃でした。友人の紹介で会って、あちらから猛アタックを受けて交際をはじめて、一年後には結婚することになりました。元夫はフリーターっていうんですか、定職に就いていなかったんで結婚は迷いましたけど、そこまで熱烈に迫られたことがなかったので、嬉《うれ》しくなってしまったんですね。その頃は、本当に地味で目立たない外見をしていたもので」

　懐かしそうに目を細める早苗の言葉を、明日香は黙って聞く。

「結婚してすぐに、元夫は本性を現しました。仕事をまったくしなくなって、私の給料でパチンコとか競馬をやりだしたんです。俗に言う『ヒモ』ってやつですね」

「うわぁ……」思わず、声が漏れてしまった。

「元夫がお金を要求してくるんで、私は通常の仕事だけじゃなく、休みの日も小さな病院で、オペナースのバイトをしたりしていました。まあ、その頃の経験で腕が上がったんですけどね。そして、一年も経った頃には、元夫は金がなくなるとDVを……私を殴るようになりました」

「なっ⁉　ひどい！」

　顔を紅潮させた明日香は拳を握る。早苗は少し哀しげに微笑んで言葉を続けた。

「暴力はどんどんひどくなって、私は離婚を切り出しました。そうしたら元夫は激昂《げっこう》して、普段より激しく殴ってきたんです。……鼻が折れるぐらい。私はなんとか逃げ出して、友人のアパートに転がり込みました」

明日香は息を呑む。

「顔中が腫れて、本当に見るに堪《た》えない顔になりました。鏡を見たときはショックで、自殺しようかと思ったくらいです。まず、鼻を治さないと、と思ったんですけど、知り合いの医者にはこんな顔を見られたくなくて、どうすればいいか分かりませんでした。そのとき、私を泊めてくれていた友人が、耳に挟んだ噂を教えてくれたんです。すごく腕のいい形成外科医の先生が開業するって」

「……それが柊先生？」

「ええ、そうです。私がここに来た日が、偶然にも開業当日でした。私が事情を説明してマスクとサングラスを取って顔を見せたら、柊先生なんて言ったと思います？」

「さあ」

「あなたは美しい。あなたのような人を待っていた」

早苗は胸を張ると、柊の口調をまねながら言う。呆然《ぼうぜん》とする明日香の前で、早苗はゆっくり瞼を閉じた。

5

「あなたは美しい。あなたのような人を待っていた」

唐突に、イタリア人の口説き文句のようなことを言い出した男に、早苗はあっけに取られる。

「あの、……なにを言っているんですか？」

混乱がおさまってくると、次第に怒りが湧いてきた。こんなに鼻が曲がり、目の周りが皮内出血で青く変色した顔が『美しい』？　皮肉にしてもひどすぎる。

「なにを言っているとはどういうことでしょう？　私はただ事実を述べているだけです。あなたは『美しい』。あなたは自分の魅力に気づいていないだけです」

「からかわないでください」

「からかう？　私はからかってなんていませんよ。えっと、春日《かすが》早苗さんでしたね。ご希望はその旦那さんに折られた鼻を治すだけということですが、そんなのもったいない。どうか私に任せてください。あなたを生まれ変わらせて差し上げましょう！」

舞台役者のように高らかに言う柊に圧倒され、早苗は言葉を失う。

「きっとあなたは、自分の顔に、いや自分自身に自信がないのでしょう？　だから、そんなくだらない男に引っかかってしまった」

夫のことを『くだらない男』と言われた瞬間、唇の端が引きつった。

「おや、旦那さんの悪口を言われて怒りました？　そんなひどい仕打ちを受けていながら、まだ旦那さんから心が離れていないのですか？　なぜでしょうねぇ」

柊はわざとらしく首を傾けると、早苗の目をのぞき込んできた。

「なぜって……」

「あなたは怖がっているんですよ。旦那さん以外に、自分を愛してくれる男はいないんじゃないかってね。だからこそ、旦那さんから離れられなくなっている」

心の底まで見透かされた気がして、早苗は身震いした。柊は身を乗り出してくる。

「それもひとえに、あなたが自らの魅力に気づいていないからだ。春日早苗さん、私の手術を受けてください。そうすれば、あなたの人生は劇的に変化するでしょう！」

人生が劇的に変わる。この惨めな人生が……。心を激しく揺さぶられた早苗は、おずおずと口を開く。

「あの、……もしその手術をするとしたら、おいくらぐらいかかるんでしょうか？」

「手術代金ですか？　そうですねぇ、あなたは当クリニックの記念すべき第一号のお客様だ。なので出血大サービス、手術代、入院費、その他の諸経費、さらに消費税まで込み込みで、一千万円で承りましょう！」

「一千万円!?」あまりにも法外な値段に、声が跳ね上がる。

「ええ、あなたは運がいい。普通ならもっといただくんですよ」

「すみませんが、私にはその金額を払えるだけの余裕がありません……。失礼します」

早苗は席を立つ。これまでに稼いだ金は、ほとんど夫に渡していた。自分が自由にできる金など、三十万円にも満たない。

「金がないんですか？　それは困りましたねえ。私は『芸術家』として、ぜひあなたの美を引き出したいのですが……」

柊は腕を組んで一瞬考え込むと、ぱっと顔を上げる。

「そうだ！　金がないなら、体で払えばいいじゃないですか！」

「変なこと言わないでください！　私はまだ結婚しているんですよ！」

「ああ、そういう意味じゃありません」慌てて柊が言った。「うちのクリニックは看護師を募集中なんですよ。できれば優秀なオペナースをね」

部屋を出ようとしていた早苗は、ゆっくりと振り返って柊を見る。

「お話を聞くと、あなたは腕のいいオペナースのようだ。どうでしょう、私の手術を受ける代わりに、このクリニックで働く気はありませんか。給料ははずみますよ」

柊はへたくそなウインクをしながら言った。

*

怖い。体の震えが止まらない。

ベッドの上で体育座りをした早苗は、不安に体を震わせ続けていた。おそるおそる頬に触れてみる。包帯の柔らかな感触が、不安をさらに増大させた。

二週間前に柊の手術を受け、今日が包帯を取り去る日だった。時刻はすでに午後八時を回っている。予定ではそろそろ柊がやってくるはずだ。

柊の指示で、この二週間、自分の顔がどうなっているのか確認していない。早苗は病室を見回す。高級ホテルのような個室。けれど、この部屋には鏡が置かれていない。

『生まれ変われる』という柊の言葉に惹《ひ》かれ、催眠術にでもかけられたかのように手術を受けてしまった。しかしいまになって、恐怖と後悔をおぼえていた。

別に、『美しく』などなれなくてかまわなかった。別人の顔になれば、夫が私だと分からないようになれば、この地獄のような結婚生活から逃れられるかもしれない。

そこまで考えたところで、心臓が大きく跳ねた。本当にそうだろうか？　私と夫はまだ離婚が成立していない。たとえ別人の顔になっても、夫との関係は切れないのではないか。

不安が胸を満たしていく。そのとき、ノックもなく勢いよく扉が開き、柊が病室に入ってきた。

「どうもどうも、春日さん。お加減はいかがですか？　新しい人生へと飛び出す準備は整っていますか？」

ハイテンションな柊の言葉に、早苗は小さく頷く。準備など整っていなかったが、それでも早く、自分の顔がどうなっているのか確認したかった。

「それではご開帳」

柊は慣れた手つきで素早く包帯を外すと、手鏡を顔の前に差し出した。鏡の中に映った顔を見て、早苗は目を疑った。そこに映った女性は、化粧をしていないにもかかわらず、息を呑むほどに美しかった。

切れ長だがはっきりとした二重の目、顔の中心にまっすぐ通った鼻筋、薄い唇が涼やかな口元。そのすべてが完璧な調和のもとに存在していた。

「これが……私……？」早苗は自分の顔をぺたぺたと触る。

「最高の出来栄えでしょ」

胸を張りながら言う柊に、早苗は弱々しく頷く。

たしかに顔は美しくなった。しかし、最初に感じたのは喜びでなく、不安だった。私はこんな顔になる価値などあったのだろうか。私のようなくだらない女が外見だけ美しくなっても、意味がないのではないか。

夫の顔が脳裏をよぎり、早苗は身を固くする。こんな顔になって、夫はどう思うだろう。顔が美しくなったことで、私に対する独占欲がさらに強くなり、離婚をしてくれなくなるんじゃないだろうか。……でも、こんなに綺麗《きれい》になれば、あの人も少しは優しくなってくれるかも。

「旦那さんのことを考えていますか？」

俯《うつむ》いて考え込んでいた早苗の視界に、唐突にしゃがみ込んだ柊が入ってくる。

「なんで……？」

「分かりますって。あなたは旦那さんにがんじがらめにされていますからね。おそらく、こんなことを考えていたんじゃないですか？　こんなに綺麗になったなら、彼は少しは優しくしてくれるかも、とかね」

胸の内を正確に言い当てられ絶句する早苗に、柊は紙袋を押し付けてきた。

「なんですか、これは？」

「ドレスですよ。サイズは大丈夫なはずです。着替えて、化粧をしてください」

「ドレス？　化粧？」意味が分からず、早苗は眉をひそめる。

「もちろん、これから飲みに行くんですよ。手術が成功した祝杯をあげないと」

「ちょっとそういう気分では……。これから友人の家に戻る予定ですし……」

戸惑いながら言う早苗の前で、柊は人差し指を左右に振った。

「付き合っていただきますよ。これも治療のうちなんですからね」

＊

慣れない高いヒールのせいで、足元がふらつく。薄暗いバーを一人で歩きながら、早苗は神経質に店内を見回した。

数十分前、ドレスに着替え化粧を終えた早苗は、柊に手を引かれてなかば強引にタクシーに乗せられ、銀座の外れにあるこのショットバーまでやってきた。

「どういうことなんですか？　これも治療だなんて……」

わけの分からないままに連れてこられた早苗は、店の前で柊を問い詰めた。

「残念ながら、あなたはまだ美しくない。あなたの本当の美しさは、まだ引き出されていない。あなたはまだ、『作品』として未完成なんです」

柊は心の底から楽しげに言った。

「……ここでなにかをすれば、『完成』するってことですか？」

「話が早い。頭の回転の速い女性は好きですよ」

「私はなにをすれば？」

早苗が投げやり気味に言うと、柊はとんでもないことを言い出したのだった。

柊の指示を思い出しながら、早苗は店内を奥へと進んでいく。

本当にここにあの人がいるの？　目をこらしながら、早苗は店内に視線を這わせていく。次の瞬間、全身に震えが走った。

いた！　店の奥にあるカウンター席に視線を向けた瞬間、全身の産毛が逆立つ。ビールのグラスを傾けながら、獲物を探す獣のような目であたりを見回している男。それは早苗の夫、春日宗介《そうすけ》その人だった。

「この店でいま、あなたの旦那さんである春日宗介が飲んでいます。あなたには一人でバーに入って、旦那さんに会っていただきます」

数分前、柊はそう言ってバーの入り口を指さした。

「い、いまなんて……？」早苗は混乱して訊き返した。

「あなたの夫である春日宗介は毎週金曜、このバーで飲んで、一人でやってくる女性を口説いているんです。まあ、成功率はかなり低いらしいですけどね」

「なんでそんなことを知っているんですか!?　夫の名前も教えていないはずです」

「探偵を雇ってすべて調べました。あなたの旦那さんが春日宗介であることも、彼がどのような日常を送っているかも」

「な!?」早苗は耳を疑った。「なんでそんなことを？」

「あなたの治療のために決まっているじゃないですか。私は『美』のために必要なら、どんなことでもします。たとえそれが法に触れようがね」

「……私になにをさせるつもりですか？」

興奮気味に喋《しゃべ》る柊から危険な気配を感じながら、早苗は小声で訊ねる。

「なに、簡単なことですよ。旦那さんに口説かれてください」

柊は心の底から楽しそうに言ったのだった。

あの人、本気なわけ？　早苗はゆっくりと宗介へと近づいていく。一歩踏み出すたびに、心臓の鼓動が速くなる。早苗は宗介から一つ席を空けてカウンターに腰掛けた。

「こんばんは。なにになさいます？」バーテンダーが愛想よく話しかけてきた。

「あ、えっと……マティーニを」

慌てて注文した瞬間、横顔に視線を感じ、早苗は体をこわばらせた。宗介がこちらを見ている。

もしかして、私だと気づかれたのだろうか？　殴られて部屋を飛び出してからというもの、一ヶ月近く姿をくらましていた。そんな私をこんなところで発見したら、この人は激怒し、殴りつけるだろう。人目など気にしないはずだ。怒り狂ったときのこの人は、手がつけられない。席を立った宗介が隣に座る気配を感じ、早苗は目を固く閉じる。

「お一人ですか？」

「え？」早苗は瞼を上げる。

「すみません、驚かしてしまって。ただ、もしお一人なら、ご一緒させていただけたらと思いまして」

宗介は気障《きざ》なセリフを口にするが、その表情は餌を待つ犬のように緩みきっていて、いまにもよだれを垂らしそうだった。

この人、私だって気づいていないの？　早苗は目をしばたたかせる。

「あの……ご迷惑でしたか？」

早苗のあきれ顔を見て、宗介は首をすくめた。あまりにも弱々しいその姿に、胸に巣食《すく》っていた恐怖が溶けはじめる。

「いえ、私も話し相手が欲しかったところです」

バーテンダーがカウンターに置いたマティーニのグラスを手に取りながら、早苗は微笑んだ。それだけで、宗介はだらしなく鼻の下を伸ばしはじめる。

会話に苦労はしなかった。宗介がひたすら自慢話をするのを聞き流せばいいのだから。宗介が自らをＩＴ系の青年実業家と語り、年収は五千万くらいで、ポルシェを乗り回していると言い出したときは、吹き出さないように耐えるのが大変だった。

話を聞けば聞くほど、胸の中にはびこっていた恐怖が薄れていった。

くだらない男。女を口説くために嘘八百を並べ立て、必死に自分を大きく見せようとしている。

私はなんで、こんな男を恐れていたのだろう？　結局この男は、私に寄生しないとまともに生きていくこともできないほど、矮小《わいしょう》な存在でしかなかった。

そのことに気づいた瞬間、唐突に体が軽くなった。全身を縛っていた鎖から解き放たれた気がした。甘美な感覚に揺られ、恍惚《こうこつ》としていた早苗は、宗介がなにか言ってきていることに気づき、我に返る。

「あ、ごめんなさい。なにかしら」

「いや、このあとは予定があるのかなと思って」

宗介の目がぎらつく。もう少し下心を隠しなさいよね。いまこの場で、自分の正体を明かしてやりたいという欲求に襲われるが、早苗は必死にその衝動に耐えた。

ここまでは柊の指示どおりに進んでいる。なら、最後までその指示にしたがってみよう。最初にこのあとの行動を説明されたときは、そんなことができるわけないと思った。けれど、いまなら容易にこなせる気がする。

早苗は思わせぶりにため息を吐くと、指先で宗介の顎を優しく撫《な》でる。宗介は締まりのない顔のまま身震いをした。

「それって、私を口説いているの？　私と寝たいわけ？」

ドラマのようなセリフを言っている自分に笑いそうになる。宗介は「……いや、……それは」と、しどろもどろになる。

「あなたって既婚者でしょ。指輪していなくても分かるわよ。私ね、既婚者とは寝ないことにしているの。あとあと面倒なことになるから」

「な、なに言ってるんだよ。独身に決まっているだろ。結婚なんて……」

早苗は泡を食う宗介の唇に人差し指で触れ、黙らせる。

「嘘をついてもだめ。女はね、男の嘘なんてすぐに見抜けるの」

「そんな。俺は本当に……」

「あら、まだ言い張るの？　残念ね」

「ま、待ってくれ！」立ち上がった早苗の手を、宗介が摑む。「悪かった。たしかに結婚している。けれど、もう離婚するところなんだ。妻は金遣いが荒くて、しかも浮気性で……。あいつが渋っていてまだ成立していないけれど、もうすぐ……」

金遣いが荒いのも、浮気性も、離婚を渋っているのも、全部あなたでしょうが。早苗はあきれながら、すがりつく宗介を見下ろす。

「離婚寸前ね。それなら相手してあげてもいいんだけど、……証拠が欲しいわね」

「証拠？」宗介はいまにも泣き出しそうな顔で見上げてくる。

「そう、証拠。明日のこの時間、あなたの名前が入った離婚届をここに持ってきて。

そうしたら、一晩付き合ってあげる」

早苗がウインクすると、宗介は水飲み人形のようにこくこくと頷いたのだった。

翌日、早苗が柊とともにバーに行くと、宗介はすでにカウンター席に座り、そわそわと周囲を見回していた。今回、柊は店の外ではなく、離れたカウンター席に腰掛け、様子をうかがっている。そんな柊を横目に、早苗は宗介へと近づいていった。もう夫を見ても緊張はしなかった。足取りは軽やかですらあった。

早苗の姿を確認した宗介は、子供のように手を振ってくる。その姿は滑稽で、顔がほころんでしまう。

「ビールいただけるかしら」宗介の隣に腰掛けながら、早苗はバーテンダーに注文した。

「あれ、今日はビールなのかよ。昨日はカクテルばっかり頼んでいたのに」

馴《な》れ馴《な》れしく話しかけてくる宗介に、早苗は軽く鼻を鳴らす。

「今日はその方がいいかなと思って」

早苗のセリフに首をひねりつつ、宗介はバッグから一枚の紙を取り出した。

「約束のもの、持ってきたよ」

差し出された紙を、早苗は無造作に摑むと、目を通していく。離婚届、その届出人の『夫』の欄には『春日宗介』のサインがあり、しっかりと判が押されていた。

「たしかに離婚届ね。あとは奥さんがサインして、役所に持って行けばあなたは独身。それで、あなたは本当に独身に戻りたいわけ？　奥さんに未練はないの？」

「ああ、当然だ。あいつさえ納得すれば、すぐにでも別れてやる」

「そう、それを聞いて安心した」

早苗はバッグから万年筆を取り出した。バーテンダーが早苗の前に泡があふれそうなほどビールが注《つ》がれたグラスを置く。

「ねえ、あなた、私の名前を訊かないのね」

宗介は「え？」と首をひねる。どうやら自分が昨日、名前すら訊ねていなかったことに気づいていなかったらしい。

「あ、ああ、悪い。うっかりしててさ。じゃあ、あらためて名前を教えてくれよ」

「いいわよ」

慌てて言い繕う宗介に笑いかけると、早苗は万年筆のキャップを取る。

「これが私の名前」

早苗は届出人の『妻』の欄に『春日早苗』と流麗なサインを書く。

「はあ？　早苗？」

サインを眺め、呆《ほう》けた声でつぶやいた宗介は、顔を上げて早苗を見る。訝しげに細められた目が次第に大きくなっていった。

「え？　あ……ああ!?」

　裏返った大声に、バーにいる人々の視線が集まった。

「さ……早苗？」

「いまごろ気がついたわけ？　本当にだめな男ね。ねえ、不倫しようとして口説いた相手が、自分の妻だった気分はどう？」

　宗介は口を大きく開いたまま、「あ、ああ……」とうめくだけだった。早苗は離婚届を手に立ち上がる。

「あなたのご希望どおり、一刻も早く離婚してあげる。ああ、手続きは私が全部やっておくから安心して。あなたはただ、二度と私の前に顔を見せなければいいから」

「ちょ、待って……」

　伸びてきた宗介の手をかわすと、早苗はグラスを手に取り、満杯のビールを宗介の顔面に勢いよく浴びせかけた。宗介は顔を押さえ、声にならない悲鳴を上げた。

　身を翻して出口へ向かうと、離れたカウンター席に座っていた柊が立ち上がる。

「ああ、これ、彼女の代金と掃除代」

　バーテンダーに数枚の万札を手渡した柊は、早苗と並ぶと手を自分の腰に当てる。

「お見事でしたよ。えっと、もう春日ではなく……」

「一色です。一色早苗」早苗は柊の腕に自らの腕を絡ませる。

「では一色早苗さん。あなたはいま、生まれ変わりました。いまの自信にあふれた姿はとても美しい。いまのあなたこそ本当のご自分です。ご気分はいかがですかな」

「最高です」早苗はウインクをする。「あと先生、いまから私は患者じゃなくて、クリニックの従業員になるんですから、もっとフランクに呼んでください」

「なるほど、たしかにそうだね。それでは早苗君、あらためてよろしく。ともに私のクリニックを盛り上げていこう」

「こちらこそよろしくお願いします、柊先生」

腕を組んだ二人は、店の人々に見送られながらバーをあとにした。

*

「次の日に書類を提出して、私は離婚することができました。その後、元夫とは会っていません。すみません、長い話になっちゃって」

語り終えた早苗は、明日香に微笑みかける。

「かっこいい……」

明日香がぼそりとつぶやいた。早苗は慌てて胸の前で両手を振る。

「そんなことありませんよ。全部柊先生のお膳立てですから。まあ、そんな感じで、私はこのクリニックで働くことになったんです」

「そうだったんですね」

「柊先生はどん底にいた私を救ってくれました。だからきっと藤井さんも、柊先生なら救うことができますよ。私と同じように」

「そうだといいんですけど……」

「きっと大丈夫ですって。あ、先生いらっしゃいましたね」

クリーンエリアに手術着姿の柊が姿を現したことに気づき、早苗は声を上げる。

「準備はできているようだね」

手術室に入ってきた柊はゆっくりと手術台に近づき、藤井舞子の顔をのぞき込むと、大きく両手を広げた。

「さて、それじゃあ、『天城舞』を徹底的にぶっ壊すとしよう」

6

いよいよ今日だ。床頭台《しょうとうだい》に置いてある卓上カレンダーを見つめながら、藤井舞子ははやる気持ちを必死に抑えつける。

柊という形成外科医の手術を受けてから二週間、まさに一日千秋の思いで今日を待った。それもこれも、あの形成外科医がおかしなポリシーを持っていたせいだ。この二週間、鏡のないこの病室に、ほとんど監禁状態になっている。たしかに広く、病室にしてはかなり居心地《いごこち》はいいが、それでも気が滅入《めい》る。

舞子は頬に触れる。木綿の柔らかい感触が指先に伝わってきた。この下にある顔は本当に美しくなっているのだろうか？　唐突に胸の奥底から、ヘドロのような不安が止《と》め処《ど》なく湧き上がりはじめた。

舞子は両手で肩を抱えて体を小さくすると、ベッドの上で細かく震えはじめた。

これまで、手術を繰り返すたびに、『美』は磨《す》り減っていった。いつからか、鏡を恐れるように、そして憎むようになっていた。

焦点を失った目を壁に向けながら舞子は考える。なぜ、こんなことになってしまったのだろう？　昔はもっと、私は純粋だったはず。いつの間に私はこんなにも汚れてしまったのだろう。どれだけ考えても答えは出なかった。胸腔が絶望感で満たされる。

いや、大丈夫だ！　舞子は激しくかぶりを振った。汚れてしまったからこそ、大金をかけて柊に手術を頼んだのだ。

柊貴之の噂はかなり前から耳に入っていた。いわく、金に汚い人格破綻者。実際会ってみると、そのとおりの人物だった。しかし、どの噂も柊の人間性について貶《けな》したあと、こう続いた。その手術は魔法のようだと。

柊は醜いこの私に魔法をかけてくれたはずだ。そして、私は誰もがうらやむ美貌を手に入れて……。

想像がそこで途切れる。美貌を手に入れ、芸能界に華々しくカムバックする、それが本当に私の希望なのだろうか？　この作り物の顔を世間に晒すことに、いったいなんの意味があるというのだろう？

壁を眺め続けた舞子は、遠くから複数の足音が聞こえてくることに気づく。入り口の引き戸が勢いよく開いた。

「どーも、天城舞さん。お加減はいかがですかな」

ハイテンションな声が部屋に響く。舞子は小さく舌打ちをした。最初に会ったときから、この形成外科医の態度はやけに神経を逆なでする。

柊に続き、朝霧と一色が病室内に入ってきた。舞子の苛《いら》つきがさらに強くなる。無駄に陽気な柊、明らかに自分を超える美貌を持った一色、純粋だった頃の自分を思い出させる朝霧。この三人と会うたびに、当てつけられているような心地になる。

「草柳はどうしたんですか？」

「ああ、草柳さんなら廊下で待ってもらっています。包帯を取ったあと、最後に少々処置が必要になりますので、それが終わったあとにお呼びしますよ」

柊が近づいてくる。

「処置？」

「ええ、そうです。どうしてもメスを入れた部分は皮膚が硬化しがちですから、特殊な液体でその部分をやわらげ、自然な表情ができるようにしていきます」

「そうなの。それならさっそくはじめてよ」

「もちろん。それではご尊顔を拝見。どんな出来栄えでしょうね」

柊は鼻歌交じりに舞子の顔から包帯をはがしはじめる。この二週間、顔を覆っていた布が取り去られていく。

次の瞬間、楽しげに包帯を解いていた柊の顔が引きつった。かすかに開いた柊の口から「うっ」といううめき声が漏れ出す。

「なに⁉　なんなわけ。私の顔はどうなっているの？」

「ちょ、ちょっと待ってくださいね。いまから最後の処置を行いますから。それが終わってからでないと何とも……」

歯切れの悪い柊を前にして、不安が膨らんでいく。

柊は露骨に視線を外すと、液体を染み込ませたガーゼで強く舞子の顔を拭きはじめる。まるでしつこい汚れでも落とすかのように。

顔を拭われながら、舞子は薄目を開けて朝霧と一色を見る。二人とも表情をこわばらせながら、哀《かな》しげに舞子の顔を凝視していた。

やめて！　そんな目で見ないで！　喉の奥から駆け上がってきた悲鳴を、舞子は必死に飲み下した。柊が手の動きを止める。

「これが限界ですねえ」

ため息交じりにつぶやくと、柊は背後にいる一色に向かって手を伸ばす。一色はバッグの中から取り出した手鏡を、ためらいがちに柊に手渡した。

「天城舞さん。これがあなたの新しい顔です」

柊は投げやりな口調で言うと、舞子の前に手鏡を掲げた。

「……え？」

鏡を凝視しながら、舞子は何度もまばたきを繰り返した。鏡に映っているものが、『なに』なのか分からなかった。脳が、そして心が現実を拒絶した。

「これって……」

舞子が掠《かす》れ声でつぶやいた瞬間、鏡の中の『それ』の口元も動いた。

舞子は目を、そして口を限界まで開く。鏡の中の『それ』も同じ動きをした。

「いやああああー！」

絶望が飽和した悲鳴が病室にこだました。それが自分の口からほとばしっているのか、それとも鏡の中の『怪物』が叫んでいるのか、舞子には区別がつかなかった。いや、どちらでも同じことだ。鏡に映っている『怪物』。それこそが自分なのだから。

鏡に映った顔は、人間の顔とは思えないほどおぞましいものだった。瞼がめくれ上がり、赤い粘膜がむき出しになった目。幾重にもしわが寄り、ブタのように鼻腔が大きく目立つ鼻。火傷の痕のように皮膚が引きつり、波打つ頬。歯茎が見えるほどめくれ上がった唇。それはまるで、強い酸を浴び、皮膚が崩壊していく途中のようですらあった。

舞子は頭を抱え、体を丸める。頭皮に爪が食い込み、鋭い痛みが走った。

耐え難い現実に心が壊れていく。世界が壊れていく。

苦しい。いくら息を吸っても苦しくてしょうがない。

「おや。過呼吸を起こしてしまったかな」

遠くから柊の声が聞こえてくる。舞子は「助けて！」と叫ぼうとするが、息苦しさにあえぐことしかできなかった。

「舞子！」

引き戸が勢いよく開く。顔を上げた舞子の目は、扉の前に立つ草柳の姿をとらえた。

息苦しさがわずかに軽くなる。

「大丈夫か⁉　いったいなにが……」

草柳の視線が舞子の顔に注がれた。草柳は目を見開き絶句する。舞子は反射的に両手で顔を覆った。草柳にだけは、この化け物じみた顔を見られたくはなかった。

「柊先生！　これはどういうことなんですか！」

草柳の怒声が響いた。舞子は両手で顔を覆いつつ、指の隙間から状況をうかがう。

「どうもこうもありません。見たとおりですよ」

「見たとおりって……。舞子の顔がこんなに……」

草柳は酸欠の金魚のように、口をパクパクと動かした。

「ですから、見たとおり手術は失敗しました。残念です」

「残念って。まさか、それで済まそうっていうんですか！」

草柳は顔を真っ赤に紅潮させる。しかし、柊はまったく動じることはなかった。

「当然それで済ますつもりですよ。もちろん手術代金もいただきます。別に手術代は成功報酬じゃないですからね」

「ふざけるな！　なんでそんなに平然としていられるんだ!?」

「私はなに一つ間違ったことはしていませんからね」

柊はずいっと草柳に顔を近づけると、薄っぺらい笑みを浮かべる。

「私は最初に言ったはずですよ。かなり難しい手術で、成功は約束できないと。けれど、天城舞さんはそれでもいいから手術をして欲しいとおっしゃいました」

「だからってこんな……」

反論しようとした草柳に、柊はスーツのポケットから出した紙を突きつけた。

「これは手術同意書です。ここにちゃんと、困難な手術で失敗もありえること。失敗した場合、現在より美容的に劣る外見になる可能性があること。もし手術を受けるとしたら、そのリスクを十分に理解し、受け入れたうえで臨んでいただくこと。それらが記載されていて、最後に天城舞さんのサインと実印まで押されています」

歯を食いしばりながら書類をにらみつけた草柳は、声を絞り出す。

「分かりました。分かりましたから、どうか……もう一度手術をしてください」

「もう一度?」柊は不思議そうに訊き返す。

「ええ、そうです。もう一度手術をして、舞子を手術を受ける前の顔に戻してください。もちろん、別途手術代は払いますから」

「できればお受けしたいんですが、残念ながらだめですね」

「だめって、どういうことですか!?」

「このことも先々週お話ししてあるはずですよ。もう天城舞さんの顔は、本格的な美容形成手術には耐えられないんですよ。まあ、どうしてもと言うなら、執刀することはやぶさかではないですが、間違いなく現在よりひどい状態になります」

「そんな……」草柳は呆然とつぶやくと、柊のスーツに手を伸ばす。「先生、お願いしますよ。いくらなんでも、これじゃあひどすぎます」

柊にすがりつく草柳の姿は痛々しく、舞子はこれ以上見ていられなかった。

「……もういいの」

蚊の鳴くような声で舞子は言う。草柳は「え？」と、舞子に視線を向けた。

「もう、……なにをしても無駄だから」

舞子は静かに言う。怒りは、いつの間にか消えていた。いや、怒りだけではない。もはや胸の中をいくら探しても、ありとあらゆる感情が消え去っていた。

あまりにも絶望的な現実に心が耐えきれなくなり、電気のブレーカーが落ちるように、なにも感じなくなったのかもしれない。それならそれでよかった。このままなにも感じないでいたかった。命が尽きるまで。

柊の言っていることには一理ある。たしかに私は、こうなる可能性があることも理解したうえで、無理を言って手術を受けた。すべては自分が引き起こしたことなのだ。

なんで私は、こうなるまで止まることができなかったのだろう？

俯く舞子の視界に、革靴が入ってきた。顔を上げると、柊が目の前に立っていた。

「それではそろそろ失礼いたしますよ、天城舞さん。いえ、藤井舞子さんとお呼びした方がよろしいですね。残念ながらそのお顔では、芸能界に戻ることは困難でしょうから。もはや『天城舞』は本日、この世から消え去ったと言ってもいいでしょう」

唇の歪んだ口を半開きにしながら、舞子は柊の言葉を聞く。『天城舞』は消えた。もう私は、『天城舞』をやめていいんだ。体が浮き上がったような気がした。

「『天城舞』でなくなれば、もはや『美』にとらわれ、美容形成手術を繰り返す必要もなくなる。皮肉ですね。そうなるためには、顔がめちゃくちゃになるまで手術を繰り返さなければいけなかったなんて。まさに悲劇です」

柊は顔を近づけ、心の底まで見透かすような目で、舞子の瞳をのぞき込んでくる。

「ねえ、藤井舞子さん。あなたはどうして、そこまで『美』にこだわっていたんですか？　あなたは美しくなってどうなりたかったんですか？」

「私はただ……」

熱にうかされたようにつぶやきながら、舞子は過去のことを思い出す。幼い頃から、あまり取り柄のない子供だった。いまは銀行に勤めている兄、そして公務員になった姉と比較され、よく惨めな気分になった。唯一、時々褒められたのが、それなりに整っていた顔だった。だからこそ、それを生かそうと芸能界にあこがれた。

「私は……認められたかった……」

いや、違う。最初の美容手術を受け、『天城舞』になって私は認められた。けれど、心は常に渇いていた。私が本当に欲しかったもの……。

「……愛」

その言葉が、無意識のうちに口からこぼれ出た。その瞬間、なにも感じなくなっていたはずの胸に鋭い痛みが走った。

そうだ。愛だ。私は誰かに愛して欲しかった。

最初の美容手術を受けてから、外見や財産に惹かれて近づいてくる男は腐るほどいた。けれど、彼らと過ごしても、渇きが癒されることはなかった。ありのままの私を受け入れてくれる人。たった一人でいいから、そんな人が欲しかった。

ああ、なんて馬鹿だったんだろう。外見に惹かれて近づく男たちを軽蔑しておきながら、外見さえ美しくなれば、本当に愛してくれる人が見つかると思っていたなんて。

空っぽになっていたはずの胸が哀しみで満たされていく。視界が滲む。舞子は肩を震わせながら顔を覆う。

「そうですか。しかし残念ですねぇ」

柊は嗚咽《おえつ》を漏らす舞子を見下ろしながら、嫌みったらしく言う。

「せっかく求めていたものに気づけたっていうのに、そんなひどい顔では、もう誰もあなたを愛してくれないでしょう。これからあなたが寂しい人生を送ることを考えると、同情いたします。まあ、私に責任はないので……」

そこまで言った瞬間、柊が勢いよく吹っ飛んだ。

「それ以上……！　それ以上、舞子を侮辱するんじゃない！」

柊の頬に拳を打ち込んだ草柳は、肩で息をしながら舞子に近づくと、片膝をついた。

「舞子。僕と結婚してくれ」

「え？」なにを言われたか分からなかった。

「僕と結婚して、一緒に人生を歩いてくれ。お願いだ」

なに？　なにが起こっているの？　見上げてくる草柳を前にして、混乱した舞子は視線をさまよわせる。

「草柳さん、なにを……。本気なの……？」

ようやく自分がプロポーズされていることに気づいた舞子は、おどおどとつぶやく。

「冗談でこんなこと言えるわけないじゃないか」

顔を上げた草柳は、力のこもった視線を投げかけてくる。

「けれど私……、こんな顔になっちゃって……」

「そんなこと関係ない！　顔のことで君が苦労するとしても、僕が支えていく」

ああ、そうか。舞子はようやく納得がいく。なぜ草柳が突然プロポーズをしたか。

「……だめよ。気持ちは嬉しいけれど、私は同情で結婚なんてして欲しくない。こうなったのは私のせいなんだから、草柳さんまで一緒に苦しむ必要なんてないの」

「同情なんかじゃない！」

草柳は勢いよく立ち上がると、舞子の手を両手で握った。

「同情で人生の伴侶を決めるほど、僕は軽い人間じゃない。ずっと君のことを見てきたんだ。ずっと君のことを愛していた。けれど、お互いの立場があったから、ずっと伝えられないでいたんだ。けれど、君はもう『天城舞』じゃなくなったんだろ。それなら、僕にもチャンスがあっていいはずだ」

すべてをさらけ出してぶつかってくるような草柳の言葉に、体が震え出す。いつの間にか止まっていた涙が、再び視界を滲ませていく。

「こんな顔なのに……、それでもいいの……？」

「君の外見に惚《ほ》れたわけじゃない！　顔のことなら大丈夫だよ。僕がもっといい形成外科医を探し出してくる。きっと元の顔に戻してみせるさ。だからもう一度だけ言う。舞子、どうか僕の妻になってくれ」

体の中でガラスが割れたような音が響いた。それと同時に、堰《せき》を切って流れ出した涙が頬を濡《ぬ》らしていく。さっきまでの冷え切った涙ではなく、熱い涙が。

口を開くが、「はい」という言葉の代わりに嗚咽が漏れるだけで、なかなか返事ができなかった。舞子は必死に顔を縦に動かした。

ぱちぱちという拍手が部屋の中に響いた。舞子は音が聞こえた方向を見る。いつの間にか立ち上がっていた柊が、ゆっくりと両手を打ち鳴らしていた。

余裕に満ちた微笑を浮かべながら拍手をしている姿は、もしかしたら格好をつけているつもりなのかもしれないが、鼻血がまだ完全には止まっていないので、とてつもなく間が抜けて見えた。一色がハンカチで、柊の顔に付いた血を拭う。

「ありがと。え、まだ血が付いているの？　鼻、曲がっていないよね」

「曲がってはいませんけれど、鼻血がなかなか止まりませんね」

二人のやりとりを見て、舞子はテンションが下がっていく。せっかくの感動のシーンだったというのに台無しだ。

「まだなにか用ですか、柊先生？　さっさと出て行ってください。殴ったことを謝罪するつもりはありませんよ。警察を呼びたければ、どうぞご勝手に」

草柳が苛立たしげに言う。

「警察を呼ぶ？　そんなことしませんよ。私は警察っていうやつが大嫌いですからね。権力をバックにして善良な市民を迫害する。まったく反吐《へど》が……。いや、そんなことはどうでもいい。私はご婚約をお祝いしたいだけですよ。おめでとうございます」

柊は高らかに祝いの言葉を述べると、両手を広げる。

「しかし、塞翁《さいおう》が馬でしたね。誰かに愛してもらうために『美』を追い求めたあなたが、その『美』を完膚なきまでに失った結果、真実の愛を手に入れることができた」

ぺらぺらと喋り続ける柊を前にして、草柳の頬が引きつっていく。

「さっさと帰ってください。もうあなたの顔は見たくありません」

「そうですか。それは残念。ただ、最後に一つだけ用事があるんですよ。舞子さん、あなたに謝罪したい」

「はぁ？」舞子は柊をにらむ。「いまさらなにを言っているわけ？　自分にはなんの責任もないって言っていたじゃない」

「たしかに手術について謝ることはありません。謝罪するのは、ついさっき、あなたの顔に塗った液体のことです」

「液体？」わけが分からず、舞子はその言葉をおうむ返しにする。

「ええ、さっき気づいたんですが、あれをうちの麻酔科医が取り違えていたみたいです。ご迷惑をおかけしました」

朝霧が驚き顔で自分を指さしながら、「え？　私？」とつぶやく。

「ということで、おいとまする前に拭き取ってしまいましょう」

柊はバッグの中から再びガーゼを取り出すと、そこにボトルに入った液体を染み込ませつつ近づいてくる。

「なにをするつもりなんだ？」

草柳が舞子を守るように立ちふさがるが、柊は「仕事の邪魔です」とその体を押しのけた。舞子に近づいた柊は無造作にガーゼを持つ手を伸ばしてくる。

「目をつぶってください。ちょっと臭いますけど我慢してくださいね」

顔にガーゼが当てられる。目に鋭い刺激を感じ、舞子は慌てて瞼をおろした。鼻の奥に刺激臭が突き抜ける。

かなり強い力で繰り返し顔を擦《こす》られ、舞子は強い不安を感じはじめる。いったいなにが起こっているのだろう。唐突に「ああ……」という草柳のむせび泣くような声が鼓膜を揺らした。不安がさらに膨らんでくる。

「よし、こんなものかな。舞子さん、目を開けていただいて結構ですよ」

舞子がおそるおそる瞼を上げると、草柳が顔中にしわを寄せ、涙を流していた。

「なんなの？　私になにをしたわけ!?」

目の前でにやにやと薄ら笑いを浮かべる柊に、舞子は震える声で訊ねる。柊は質問に答えることなく手鏡を差し出してきた。舞子は反射的に顔の前で両手を交差させる。いくら受け入れたつもりでも、醜い自分の顔を再び見たいとは思わなかった。

「……舞子」

優しい声がかけられる。いつの間にか、草柳が手鏡を持って立っていた。

「……大丈夫だよ。……大丈夫。だから見てごらん」

草柳の充血した目で見つめられた舞子は、覚悟を決め薄目で手鏡を見る。次の瞬間、舞子は細めていた目を大きく見開いた。

獣じみた醜い顔は、鏡の中にはなかった。その代わりに、そこには昔の自分がいた。夢を持って上京した頃の自分が。もちろん、あのときほどの若さはないが、目、鼻、口元、顔の輪郭、そのすべてにかつての自分の面影があった。まるで美容形成手術を受けることなく、年齢を重ねてきたかのように。

「これって……」混乱で言葉が出てこない。

「骨を削って異常に細くなっていた部分は、インプラントによる補強と、太腿《ふともも》から採取した脂肪細胞を移植することで形を整えました。また、顎先と鼻に入れてあったインプラントは除去しました。その他の部分には侵襲《しんしゅう》の少ない小手術を施すことで、全体的なバランスを整えています」

柊は自慢げに手術について説明しだす。

「この顔こそが、あなたにとって最も『美しい』と思い、手術させていただきました。いかがですか？」

「さ、さっきのひどい顔は……」

「ああ、あれはですね。手違いで、映画などで使う特殊メイク用の接着剤を塗ってしまいました。そのせいで、顔面全体が引きつって、あんな恐ろしい顔になってしまったようです。いやあ、うちの麻酔科医のミスで驚かせてしまって申し訳ありません」

柊の後ろで、朝霧が不満げに頬を膨らませる。

「どうです。私の手術には満足していただけましたか？　正直申し上げまして、いまのあなたには、画面に出た瞬間に、男の下半身を熱くするような魅力はないでしょう。けれど、私はドラマに出たり、水着姿のグラビアで男を挑発していた頃より、いまの方が美しいと思いますよ。もう『天城舞』はこの世から消え去りました。どうか『藤井舞子』としての自然な美を目指してください。旦那様と一緒にね」

柊は気障ったらしく言う。

ああ、私たちはこの男の手のひらで踊らされていたのか。まんまと柊にだまされていたことに気づくが、怒りは湧いてこなかった。それどころか、目の前の形成外科医に、どれだけ感謝しても感謝しきれなかった。

肩に手が置かれる。見ると、目を潤ませている草柳が、柔らかい笑みを浮かべていた。舞子はその手に自分の手を重ねると、柊に微笑みかける。自分本来の笑顔で。

「柊先生、あなたは最高の美容形成外科医です」

「ええ、知っていますよ」

悠然と答えた柊の鼻から、つーっと一筋鼻血が垂れた。

＊

「痛いよー、痛いよー」

「大丈夫ですか、先生。鼻血は止まったみたいですけど」

子供のように声を上げる柊の顔を、早苗が優しくハンカチで拭う姿を、明日香はあきれながら眺めていた。

「いい大人なんだから、怪我ぐらいで泣きそうな声出さないでくださいよ」

「大人も子供も関係ない、痛いものは痛いんだ！」

「はいはい」

肩をすくめた明日香は、横目で廊下の奥にある舞子の病室を見た。十数分前、草柳にプロポーズされたことにより、『美』に対する病的な執着から解放された舞子は、いまもあの部屋で草柳と幸せな時間を過ごしているのだろう。そして、その幸せを作り出したのは紛れもなく柊だった。

「あんなに強く殴らなくてもいいじゃないか」柊は恨みがましく言う。

「完全に自業自得じゃないですか。舞子さんにあんなにひどいことを言って。いくら演技とはいえ、ひどすぎましたよ」

柊の暴言を思い出し、明日香は顔を歪める。

「あれくらいしないと、あの奥手な男の、本当の気持ちを引き出せなかっただろ」

「そうかもしれませんけどね。そもそも、成功したからよかったですけど、もし草柳さんが告白しなかったら、どうするつもりだったんですか？」

「そのときは残念ながら失敗だったな。だから私は、絶対成功するとは限らないと説明しておいたんだ。ただ、成功する可能性はきわめて高いとは思っていたけどね」

「なんでそんなに自信あったんです？」

「なんでって君、草柳の態度で一目瞭然じゃないか。藤井舞子に対する献身、そして彼女を見る目。まるで思春期の男子のようだったよ。見ていて恥ずかしいったらありゃしない。早苗君も気づいていただろ？」

「ええ、はじめてお会いしたときから、そんな雰囲気は感じていましたね」

話をふられた早苗は笑顔で答えた。明日香は唇を尖らせる。

「どうせ私は気がつきませんでしたよ。鈍くて悪かったですね」

「まったくだ。そんなんだから、アラサーになって恋人もいない……」

「本当に鼻折りましょうか？　それにしても、先生にも優しいところあるんですね。殴られてまでお二人の幸せのためにキューピッドになるなんて」

「幸せのため？　馬鹿言っちゃいけない、私はあの二人が幸せになろうが、不幸のどん底に堕《お》ちようが、まったく興味なんてないさ。私の関心は『美』を生み出すことだけだ。ただ藤井舞子の『美』を引き出すためには、彼女が愛され、幸せになることが必要だった。それだけの話だ」

悪ぶっちゃって。明日香は苦笑する。そのとき、柊の胸元からジャズが響いた。柊は懐からスマートフォンを取り出す。

「はいはーい。どなたですかー」

スマートフォンを顔の横につけた柊は、いつもどおりの軽薄な口調で言う。しかし、すぐにその表情が凍りついた。

「柊先生、どうかしましたか？」

みるみる顔が青ざめていく柊を見て、早苗が心配そうに訊ねる。スマートフォンを持つ柊の手が、だらりと下がった。

「クリニックが……燃えているらしい」

＊

焦げ臭い。変わり果てたエントランスで明日香は、マスクの上から鼻を押さえる。

電話を受けてすぐに、明日香たちはクリニックへと向かった。そこで見たものは、最上階から煙を吐き出すビルと、周りを取り囲む消防車の壁だった。

火は明日香たちが到着してから十数分で消し止められた。火元である柊のクリニックが最上階であったおかげで、ほかの階への延焼はなく、負傷者もいなかったようだ。

その後、数時間の現場検証があり、明日香たちがクリニックに入れるようになった頃には、すでに夜になっていた。

「……ひどい」

クリニックの惨状を目の当たりにして、明日香は唖然《あぜん》とする。真っ白な大理石が敷き詰められていた床は、大量の煤《すす》と水で沼地のようになっていて、置いてあったソファーは金属の骨格を残して姿を消していた。いつも早苗が座っていた受付は、カルテを入れていた棚が巨大な炭の塊と化し、パソコンが内部まで焼かれて変形していた。

そばで案山子《かかし》のように立ち尽くしている柊の表情は、ショックで緩みきっていて、魂が抜けているかのようだった。

「火元はこの受付周辺のようです。この辺りが特に激しく燃えた形跡があります」

消防隊員が受付の辺りを指さしながら説明をはじめる。

「あの、こういうビルって、スプリンクラーとかついているんじゃないんですか？こんなひどく燃えるものなんですか？」

明日香が訊ねると、消防隊員の顔に複雑な表情が浮かぶ。

「スプリンクラーは作動したようですが、それ以上に火勢《かせい》が強かったんでしょう」

「火勢が強いって、給湯室のコンロぐらいしか火を使わないんですよ。受付でそんな強い火が上がるなんて……。ねえ、早苗さん」

明日香が同意を求めると、柊を支えるように寄り添っていた早苗が頷く。

「このクリニックは誰かに恨まれているようなことはありませんでしたか？」

隊員の問いに、明日香は眉根を寄せる。

「それってどういう意味ですか？」

「いえ、この辺りで大量の燃焼促進剤が使われた痕跡があるんですよ」

「燃焼促進剤？」

「化石燃料などのことです。今回はおそらく、ガソリンが使われたんじゃないかと」

明日香は耳を疑う。見ると、早苗も啞然として固まっていた。

「ガソリンってことは……」

「ええ、状況から見て、間違いなく放火です。犯人は待合と受付に大量のガソリンを撒《ま》いてから、火をつけたものと思います。消防隊員が突入したとき、入り口の扉のガラスが大きく割られていて、鍵はかかっていませんでした。それで、このクリニックが恨まれるような心当たりは……」

「まったくありません」

唐突に、硬い声が隊員のセリフを遮った。見ると、ついさっきまで凍《こお》ったように立ち尽くしていた柊が、険しい表情を浮かべていた。

「しかし、さっきも言ったとおり、状況から放火であることは間違いないので」

「無差別の放火なんじゃないですか」

柊の回答に隊員は戸惑いの表情を浮かべる。当然だ。扉を破って室内に侵入し、ガソリンを撒いて火をつける。無差別放火犯がそんな面倒なことをするわけがない。

「えっとですね。……それじゃあこちらを見ていただけますか」

隊員は待合の奥に進むと、手術室などがある清潔区域へと続く扉を開く。明日香たちはまだ現場検証を続けている消防隊員たちの間を縫って進んでいった。

「ああ、よかった。こっちはほとんど焼けていないんですね」

早苗が胸を撫で下ろす。その言葉どおり、手術室へと続く廊下やリカバリールームに、炎の爪痕は見られなかった。なぜ隊員はここに連れてきたのだろう？

疑問を覚える明日香の前で、隊員は手術室へと入っていった。あとに続いて手術室に一歩足を踏み入れた明日香は、その場で硬直する。

「こんなものを見つけたんです」

隊員は部屋の奥の壁を指さす。そこには血のように鮮やかな赤色で巨大な文字が記されていた。

『私はお前を絶対に許さない
お前のせいで私は破滅した
命に代えてもお前を殺す
震えてその時を待て
神楽』

視界から遠近感が消えていく。まるで文字が襲いかかってくるかのようだった。

神楽誠一郎。あのシリアルキラーがこのクリニックに侵入し、放火をしていった？

あの男はタイにいるはずでは？　なんで神楽が柊先生を狙っているの？

激しいめまいを覚え、明日香はよろめく。

「この『神楽』という名前に心当たりはないですか？」

隊員の質問を聞いた明日香は、おそるおそる隣に立つ柊をうかがう。

「まったく心当たりがありませんねえ。ああ、そうだ。朝霧君」

抑揚のない声で答えた柊は、明日香を見る。硝子玉《ガラス》のような感情の浮かばない目に
吸い込まれるような錯覚に陥る。

「君はクビだ」

「は……ええ!?」

「せ、先生。なにを……？」早苗も目を見開く。

「これじゃ、当分全身麻酔をかけるような手術を行うことはできない。それなら麻酔
科医は必要ないじゃないか。余計な人材を雇っているのは、金の無駄でしかない」

「そ、そんな……」

明日香は震える声でつぶやく。混乱に次ぐ混乱で脳細胞がショートしそうだった。

「ああ、ちゃんと契約どおり、今月分の給料に合わせて補償として三ヶ月分の給料、計四百万円を今月末までに君の口座に振り込んでおこう。それだけあれば、十分余裕をもって次のバイトを見つけることができるだろう。安心していいよ、朝霧君。君の麻酔科医としての能力は一流だ。君を雇いたいという外科医はたくさんいるよ。それじゃあ、短い間だったけど世話になった」

柊は淡々と言うと、身を翻し手術室から出て行く。

「あ、柊先生、ちょっと待ってください」早苗が慌てて柊のあとを追う。

二人の背中が離れていくのを、明日香はただ呆然と見送ることしかできなかった。

幕間3

とうとうだ。薄暗い洗面所で神楽誠一郎は俯き、肩を震わせる。

とうとう、柊貴之と決着をつけることができる。俺の人生を奪い去ったあの男と。

この四年間、ずっと待っていた。チャンスを待ち続けていた。

神楽は四年前を思い出す。あの灼熱《しゃくねつ》のタイで柊にだまされ、すべてを奪われた。

ずっと柊を尊敬していた。その魔法のような技術に心酔していた。しかし、柊は私に魔法ではなく呪いをかけた。あまりにも残酷な呪いを。

柊との決着さえつけば、きっとこの苦しみから解放される。そのために必要な駒もそろいつつある。あとは柊がどのように出るかを読み、必要な場所に駒を配置するだけだ。それが成功したとき、私は解放される。

神楽は顔を上げる。目の前に鏡があった。その鏡に映った顔を見て、顔の筋肉が蠕《ぜん》動《どう》していく。神楽は拳をかためると、力いっぱい振るう。

鏡に打ち込まれる直前で拳は動きを止めた。腕がだらりと垂れ下がる。

だめだ。いま手を痛めるわけにはいかない。この手が生み出す魔法、柊から教わったその技術が必要なのだ。

あなたが教えてくれた魔法、それを使って償いをしてもらう。

神楽は鏡の中の自分をにらみつけると、押し殺した笑い声を上げる。獣のうなり声にも似たその声が壁に反響し、暗く狭い洗面所の中に響き渡った。

第四章　二枚のペルソナ

1

　電車が通る騒音と近くにある段ボールハウスから漂ってくる饐《す》えた臭いに辟易《へきえき》しながら、明日香は足を進めていく。新橋駅のガード下、十数メートル先にある赤いのれんをかけた焼き鳥屋から、大量の煙が立ち上っている。明日香はのれんをくぐった。

　耳が痛いほどの喧噪《けんそう》で満たされた店内は、仕事帰りのサラリーマンで埋め尽くされていた。煙草《たばこ》と鶏肉を焼く煙が混じり合い、霧のように立ち込めている店内を見回し、目的の人物を探す。

　いた。店の奥にある二人用の席で、見慣れた男が赤い顔でジョッキを傾けていた。

「どうも、諏訪野《すわの》先輩」

「おーう、朝霧ちゃん。待ってたよ。先に一人ではじめちゃった」

明日香が対面の席に腰掛けると、二年先輩の循環器内科医である諏訪野良太《りょうた》が、真っ赤な顔に笑みを浮かべる。

「顔、真っ赤ですよ」

明日香は苦笑を浮かべると、店員にビールの大ジョッキを注文した。

大学時代、空手部に入っていた明日香は、武道系運動部の合同飲み会などでたびたび、柔道部に所属していたこの諏訪野と顔を合わせていた。医者になってからも、心筋梗塞などで、諏訪野が主治医を務める重症患者が麻酔科が管理するＩＣＵによく運び込まれるので、雑談などをする間柄になっていた。

「けれど、なんでこんな汚い店なんですか？」明日香は煙で軽く咳《せ》き込む。

「ここね、学生時代からのいきつけのお店なの。だから落ち着くんだよね」

「今日は私の奢《おご》りなんだから、もう少しいいお店でもよかったのに」

「さすがに後輩の女の子に、高いもの奢ってもらうわけにはいかないからね」

「そんなことないですよ。先輩の情報網を使わせてもらうんですから安いぐらいです」

諏訪野は、きわめて社交的な性格と行動力が相まって、信じられないほど広い交友関係を持つ。その範囲は、勤めている純正医大付属病院に限らず、全国の大学病院にまでいたる。大学時代、部活の交流戦などのたびに知り合いを増やしていき、その知り合いのツテでまた知り合いを作るということを繰り返していたらしい。まあ、単に飲み会で騒ぐのが好きなだけだと、明日香はふんでいるが。

　その結果できあがった巨大な情報網は、『医療界のＣＩＡ』と陰で呼ばれるほどになっていた。数日前、明日香は諏訪野にいくつかのことを調べてもらう代わりに、ここでの飲み代を奢る約束をしていた。

「それで先輩、頼んでいたことなんですけど……」

　店員が運んできたビールを一口飲んで明日香が切り出すと、諏訪野は口を尖《とが》らせた。

「いきなり本題？　久しぶりに飲むんだからさ、なにか面白い話とかないわけ？」

「無茶振りしないでくださいよ。いったいなにが聞きたいんですか」

「そうだなぁ。たとえば、朝霧ちゃんに彼氏ができた報告とかさ」

「彼氏ですか？　ないない、最近そういう話、まったくないんです」

「だろうねぇ。そう思ったよ」

「……どういう意味ですか」明日香は右の拳を固める。

「いやいや、冗談冗談、そんな本気で怒らないでよ。だからさ、そういうところが男が寄ってこない理由なんじゃないの？　学生時代、『朝霧って結構可愛《かわい》いけど、付き合ったら日常的にぶん殴られそうで怖いよな』とか言っていた奴《やつ》いたよ」

「そんなことしません！」

明日香は声を荒らげると、ジョッキのビールを喉に流し込んでいく。

「そっかー、朝霧ちゃんに彼氏ができたって噂《うわさ》を聞いたんだけど、デマだったかぁ」

つまらなそうに言うと、諏訪野は枝豆を口の中に放り込んだ。

「私に彼氏が？」

「先月、ナースが病院の近くの喫茶店で、朝霧ちゃんと若い男がお茶しているところを目撃したって言っていてね」

先月……。明日香は記憶を探る。すぐにそれがいつのことか思い当たった。平崎と神谷町のカフェで話をしたときだ。まさか、あの場面を目撃されていたとは。

「あれはそういうのじゃありません」

「あれ？　そういうのじゃないってことは、男と会っていたのは否定しないんだ。結構いい男だったって噂だけど」

諏訪野はにやにやと笑みを浮かべる。こうなると、この人しつこいんだよな……。

明日香は「だからそんなのじゃないですって」と言いながら、平崎の顔を思い浮かべる。たしかに言われてみれば、平崎の顔はそれなりに整っているかもしれない。

「実は僕ね、ちょっと心配しているんだよ。朝霧ちゃんこのままじゃあ、実験用のマウスと結婚するんじゃないかってね」

「余計なお世話です！」

明日香はビールを飲みながら考える。そういえば、何年間恋人いないんだっけ？初期研修、後期研修、大学院と忙しすぎて、そんなことを考える余裕もなかった。言われてみれば、あまりにも浮いた話と縁がなさすぎるかもしれない。

平崎さんかぁ……。ぼーっと宙空を眺めていた明日香は、ふと我に返った。

「そんなことより先輩、そろそろ頼んでいたこと教えてくださいよ」

「ええー、もう？　もっと朝霧ちゃんの噂について掘り下げたいんだけど」

「数年前から干物《ひもの》です！　これで満足ですか」

「いや……、はい。なんかすみません」

諏訪野は首をすくめると、脇に置いた鞄《かばん》から手帳を取り出し、ぱらぱらとめくりはじめる。そんなふうに謝られると、逆に惨めになるんだけどな……。

「えっと、たしかまず、バイトしているクリニックの先生についてだったよね」

「はい」

もうクビになりましたけどね。明日香は内心でつぶやきながら頷《うなず》く。

「柊貴之《ひいらぎたかゆき》ねえ。形成外科の知り合いに聞いてみたんだけど、朝霧ちゃんすごいところでバイトしてるね。その柊貴之っていうドクター、形成外科の世界では、伝説的な人物らしいよ。いい意味でも、悪い意味でもね」

「具体的には？」なかば答えを予想しながらも、明日香は訊《たず》ねる。

「まず『いい意味』は、めちゃくちゃ腕がいいらしい。どんな無茶な依頼でも、苦もなくやり遂げるんだってよ。昔、柊貴之の手術を見たことがあるっていう形成外科医いわく、本物の天才だって。そして『悪い意味』は、ひたすら金にがめついって点。手術代に一千万円近く要求することもあるんだって」

いいえ、全身麻酔は最低料金が一千万円です……。明日香は胸の中でつっこむ。

「それだけじゃなくて、やばい連中との付き合いもあったらしいね。大金さえ積めば犯罪者の顔を変えて、逃亡の手助けまでするって噂があるらしい。まあ、あくまで噂、証拠があるわけじゃないけどね」

諏訪野が探るような視線を送ってくる。明日香は動揺が顔にでないよう力を込める。

「分かりました。あと、経歴とかは……」

「経歴に関しては、ネットと僕の情報網で得られたものを総合すると……」

諏訪野は手帳に視線を落とす。

「柊貴之は平成十年に南海《なんかい》医大医学部を卒業後、南海医大形成外科教室に入局して、そこで初期研修を受けている。研修医時代から天才の片鱗《へんりん》を見せていたらしいね。そして、初期研修を終えると、柊は突然医局を辞め、海外に行った」

「海外？　海外ってどこですか？」

ある程度経験を積んだ研究医が、海外の研究機関に留学するということはよくあるが、研修が終わってすぐに海外に行くというのはあまり聞かない。

「具体的にどこの国かまでは分からなかったよ。ただ、知り合いの形成外科医に訊《き》いたところ、東南アジア、たとえばシンガポールとかなら、うまくやれば日本より遥《はる》かに多く手術を経験できるらしいね。そういうところで手術経験を積んだんじゃないかって。数年後に日本に戻ってきたときには、柊の技術は超人的になっていた。そして、自由《じゆう》が丘《おか》に形成外科クリニックを開業したんだって」

「自由が丘……」

そこが四年前に神楽誠一郎によって放火されたというクリニック……。そして、今回また柊のクリニックは放火の被害にあった……。

「えっと、次は……神楽誠一郎の経歴でよかったんだっけ？」

「あ、はい」物思いに耽《ふけ》っていた明日香は、我に返って姿勢を正す。

「いやあ、僕も朝霧ちゃんから話を聞いたときはびっくりしたよ。自分の勤めているクリニックの院長が、神楽誠一郎の関係者だったんで調べて欲しいなんてね」

「偶然そのことを知って……。えっと、驚いちゃって……。少し詳しく知りたいなって思ったんです。ほら、変なトラブルとかに巻き込まれたくないっていうか……」

明日香はしどろもどろになりながら誤魔化す。諏訪野には『バイト先の院長が神楽誠一郎の関係者だったんで、詳しく調べて欲しい』としか説明していなかった。

「まあ、たしかに気にはなるよね。えっと、神楽誠一郎の経歴に関しては、色々調べてみたんだけど、いまいちはっきりしないんだよね」

「先輩でも調べられないことってあるんですね」

「別に僕だって千里眼を持っているわけじゃないんだから。ただ、神楽の経歴については情報が錯綜《さくそう》していて、どれが本当か分からないっていうのが正直なところ」

たしかにネットで調べても、神楽の経歴に関しては様々な説が入り乱れていた。

「けど、日本で医者やっていたら、普通はある程度分かるもんじゃないですか？」

「それが、神楽は日本ではあまり医者をやっていないらしいんだよ」

「え？」

「神楽が平成十四年に総名《そうめい》医大を卒業して、医師国家試験に合格しているのは確実だ。僕の知り合いに、神楽の二年後輩で、本人と面識がある人がいるからね」

本当に顔広いなぁ、この人。

「その人が言うことには、神楽は初期研修を受けずに、海外に行ったらしいんだ」

「海外に？　なんで？　どこの国に？」

「それがはっきりしないんだよ。その人も、研修を受けないで海外に行ったっていう噂しか知らなかった。そして、次に神楽の存在が確認されるのが、四年前だ」

「……酒井外科病院の医療事故ですね」

明日香の問いに、諏訪野は重々しく頷いた。

「そう。あの事件が全国的に放送されて、その人は神楽が日本に戻っていて、形成外科医になっていたことを知って驚いたらしい」

神楽誠一郎は卒業後海外に飛び、そしていつの間にか柊の弟子になっていた。海外で神楽はいったいなにをしていたのだろう？

「神楽誠一郎がどんな男だったとか訊きましたか？」

「もちろん。それくらいジャーナリストとして当然でしょ」

「いつからジャーナリストになったんですか？　それで、なんて言っていました？」

「めちゃくちゃ頭が切れたらしい。学年でも一、二を争うような秀才だったんだって。かなり陽気だったけど、人付き合いは悪くて、なんとなく陰がある男だったって。友達も少なかったらしい。簡単に言えば変わり者だったみたいだね。だから、神楽誠一郎がシリアルキラーだと知って、驚いた反面、ちょっと納得もしたらしい。あの人ならやりかねないってね」

明日香は頭を振る。話を聞けば聞くほど、神楽誠一郎という男の姿がかすんでいく。

焼き鳥をかじりながらつぶやく諏訪野を、明日香は冷《ひ》や奴《やっこ》を箸の先で崩しながら上目遣いで見た。これで諏訪野に調査を依頼した件については、ほとんど聞くことができた。あとは『あの件』がどうなっているのか訊ねるだけだ。

冷や奴を口に運びながら、明日香はタイミングを計る。この件に関しては、頼んだとき訝《いぶか》しげな反応をされた。自然に訊ねなければ、変な心配をかけてしまう。

ビールを飲み干し、店員に冷酒を注文する諏訪野は、完全にできあがっているように見える。これなら大丈夫かもしれない。明日香はおずおずと口を開く。

「ところで先輩、……あと一つ頼んでいた件ってどうなっていますか？」

何気なく訊くつもりが、声が上ずってしまった。上機嫌に笑っていた諏訪野の目がすっと細くなる。

「それって、……もしかしてあの件？」

諏訪野は明日香の目をのぞき込んできた。明日香は思わず視線を外してしまう。

「あ……はい」

「それに関しては、一応当たってみているけど、まだ本人とコンタクトはとれていないな。もう少し時間がかかりそう」

「そう……ですか。お手数おかけしてすみません」

明日香は両手でジョッキを持つと、誤魔化すようにビールを飲む。

「あのさあ、朝霧ちゃんさ、なんか変なことしようとしていたりしない？　酒井外科病院事件で、神楽誠一郎と一緒に手術に入った病院長と話をしたいなんてさ」

諏訪野は疑わしげな視線を向けてくる。

「いえ、それは……」

言葉に詰まりながら、明日香は十日ほど前の出来事を思い起こしていた。

＊

クリニックが放火され、柊からクビを宣告された一週間後の昼下がり、明日香はファミリーレストランのボックス席で、平崎真吾と向かい合っていた。まだ夕食には早い時間なので、店内の客は少ない。

「……というわけです」

語り終わった明日香は、ドリンクバーのウーロン茶をストローですすった。

「なるほど。よく分かりました。ありがとうございます」

組んでいた腕をほどきながら、平崎は礼を口にする。

「しかし、柊のクリニックが火事になったという情報は入ってきていましたけど、まさかそんなことがあったなんて」

平崎は険しい顔でつぶやく。明日香は食べかけのパフェにスプーンを刺した。

「いい情報でしょ。それじゃあ、今度は平崎さんが私に情報をくれる番ですよ」

「情報ですか？」平崎はきょとんとした表情を晒《さら》す。

「当たり前じゃないですか。私がわざわざ火事のことを教えるためだけに、あなたを呼び出したと思っていたんですか」

「いやあ、言われてみれば、そうですよね」はにかむ平崎を前にして、明日香は小さく息を吐く。自分から連絡を取り、またこの男と会ってしまったが、その判断は正しかったのだろうか？

「私が訊きたいのは一つだけです」明日香は唇を舐《な》める。「神楽誠一郎はいまどこにいるんですか？」

平崎の頰がぴくりと震えた。

「そんなこと分かっていたら、警察がいま頃逮捕していますよ」

「茶化さないでください。タイに潜伏しているはずの神楽誠一郎の名前が放火現場にあったんです。神楽誠一郎は日本にいるんですか？」

明日香が少し声を大きくすると、平崎の顔から笑みが消えていった。

「……それについては、私もはっきりとした情報を持っているわけではありません」

「それでも、なにか知っているでしょ？　私は結構価値のある情報を渡したはずです。ギブアンドテイクなら、それに見合った情報をください」

鼻の付け根にしわを寄せ、顔に逡巡《しゅんじゅん》の表情を浮かべた平崎は、数秒の沈黙ののち一息吐いて、「……分かりました」とつぶやいた。

「神楽誠一郎が日本に戻ってきている可能性を、警察は考えています。今回の放火が起こるずっと前からね」

「それは、どうしてですか？」明日香は身を乗り出す。

「……三ヶ月ほど前に、足立区の路上で亀村真智子という名の、三十代の看護師の遺体が見つかりました。状況から殺人事件だと考えられています」

「はぁ、それがなにか？」

「その亀村真智子は美容形成手術を受けていたんですよ。そして手背には点滴痕、体内からは麻酔薬が検出、顔にはシリコン製パックを使用された形跡がありました。ちなみにそのパックは、デスマスクを作るときに使用することがあるらしいです」

「それってまさか……」

「そうです。神楽誠一郎が起こした殺人事件にそっくりなんですよ」

「そ……、その女の人は、神楽誠一郎から手術を受けていたんですか？」

「分かりません。神楽の手術記録は四年前、柊のクリニックが放火されたときに燃えています。そして、亀村真智子は身寄りがなく、上京を機に美容手術を受けて顔を変えたらしい。知人たちはみんな、彼女が手術を受けていたこと自体知りませんでした。ただ、これまでの神楽誠一郎に殺された被害者たちも、ほとんどがそうなんですよ」

「じゃあ、やっぱり……」

神楽誠一郎は日本に戻ってきて殺人を再開している。明日香は唾を飲む。

「まあ、捜査本部は神楽犯人説より、模倣犯を強く疑っているみたいです。亀村真智子はかなり男関係が派手だったらしい。その誰かが、彼女が美容手術を受けていることに気づいて、神楽が起こした事件をまねて殺したってね」

「……平崎さんはどうなんですか？　神楽誠一郎が日本にいると思っているんですか？」

明日香の問いに、平崎は唇の端を上げた。

「私ですか？　私は確信していますよ。亀村真智子を殺したのも、柊のクリニックに火をつけたのも神楽誠一郎だって」

「なんで神楽誠一郎が放火をするんですか？　柊先生に手術をしてもらって、顔を変えたおかげで逃亡できたなら、恩はあっても恨みなんてないはずじゃないですか」

脳裏に、手術室に大きく書かれた『私はお前を絶対に許さない』という文字がよぎる。

「朝霧先生、それは警察で考えられている仮説です。実は、私はほかの仮説を持っています。そして、私の想像どおりだとしたら、今回の放火も、脅迫文もまったくおかしくはないんですよ」

「なんですか、その『仮説』って？」

平崎は唇を固く結ぶと、顔を左右に振った。

「まだ言えません。この仮説は、私の人生を変える大スクープになるかもしれないんです。それに、……私にとってこの仮説を立証することは、義務でもあるんです」

平崎の真剣なまなざしに気圧《けお》される。

「……その『仮説』が正しいっていう確信が、平崎さんにはあるんですか？」

明日香の問いに、平崎は力強く頷いた。

「ええ、根拠はまだお教えできないけれど、間違いないと思っています。あとはそれが立証できれば、事件は解決します」

「解決？」明日香は眉をひそめる。「解決ってどういうことですか？」

「四年前の真相をすべて明らかにし、神楽誠一郎を逮捕することができます」

「逮捕!?」

「そうです。もし私の考えが正しければ、神楽誠一郎を逮捕できるはずなんです」

たかが一人の記者が、日本中を震撼《しんかん》させたシリアルキラーを逮捕する。そんなことが可能なのだろうか。

「朝霧先生、お願いしたいことがあります」

「な、なんですか、あらたまって」

「先生のツテで、探して欲しい人物がいるんです。この数ヶ月、私はその人物を探してきましたが、まだ見つかっていません。けれど、私のような記者では警戒されて情報が得られなくても、同じ医者の朝霧先生なら見つけられるかもしれません」

「……いったい誰を探せばいいんですか？」明日香は声をひそめた。

「酒井外科病院事件のとき、神楽誠一郎と一緒に、事故にあった女の子の手術に入った院長です。あの医療事故、それこそが事件を解く鍵になるはずです」

＊

「おーい、朝霧ちゃん？」

先日の平崎との会話を思い出していた明日香は、諏訪野の声で我に返る。

「あ、はい。すみません」

「どうしたの、ぼーっとしちゃって。彼氏のことでも考えていた？」

「だから彼氏じゃありません。単なる知り合いです」

「おやおやぁ。冗談だったのに、本当に男のこと考えていたんだ。怪しいなぁ」

アルコールで真っ赤に変色している諏訪野の顔に、いやらしい笑みが浮かぶ。

「変な噂流したらひどいですからね」

「そんなに心配しないで。僕がそんなことする男に見える？」

「見えるとかじゃなくて、先輩なら釘《くぎ》さしとかないと、絶対にやるって知ってます」

「信用ないなぁ」諏訪野はけらけらと笑うと、いつの間にか運ばれてきていた冷酒を猪口《ちょこ》に注ぐ。「けど、男のことを考える余裕があるなら、ちょっとは安心かな？」

「だから違うって言っているのに……。安心ってなにがですか？」

「いやさ、朝霧ちゃんから神楽誠一郎の件とか調べて欲しいって言われたとき、どうしようか迷ったんだよね。変なことに首を突っ込んでいるんじゃないかと思ってさ」

実際、おかしなことに首を突っ込んでいる明日香は黙り込む。

「学生時代から、朝霧ちゃんって一つのことに集中したら、脇目もふらずに突っ走るタイプだったからね」

「人を熱血馬鹿みたいに言わないでください」

「自分が熱血馬鹿じゃないとでも？」

真顔で返され、明日香は言葉に詰まる。私ってそんなふうに見られているわけ？

神楽誠一郎の事件に首を突っ込んでいるのは、たしかに危険なのかもしれない。けれど、ここでやめるつもりはなかった。なぜ柊は神楽に恨まれているのか、そして四年前、柊がいったいなにをしたのか、どうしても知りたかった。

「まあ、自分のやるべきことを見失わないようにね。これは人生の先輩としてのアドバイス。いやぁ、けれど朝霧ちゃんに春が来たかぁ。これは明日みんなに伝えないとなぁ」

「だから、やめろって言っているでしょ！」

明日香は枝豆を諏訪野の顔に投げつけた。

2

どうなってやがる？　学生で賑《にぎ》わう昼下がりのファストフード店で、黒川はハンバーガーにかぶりつきながら、せわしなく貧乏揺すりをする。

「しかしこのガイシャ、本当に男関係派手ですね。ここ数年で十人以上の恋人がいましたからね。しかも、同時に数人と付き合っていたこともあるみたいだし……」

対面の席に座っている坂下がフライドポテトをかじりながら手帳をめくった。

そんなことは分かってんだよ。黒川はアイスコーヒーで口の中に詰め込んだハンバーガーを食道に流し込むと、「復讐《ふくしゅう》だよ」とつぶやいた。

「え？　なんか言いました？」坂下が顔を上げる。

「だから、復讐だって言っているんだ。その亀村真智子っていうガイシャはもともと不細工で、生まれて三十年近く、ほとんど男に縁のない生活をしていた。そいつが一念発起して顔を整形して、すれ違った男を振り向かせるような美貌を手に入れた。だから男たちに復讐することにしたのさ。男を手玉に取っては捨てるって方法でな」

「そんなもんですかね。じゃあ、やっぱり昔の男たちの中に犯人が……」

「なに言ってんだ、馬鹿が」黒川は唇についたマヨネーズを舐める。「今回のホシは神楽誠一郎だ。あいつ以外はねえんだよ」

「そうなのかもしれませんね。あの脅迫文を見ると」

先々週、柊貴之のクリニックが放火され、神楽の署名入りの脅迫文が残されてからというもの、捜査本部の中でも『神楽誠一郎犯人説』がまことしやかに囁《ささや》かれるようになっていた。しかし、頭の固い管理官は、あくまで捜査の主力を亀村真智子の男関係を洗うことに使い、「ほかの部署も追っているから」という理由で、神楽誠一郎の発見に力を注ごうとはしていない。

なんて無能なんだ。だからキャリアは使えねえんだよ。

黒川は煙草に火をつけ、紫煙を肺いっぱいに吸い込む。肺から吸収されたニコチンが血液に溶けていき、体を内側から腐らすようなストレスをわずかに和らげてくれた。

「やっぱり、あの放火は神楽誠一郎の仕業でしょうか？」

煙草が苦手な坂下が、手を口元に当てながら訊ねてくる。わざと坂下の顔に向かって煙を吐きながら、黒川は分厚い唇を歪《ゆが》めた。あの放火と脅迫文、それがこの十数日間、黒川を混乱させ、煙草の本数を増やしていた。

神楽誠一郎が日本に戻り、殺人を再開したことに疑いは持っていなかった。しかし、柊のクリニックの放火と脅迫、それが神楽の手によるものかどうか判断しかねていた。

　四年前、柊はタイで神楽の顔を変えてやった。そのおかげで神楽は四年もの間、逃走することができている。神楽にとって柊は恩人だ。俺はそう思っていた。だからこそ、日本に戻ってきた神楽が接触をはかるはずと考え、柊をマークしていた。しかし、柊のクリニックは火を放たれ、憎悪に満ちた脅迫文が残された。

　本当にあれが神楽の手によるものだとしたら、柊を深く恨んでいるということになる。いったい四年前、あの二人の間になにがあったっていうんだ。

　柊の事情聴取をしたかった。可能なら任意同行をかけて、取調室でこってりと。しかし、放火事件の直後から柊は姿をくらましていた。定宿にしていたホテルも引き払い、愛車のポルシェも駐車場に置いたまま、どこかへ消えてしまった。同時に、クリニックで働いていたあのモデルのような看護師の行方も追えなくなっていた。

　柊の野郎、どこに行きやがった。黒川は煙草を乱暴に灰皿に押し付ける。加速しはじめた事件に、自分が置いていかれつつあるという感覚が胸を焼く。

　こうなったらどんな細い糸でもかまわない。神楽誠一郎に、そして柊貴之につながる可能性がある手がかりを、片っ端から当たっていくしかない。

　まずは……あの女か。黒川の頭に、柊のクリニックを訪れたときに見かけた、どこか垢抜《あかぬ》けない麻酔科医の姿が浮かんだ。

＊

今日も遅くなってしまった。街灯の光に浮かび上がる人通りの少ない路地を歩きながら、明日香は腕時計に視線を落とす。時刻は午後十一時を回っていた。一昨日、諏訪野と飲んだせいで、レポートの提出がかなりピンチになり、昨日今日と深夜まで研究室に残る羽目になっていた。

いや、飲み会のせいにしちゃだめだよね。明日香は深いため息を吐《つ》く。レポートの提出がぎりぎりになったのは、ここ最近勉強に身が入っていないせいだ。集中できていない理由は明らかだった。柊と神楽誠一郎のことが気になってしかたがないからだ。

諏訪野に言われたことを思い出す。自分のやるべきことを見失わないように。

私のやるべきこと。一流の研究者になること。それは疑いようがない。柊美容形成クリニックでの勤務は、あくまで生活費を稼ぐためのバイトでしかない。そのバイトもクビになったのだから、柊のことを、ましてや神楽誠一郎などという異常犯罪者のことを気にする必要などないのだ。

「もう、……私には関係ない話なんだから」

明日香は自分に言い聞かせるようにつぶやく。しかし、どうしても脳裏に、柊と早苗の顔がちらついてしまう。

明日香はバッグからスマートフォンを取り出した。火事が起きた翌日から、何度も柊たちに連絡を取ろうとしているが、そのたびに『おかけになった電話は電源が入っていないか電波の……』というアナウンスを聞いていた。

明日香はもう一度、柊の携帯電話にコールをしてみる。結果は同じだった。

柊たちはいま頃なにをしているのだろう? 神楽誠一郎の襲撃を恐れて身を隠しているのだろうか。まさか、すでに襲われていたりは……。

明日香は頭を振って不吉な想像を振り払う。なんにしろ、私にやれることはない。もし諏訪野が酒井外科病院の院長との接触を取り持ってくれたら、平崎と一緒に会うことにして、それまでは事件のことは考えないようにしよう。

スマートフォンをバッグにしまおうとした瞬間、明日香は眉間にしわを寄せた。液晶画面に背後の景色が反射している。そこに映し出された電柱の後ろに、人影が見えた。

なんであの人、止まっているの? 明日香はバッグの中を探るふりをしながら、背後をうかがう。電柱の陰にスーツ姿の男がたたずんでいた。暗いので人相などは分からないが、遠目では普通のサラリーマンのように見える。

駅から徒歩で十五分ほどのこの住宅街は、街灯も人通りも少ない。深夜に女が一人歩きするのは、少々不安がある場所だった。

明日香は背後の気配をうかがいながら、再び歩きはじめる。背後からかすかに足音が聞こえてきた。体に緊張が走る。間違いなくあの男は私をつけている。

この辺りで変質者が出たというような話は聞いていない。周囲は住宅地だ。大声を出せばすぐに人が駆けつけるだろう。

明日香は細く息を吐いて、加速している心臓の鼓動を抑える。

小学生の頃から続けている空手歴は、すでに二十年近くになっている。相手が普通の男なら、身を守るくらいは十分にできる自信はあった。

明日香はわざと歩調を緩める。背後から聞こえる足音も遅くなった。明日香は唐突にその場で転回すると、背後に向かって早足で歩きはじめる。

十メートルほど後方を歩いていた男は、露骨に体を震わせると素早く身を翻し、すぐそばの路地に走り込んでいった。明日香は一瞬迷ったあと、小走りに男のあとを追い、路地をのぞき込む。しかし、男の姿はすでに見えなくなっていた。

「……なんだったのよ」

やっぱり変質者だったのだろうか？　明日香は背後を警戒しつつ、早足で自宅のマンションへと向かった。

七階建てのマンションのエントランスに着いた明日香は、誰もついてきていないことを確認すると、エレベーターで五階へと上がる。外廊下を歩いて自室の前に到着した明日香は、新聞受けに茶封筒が差し込まれていることに気づいた。

管理組合からの連絡かな？　何気なく封筒を手に取ると部屋に入る。ポニーテールにしていた髪をほどいた明日香は、封筒を開けると中に入っていた数枚の紙を取り出した。

「なにこれ？」

それらには手書きの文字と、顔の絵が記されていた。文字はかなりの悪筆だが、正面を向いた顔はデッサン図のように精密に描かれている。その顔にいくつも線が入れられ、蛇がのたうち回っているようなアルファベットの筆記体でなにやら記されている。

「手術記録？」

明日香は眉をひそめる。それは外科医が手術後に書き示す記録だった。

なんでこんなものが新聞受けに？　混乱したまま明日香は記録に目を通す。どうやら顔面に対して手術を行った記録らしい。ただ、文字が崩れているため、詳しい手術内容を読み取ることができない。しかたなく、読めるところを探していく。

『記録者』のところに記されている名を見て、明日香は目を見開いた。そこにはやはり崩れた筆記体で『Takayuki Hiiragi』のサインが記されていた。

柊先生の手術記録？　明日香は記録をめくっていく。記録は四枚あり、すべてに柊のサインがあった。手術日の記録を見る。二〇一二年が二枚、あとは二〇一三年、二〇一四年の日付が記されている。どうやら、柊が以前開業していたクリニックで行った手術らしい。

なんでこんなものが？　手術記録等の個人情報は外部に漏れないよう、医療機関で厳重に管理されているはず。そこまで考えたところで、胸の中で心臓が大きく跳ねた。

四年前までの柊の手術記録は、前のクリニックの火事によって焼失しているはず。それなのに……。カルテを持つ手が細かく震えはじめる。

悪い予感がする。せわしなく記録用紙をめくりながら、患者名に目を通していく。

『Sachiko Hirose』『Sakura Ishiyama』『Yoko Miki』『Hiromi Kageyama』

それが患者たちの名前だった。すべて若い女性のようだ。この四人は誰なんだろう。

ふと、明日香は軽い既視感を覚えた。この四人の名前、どこかで見た気がする。しかし、それがどこか思い出せない。数十秒間、記憶を探ったあと、明日香はバッグからスマートフォンを取り出し、検索サイトの検索バーに四人の名前を入力していく。

この四人になにか共通点があるなら、検索で引っかかるかもしれない。

液晶画面に一瞬にして検索結果が表示された。思考が停止する。

『整形美女連続殺人事件被害者　広瀬幸子・石山桜・三木洋子・景山宏美』

検索結果の一番上に、その文字が躍っていた。

手からスマートフォンがこぼれ落ち、硬い音を立ててフローリングでバウンドする。

あまりの混乱に吐き気すらしてくる。反射的に口を手で押さえながらうめき声を漏らした瞬間、明日香はあることに気がつく。

これらの記録は、神楽誠一郎によって殺された四人のものだ。けれど、執刀者の欄には『柊貴之』のサインが記されている。神楽誠一郎は自分が手術した患者たちを殺したと言われていた。けれど、実際に被害者たちを執刀したのは柊だった？

まさか、そのことを隠すために、柊の以前のクリニックは放火されたのだろうか？

ふと、脳裏に早苗の顔が浮かんだ。明日香の口から「あ……」という声が漏れる。

もし神楽誠一郎のターゲットが、柊が執刀した患者だとしたら、早苗が危険だ。いや早苗だけじゃない、二階堂莉奈も藤井舞子も柊の手術を受けているし、この四年間に柊の手術を受けた患者はほかにもたくさんいるはずだ。

どうするべきだろうか？　いますぐ警察に駆け込むべき？　私は柊先生のクリニックで働いていたんだ。少なくとも話ぐらい聞いてくれるはずだ。なんにしろ、いま一番危険に晒されているのは早苗さんをはじめとする人たちだ。だから……。

そこまで考えたところで、全身の産毛が逆立つ。

いったい誰が、この資料をここに？　焼けてしまったはずの記録を持っていた人物。明日香の頭に一人の男の名が浮かぶ。

神楽誠一郎。

十数分前に電柱の陰にたたずんでいた人影が、脳裏をかすめた。喉の奥から笛を吹くような音が漏れる。

まさか、あの殺人鬼がうちに？　明日香は慌ててドアに駆け寄ると、チェーンをかけようとする。しかし、手が震えてうまくいかない。

ようやくチェーンをかけた明日香は、せわしなく視線を泳がす。これからどうすればいいのだろう。このまま朝まで部屋に閉じこもる？　それとも近くにある交番に駆け込む？　思考がまとまらない。

明日香は這《は》いつくばると、床に落ちたスマートフォンを手に取る。

こんなことを相談できる人物は、一人しか思いつかなかった。明日香は発信履歴の中から一つの番号を選ぶと、ためらうことなく『通話』のボタンに触れる。

数回のコール音のあと、回線がつながった。

「もしもし。朝霧先生ですか？　どうしました、こんな時間に」

電話から聞こえてきた平崎真吾の声が、恐怖をかすかに緩めてくれた。

3

「わぁ!?」

背後から肩を叩《たた》かれ、机に突っ伏していた明日香は勢いよく姿勢を正す。

「なによ、変な声出して。眠っていたから起こしてあげたのに」

目の前に、先輩の女性大学院生が驚き顔で立っていた。

「え？　私、眠っていました？」

「よだれ垂らしてね」

「ええ？　うそ？」

明日香は慌てて口の端を拭いながら、周囲を見回す。見慣れた実験室。スライドをまとめているうちに眠っていたらしい。

「先輩、いま何時頃ですか？」

「十五時過ぎよ。なに？　時間が分からなくなるぐらい爆睡していたわけ。徹夜でもしていたの？　学会近いからってあんまり無理しちゃだめよ」

「はい。気をつけます」

明日香は素直に頷いた。たしかに昨夜は徹夜だったが、それは学会発表のせいではなかった。明日香は昨夜の出来事を思い出す。

昨夜、電話で事情を聞いた平崎は、「そちらに向かいたいんですけど、いまは取材で地方にいて難しいんです」と言うと、明日香に警察署に向かい、事情を説明するように指示した。もしかしたら警察で保護してもらえるかもしれないと。

明日香はすぐに言われたとおり、電話でタクシーを呼ぶと、最寄《もよ》りの警察署である上野署へ向かった。しかし警察署での対応は、期待したものとは大きくかけ離れていた。

応対に出た若い警察官は、適当に相槌を打ちながら話を聞くと、書類をいくつか書かせたうえで、「一応お話は上に報告しておきます」とだけ言って、明日香を帰そうとした。「保護とかはしてもらえないんですか？」と驚く明日香に向かってその警官は、実際に被害に遭うまで警察は動けないという趣旨の話を、面倒くさそうに説明したのだった。

警察署の前で途方にくれた明日香は、再び平崎に連絡を取ると、病院近くのファミリーレストランで夜を明かした。

午後三時か。あと二、三時間で平崎が迎えに来てくれる約束になっている。明日香の胸に安堵《あんど》が広がっていく。

いまは昨日ほどの恐怖を感じていない。けれど、それは昼だからだ。日が沈み、夜の帳《とばり》が下りたとき一人でいたら、またあの耐えがたい恐怖に襲われるだろう。

「なにぼーっとしているのよ。やっぱり今日は変よね」

先輩の声で明日香は我に返る。

「ああ、すみません。ちょっと考え事しちゃって」

「考え事？　もしかして、それって男のこと？」

「はぁ？　なんの話なんですか？」

「隠さなくたっていいのよ。諏訪野君が言っていた。朝霧に男ができたってね。あ、もしかして寝不足なのって、学会発表のせいじゃなくて、その男としっぽり……」

「違います！」

やっぱりあの人、おかしな噂を広めやがったな。

「冗談冗談。そんな怒らないでよ。それじゃあ、今度その彼氏紹介してね」

先輩はひらひらと手を振りながら、研究室の奥へと姿を消した。

「だから、違うって言ってるじゃない……」

唇を尖らせてつぶやきながら、明日香は平崎のことを考える。たしかに昨夜、平崎が来てくれると言ったときは嬉《うれ》しかった。けれど、それは別に好意とかではなく、単にその方が安全だからで……。そんなことを考えていると、近くに置いてあった内線電話が鳴りはじめた。明日香は受話器を取る。

「はい、麻酔科学教室です」

「こちら学務課ですが、そちらに朝霧先生はいらっしゃいますか?」

「あ、私ですけど」

「あの、先生に面会を希望される方が一階の受付にいらっしゃってます」

きっと平崎だ。明日香は「すぐに行きます」と受話器を置くと、上着を羽織って実験室を出る。一階に着いた明日香は、早足で学務課の窓口へと近づいた。

「あの、朝霧です。私にお客さんがいるって聞いたんですけど」

「ああ、それならあちらでお待ちです」

受付の女性事務員が、肩越しに明日香の背後を指さした。明日香は振り返って、ロビーの一角にある喫茶スペースを見る。顔から潮が引くように笑みが消えていく。そこにいたのは平崎ではなかった。スーツ姿の男が二人、近づいてくる。

「どうも、朝霧先生。お久しぶりです。おぼえていらっしゃいますか」

一ヶ月ほど前、クリニックで会った刑事、黒川は、粗野な顔に愛想笑いを浮かべた。

＊

「いやあ、昨晩は失礼いたしました。夜勤の者が適当な対応したようで」

缶コーヒーを片手に、黒川は野太い声で言う。喫茶スペースの端の席に腰掛けた明日香は、二人の刑事に警戒の視線を向けていた。

「昨日私が持っていった、手術記録のことでいらしたんですか？」

「もちろんそうです。あの資料があなたの部屋の新聞受けに入っていたんですよね」

「……はい」明日香はかすかに顎を引く。

「私も先ほど上野署に行って現物を見せてもらいましたが、まったく読めませんでしたよ。手術の記録っていうのは、あんなにわけの分からないものなんですか？」

「かなり悪筆でしたから、私でも読めたのは一部です。けど、あれは間違いなく……」

「神楽誠一郎に殺された被害者たちの記録だ」

黒川が明日香の言葉を引き継ぐ。明日香はゆっくりと頷いた。

「けれど、なんでそれが先生の家の新聞受けに入っていたんでしょうね？」

「分かりませんよ、そんなこと」

明日香がかぶりを振ると、黒川は顎を引いて、上目遣いに明日香を見る。

「話は変わりますが、柊先生がいまどこにおられるか、ご存じじゃないですか？」

「知りません。私も連絡を取りたいんです」

探りを入れてきた黒川を警戒しつつ、明日香は答える。

「そうですか。てっきり、あなたには連絡を入れていると思ったんですけど。しかし、いささか冷たいですねぇ。あなたを見捨てるなんて」

「別に見捨てられたわけじゃ……」

「けれど、現に一人残されたあなたはおかしなことに巻き込まれ、その原因と思われる柊先生とも連絡が取れない状態だ。傍目《はため》には、見捨てられたようにも見えます」

明日香は険しい顔で黙り込む。たしかに、黒川の言っていることは正論だった。

「もしかしたらあなたが尾行されたのは、柊先生が消えて、あのクリニックの関係者があなたしかいないからじゃないですか？」

その可能性はあるかもしれない。明日香の胸の中で、柊に対する不信感が膨らんでいく。それが黒川の狙いだと分かっていながら。

黒川は明日香の顔をのぞき込んでくる。

「朝霧先生、もし柊先生の居場所を知っているなら、ぜひ教えてくださいよ。あの男が雲隠れしたせいで、このわけの分からない事件はさらに五里霧中になっているんです」

「……本当に知りません」

やはり私は柊に見捨てられたのだろうか？　明日香は力なくつぶやく。

「……そうですか。分かりました。お時間取っていただいて感謝します。護衛は難しいですが、先生のお住まい周辺の巡回を増やすように要請しておきましょう。あと、もし柊先生からコンタクトがあれば、こちらに連絡ください」

黒川はコーヒー缶をゴミ箱に投げ捨てながら立ち上がると、懐から取り出した名刺を明日香に渡し、坂下とともにさっさと出口へと向かう。

私はいったい、なにに巻き込まれているのだろう？　黒川の背中を眺めながら、明日香は巨大な蟻地獄《ありじごく》の巣に落ち込んでいくような気分に襲われていた。

＊

「よかったんですか、あんなにあっさり引き下がって」

コーヒーを一口すすった坂下は、対面の席に腰掛ける黒川に向かって言う。

「なんのことだよ?」黒川は窓の外に視線を向けたまま、ぶっきらぼうに答えた。

「朝霧とかいう麻酔科医のことです。黒川さん、彼女が事件の鍵を握っているかもしれないって言っていたじゃないですか」

今朝、捜査会議が終わると、黒川と坂下は指示されている地取り捜査を行うことなく上野署に向かい、朝霧明日香が昨夜持ってきたという手術記録に目を通した。それは衝撃的なものだった。資料が本物なら、『整形美女連続殺人事件』の被害者たちは、神楽ではなく柊に執刀されていたことになる。事件の根底を揺るがすような事実だ。

「だから、こうやって出てくるのを待っているんだろ」

黒川は顔を外に向けたまま、煙草をくわえて火をつける。その視線の先には、純正医大研究棟の入り口があった。二時間ほど前、朝霧への質問を終え研究棟を出た二人は、この喫茶店に入り、朝霧が出てくるのをひたすらに待っていた。

「けれど、研究者って夜遅くまで研究室に残っていたりするんじゃないですか？　出てくるのは深夜かも」

「そんなことはねえよ。もうすぐ出てくるはずだ」

「なんでそう言い切れるんですか？」

「あの女が怯《おび》えていたからだよ。まあ、あんな資料を家に投げ込まれたうえ、誰かに尾行されたとなりゃ当然だな」

「怯えていたら早く帰ると？」

「怯えている奴は夜を怖がるんだよ。日が沈む前に安全な場所を確保しようとする。考えてみろよ。誰かに狙われている奴が、深夜の研究室に一人残ったりするか？」

たしかにそのとおりだ。経験の差を見せつけられた気がして、悔しさが胸に湧く。

「だから、あの女はもうすぐ動く。可能なら、信頼できる誰かと今夜一緒にいようとするはずだ。家族、友達、恋人、もしくは……事情を知っている仕事仲間」

「柊貴之ですか？」

「あの女が柊と連絡が取れるなら、助けを求めるはずだ。柊が現れる可能性はある。もしかしたら、それ以上の大物もな」

「……神楽誠一郎が現れると？　昨日、彼女を尾行していたのが神楽だったかもしれないってことですか？」

「まあ十中八九、あの女の勘違いだろうが、万が一の可能性はある。なんにしろ柊の関係者で、いま表に出ているのはあの女だけだ。あいつを見張るしかねえんだよ」

「分かりました。けど、今朝の捜査会議であの手術記録のことはまったく話題になりませんでしたね。本部は今回の情報をあまり重要視していないんですかね」

何気なく坂下がつぶやくと、黒川の頬がぴくりと動いた。

「……上がってねえよ」

「はい？　なにか言いました」

「だから、報告は上がってねえんだよ。本部は今回の件をまだ知らねえ」

「どういうことです!?」坂下は椅子から尻を浮かす。

「興奮すんじゃねえよ。いま言ったとおりだ。あの手術記録については本部は知らない。俺が報告を数日待ってもらっている。俺は本庁の捜査一課に引っ張られる前は、上野署の刑事課で七年間勤めていたから、それくらいの融通が利くんだよ」

「そんな！　なんであんな大切な情報を!?　そんなこと許されません！」

「しかたねえだろ、あの馬鹿管理官は、今回の件を模倣犯だと思い込んでいるんだぞ。この情報を上げても、使えない奴を朝霧明日香の捜査にあてがってお茶を濁すのが関の山だ。だったら、俺がこの数日を使って、徹底的にあの女を調べ上げてやる」

「だからって……」

たしかに、管理官が模倣犯を強く疑っているのは間違いない。その方針に疑問を感じてもいる。しかし、組織の一員としてこんなことを見過ごしていいのだろうか。

「……時間がねえんだよ」低くこもった黒川のつぶやきが、坂下のセリフを遮る。

「時間？　どういうことですか？」

「裏でおかしなことになってんだ」

「おかしなこと？」

坂下が眉根を寄せると、黒川は苛立《いらだ》たしげにかぶりを振った。

「公安だ。奴らが神楽誠一郎について嗅ぎ回っているらしい。綾瀬《あやせ》署に保管されている四年前の事件の資料を、ごっそり持って行きやがった」

「は？　なんで公安が出てくるんですか？」

「俺が知るかよ。俺もこの前、四年前の事件でペア組んでいた綾瀬署のデカから連絡受けて知ったんだよ。ただな、完全に心当たりがないってわけじゃない」

「なんですか、その心当たりって？」

「四年前、神楽誠一郎の部屋から爆薬が見つかっているんだ。TNT爆薬だった」

「TNT……。そんなものでなにを……」

「それが問題だ。四年前、俺たちは柊クリニックの爆破用だったと判断した。最初はクリニックを爆破するつもりだったが、十分な爆薬を手に入れられず、最終的には放火をすることにしたってな。けれど、それ以外の可能性を指摘する奴もいた」

「テロ、ですか」坂下は声をひそめる。

「ああ、そうだ。それを考えたら、公安が動くのも納得いく。なあ、先月千葉の倉庫から、やばいもんが見つかったっていう話は知っているか？」

「え……？　ああ、暴力団が貸倉庫に拳銃とか爆薬とか隠していたってやつですか？」

「そいつだ。ロシアから軍用品を密輸していたらしい。見つかった武器の中には、マシンガンや爆弾まであったってよ」

「それが神楽となにか関係が？」

「神楽の資料を運び出した公安の奴らが、千葉の武器について調べているグループだっていうんだよ。まあ、これはあくまで噂だけどな」

「それって、神楽誠一郎が暴力団から武器を買っていたってことですか？」

「暴力団からか、密輸した奴らからかは知らねえが、神楽が武器を集めて、なにかやらかそうとしているのかもしれねえ。だから公安が動いている。もし、あの麻酔科医の話が捜査本部に上がったら、公安も間違いなくあの女をマークする。そうなりゃ捜査はめちゃくちゃだ。あいつら絶対に、情報をこっちに渡すようなことはしねえからな。だから、本部にあの麻酔科医の情報が上がるまでの二、三日が勝負なんだよ」

黒川が煙草をふかす前で坂下は顎を引く。いまの話は黒川の妄想か、それとも……。

「おい、出てきたぞ」

考え込んでいた坂下は、黒川の声で我に返る。外に視線を向けると、スマートフォンを顔の横に当てた朝霧明日香が、研究棟から出てきていた。

「行くぞ」黒川はレシートを鷲掴《わしづか》みにして席を立つ。

素早く会計を終えると、二人は店の外に出ることなく、出入り口のガラス戸越しに朝霧を観察した。朝霧はスマートフォンでなにか話しながら、左右を見回している。

「……誰と話しているんでしょうね？」

「さあな」黒川の目は、獲物を狙う猛禽《もうきん》のようにぎらぎらと輝いていた。

次の瞬間、朝霧の前にプリウスが停車した。運転席に細身の若い男が座っているのが遠目に見える。朝霧は数秒間、男となにか話したあと、助手席に乗り込んだ。

「あ、畜生！」

声を上げながら、黒川は外に飛び出る。坂下も慌ててあとを追った。

朝霧を乗せた白いプリウスは、滑るように走りはじめる。

「……どうやら、男がいたみたいですね」

坂下が隣に視線を送ると、黒川は険しい顔で手帳になにかメモをしていた。

「なにしているんですか？」

「見りゃ分かるだろ。あの車のナンバーをメモっているんだよ」

「でも、……単なる恋人じゃないですか？」

言い淀《よど》む坂下の隣で、黒川は車が消えていった方向をにらみ続ける。

「どんな小さな手がかりでもいいんだよ。神楽誠一郎に近づけるなら、俺は魂だって売ってやる」

＊

「ありがとうございます」

助手席に座った明日香はシートベルトを締めながら、運転席の平崎に礼を言う。

「すみません、お待たせして。できるなら夜のうちに駆けつけたかったんですけど、取材で東北まで行っていて。こんな時間になってしまいました」

「いえ、本当に来てくれただけで嬉しいです」

明日香は運転する平崎の横顔を眺める。これまで、平崎とはあくまで情報のやりとりのためだけに会っていたので、意識してその顔を観察したことはなかった。やはり、特徴のない顔だが、それなりに整ってはいる。

「それにしても、昨夜は話を聞いて驚きました。まさか、朝霧先生の家に被害者たちの手術記録が送られてくるなんて」

「送られてきたわけではないんです。封筒に住所は書かれていませんでした。あれは直接うちの新聞受けに入れられたんです」

平崎の顔に驚きが走る。

「……そうだったんですか。帰り道で誰かに尾行されたともおっしゃってましたね」

「はい。暗かったから顔まで見えませんでしたけど、間違いなく私をつけていました。きっと、あの男が手術記録を入れたんです」

恐怖がよみがえり、声が震える。膝の上で握りしめた拳に、ふっと温かいものが触れた。視線を落とすと、平崎が運転席から左手を伸ばし、明日香の拳に触れていた。

「もう大丈夫ですよ、朝霧先生」運転中の平崎は、正面を見たまま微笑《ほほえ》む。

「ありがとうございます。少し落ち着きました」

「それはよかった。それにしても、手術記録の内容は驚きました。本当に被害者たちの手術をしたのは、柊だったんですか？」

「少なくとも、記録ではそうでした」

「神楽は柊が手術した女性を殺害していた。そういうことですか。事件の前提が少し変わってきますね」

表情を固めた平崎は、運転しながら独り言のように話しはじめる。

「神楽誠一郎は美容手術の腕はよかったけれど、師匠である柊にはまったくかなわなかったらしい。神楽はそれに嫉妬して、柊が手術した女性を殺害していったということなのかな。いや、話によると神楽は、異常なほど『美』に執着していたらしいから、単純に柊の患者の方が美しいと判断して、デスマスクが欲しくなったのかも……」

「あの……。手術記録を私の家に置いたのって、誰だと思いますか？」

「朝霧先生は、神楽誠一郎がその資料を持ってきたと思っているんですか？」

「そんなわけないですよね」


乾いた笑い声を上げながら、明日香は平崎が「そうですよね」と言ってくれるのを待った。しかし、平崎の表情が緩むことはなかった。

「朝霧先生、私はその可能性も否定できないと思います」

「え、でも、なんで私なんかに……」

「普通に考えたら、柊貴之と一色早苗が姿を消したからでしょうね。いま柊の関係者で、所在がはっきりしているのはあなたしかいない。もし柊になにかメッセージを伝えようとしたら、あなたに接触するしかない」

「そんな！　私だって柊先生とは連絡が取れなくて困っているんですよ！」

「実際はそうでも、外からは分かりませんから。……朝霧先生、本当に火事以来、柊からの連絡はないんですか？」

「ありませんよ。平崎さんまで疑うんですか？」

「いえ、確認しただけです。心配しないでください、朝霧先生。先生の安全は、私が保証します。自宅は危険ですから、とりあえず今日はホテルに泊まりましょう」

「ホテル……？」体に緊張が走った。

「ビジネスホテルのシングルルームを二つ予約しておきました。なにかあったらすぐに対応できるように、私は隣の部屋に泊まっていますので」

「あ、ああ。そういうことですか」勘違いに気づき顔が火照《ほて》る。

「人が多くて目立たない場所の方がいいと思って、新宿《しんじゅく》の外れのビジネスホテルです。とりあえずそこに行って、今後どうするか相談しましょう」

「え？　もしかして、もうそこに向かっているんですか？」

「ええ、そうですけど。いけなかったですか？」

「いえ、できればその前に、一度自宅に戻りたいなと思って……。慌てて飛び出したんで、着替えとかも持っていないんです……」

明日香は首をすくめながら言う。そんな場合じゃないのは分かっていたが、着替えがないのもかなり大きな問題だ。平崎の顔に複雑な表情が浮かぶ。

「……すみません。そんな場合じゃないですよね」

「いえ、そこまで気が回らなくて、こちらこそ申し訳ありません。……そうですね、まだ早い時間ですし、着替えを取りに戻るぐらいならたぶん大丈夫でしょう」

平崎は大きくハンドルを切った。

*

「それじゃあ、すぐに終わらせますんで、ちょっと待っていてください」

明日香は玄関扉を開け、部屋の中に入る。平崎の車に乗って、明日香は自宅マンションへと戻ってきていた。

「ゆっくりで大丈夫ですよ」平崎は笑顔で言う。

明日香は靴を脱ぐと、リビングに向かう。見慣れた部屋が緊張を緩めてくれた。昨夜飛び出したばかりだというのに、もう何週間も帰っていなかったような気がした。

ショルダーバッグをベッドの上に放ると、押し入れから、地方の学会に行くときに愛用している小さなキャリーバッグを取り出し、必要なものを詰めはじめる。

明日香がせわしなく動き回っていると、ショルダーバッグの中から唐突にポップミュージックが響いた。

こんなときに誰？　少々苛立ちながら、バッグからスマートフォンを取り出す。液晶画面には『非通知』と表示されていた。眉間にしわが寄る。時々、非通知で投資用マンションの営業電話などがかかってくることがある。今回もそんな電話だろうか？

明日香は『通話』のボタンを押すと、警戒しつつスマートフォンを顔の横に当てた。

「もしもし……」

『明日香先生ですね』

聞き慣れた柔らかい声。明日香は目を大きく見開く。

「早苗さん!?」

『はい、そうです』

「無事なんですか？　いまどこに？　なんで急にいなくなったんですか？」

『本当にごめんなさい。急に姿を消したりして。けれど、私も柊先生も無事です』

「柊先生!?　やっぱり早苗さん、柊先生と一緒にいるんですか？」

『はい、柊先生と一緒に身を隠しています。ですから、私たちのことは心配なさらないでください。とりあえずそのことだけを伝えたくて、お電話しました』

明日香は大きく息を吐く。安堵すると同時に怒りが湧いてきた。二人は安全なところに隠れているのに、私だけこんな危険な目に遭っているの？

「いったいどういうことなんですか？　説明してください」

明日香は強い調子で言う。電話の向こうから、戸惑っている雰囲気が伝わってきた。

『ごめんなさい、説明はできないんです。知らない方が明日香先生にとって……』

「神楽誠一郎」

その名前を口にすると、息を呑《の》む音が聞こえた。明日香は追い打ちをかけていく。

「神楽誠一郎に狙われているから身を隠した。そうですね？」

『なんで……そのことを……？』

「それくらいのこと、少し調べれば分かります。早苗さんは最初から知っていたんですか？　知っていたのに、私に黙っていたんですか？」

『……いえ、知りませんでした。信じてもらえないかもしれませんけど、火事があった日にはじめて、すべて聞きました。四年前になにがあったのか。でも、柊先生が私に全部教えてくださったのは、私も狙われる可能性があったからなんです。明日香先生はきっと安全です。だから、このことには関わらない方がいいんです』

「……もう危険な目に遭っているんですよ。昨日の夜なんて、誰かに家の近くまで尾行されたんです。もしかしたら、あれが神楽誠一郎だったかもしれないんです！」

すぐには返事はなかった。十数秒の沈黙のあと、早苗の小さな声が聞こえてくる。

『その男は、神楽誠一郎じゃありません』

「……なんでそんなこと言い切れるんですか？」

『その男を雇ったのは柊先生だからです』

「はぁ？」

『その男は柊先生が雇った探偵です。三年前、私の夫のことを調べた男です。明日香先生が危険な目に遭っていないか見守っていたんです』

頭が真っ白になったあと、猛烈な怒りが湧いてくる。

「私を監視していたんですか!?」

『すみません。けれど、しかたがなかったんです。明日香先生の安全を確認しないといけなかったから……』

「それじゃあ、殺された女の人たちの手術記録がうちの新聞受けに入っていたのも、柊先生の差し金だったんですか？　なんでそんなことを？」

『え？　なんのことですか？』

「とぼけないでください。『整形美女連続殺人事件』の被害者たちの手術記録が、うちに届いていた件ですよ。あんなものを私に渡して、どうしようっていうんですか？」

返事が聞こえなくなる。明日香は一瞬、電話が切れたのかと思った。しかし、かすかに聞こえる乱れた息づかいが、まだ回線がつながっていることを教えてくれる。

「早苗さん、どうかしました？」

『……それは、探偵ではないです。柊《ほう》先生はそんな指示はしていません』

「え？」予想外の回答に、明日香は呆けた声を出す。

『明日香先生、とりあえず身を隠してください！　誰も信じちゃいけません。誰にも知らせずに、一人だけでどこかに隠れてください』

「誰も信じちゃいけないって……」

『明日香先生も危険かもしれません。今日は家に帰らないで、できるだけ人が多いところにいてください。明日の同じぐらいの時間に、またこちらから連絡します』

早口でまくし立てる早苗に圧倒され、明日香は口を挟む隙を見つけられなかった。

「あの、ちょっと……」

『お願いですから、指示に従ってください。絶対に誰も信用しないでください』

その声を最後に、唐突に回線が切断された。スマートフォンから、ピーピーという気の抜けた電子音が響く。明日香は暗転している液晶画面を呆然《ぼうぜん》と眺めた。

早苗の動揺は、演技ではない気がする。やはり私は、危険な状況に追い詰められているのだろうか？　考え込んでいた明日香は、ふと我に返る。のんびりしている暇はない。あまり時間がかかりすぎると、平崎が不審に思うかもしれない。

早苗から電話があったことを、平崎に伝えるつもりはなかった。彼は異常なほど柊にこだわっている。早苗から連絡があったと伝えたら、どうにかして柊の居場所を突き止めようとするだろう。平崎と柊を接触させて良いのか、まだ判断できなかった。

『誰も信じちゃいけません』早苗に言われた言葉が頭をよぎる。

私はどうすればいいのだろう？　迷いながら、キャリーバッグに必要なものを詰め込んで取っ手を摑んだ明日香は、ショルダーバッグを肩にかけ玄関へと急いだ。

「お待たせしました」ドアを開けた明日香は、息を乱しながら言う。

「それじゃあ行きましょうか」

笑顔で言う平崎に、明日香が「はい」と返事をしかけたとき、ショルダーバッグの中から再び着信音が聞こえてきた。頰が引きつる。

しまった、動揺でマナーモードにするのを忘れていた。また早苗から電話がかかってきたのだとしたら、誤魔化しがきかない。

「電話じゃないですか？」平崎が不思議そうに言う。

「あ、そうですね」

間の抜けた返答をしながら、バッグからスマートフォンを取り出した瞬間、体から力が抜ける。液晶画面には『諏訪野先輩』という文字が躍っていた。

「すみません、大学の先輩からです」明日香は『通話』のボタンを押す。「もしもし。どうしたんですか、先輩。いまちょっと忙しいんですけど」

『あ、なんだよ。せっかく頼まれたことやってあげたのに』

電話の向こうで諏訪野が不満げに言った。明日香は両手でスマートフォンを握る。

「え、頼まれたことって、まさか……」

『酒井外科病院の元院長と、ようやくコンタクトとれたよ。話してもいいってさ』

4

長く延びる病院の廊下を進みながら、明日香はちらりと横に視線を向ける。隣では、平崎が硬い表情を晒していた。

広島駅からタクシーで十五分ほどの場所にある総合病院。酒井外科病院の元院長で、四年前に起きた女児死亡事件の際、神楽誠一郎とともに手術に入った外科医でもある酒井芳樹《よしき》は、この病院に入院しているらしい。

昨夜、諏訪野からその情報を得た明日香と平崎は、新宿のビジネスホテルで一泊したあと、早朝の新幹線で広島へと向かい、昼前にはこの病院に到着していた。

廊下を突き当たりまで進んだところで、明日香は足を止める。目の前に、個室病室の引き戸があった。ノックすると、中から「はい」としわがれた声が響く。

「失礼します」

引き戸を開ける。六畳ほどの部屋の中央にベッドが置かれ、老人が横たわっていた。

ほとんど髪の残っていない頭部、いまにもひび割れそうなほど乾燥した肌、瞼《まぶた》が浮《む》腫《く》んで半分ふさがった目。聞いた話ではまだ七十前のはずだが、その姿は九十歳を超えているように見えた。

「どなたかな？」腫れぼったい瞼の奥から、酒井は鋭い視線を投げかけてくる。

「突然失礼します。私、純正医大麻酔科学教室の朝霧明日香と申します」

明日香は姿勢を正すと、先輩医師に向かって自己紹介をする。

「ああ、誠一郎の話を聞きたいって人か」

しわがれた声でつぶやいた酒井は、突然咳き込み出す。慌ててベッドに近寄るが、酒井は明日香の前に手をつき出した。

「……大丈夫だ。……いつものことだから」

明日香は顔を歪める。二階堂彰三の末期癌《がん》は見抜けなかった明日香でも、目の前の老人の体でなにが起こっているのかはすぐに分かった。

「骨髄腫だ」明日香の表情に気づいたのか、酒井は言う。「肺に大きな転移巣がある」

口元に力を込める明日香の目を、酒井はのぞき込んできた。

「私の予後はあと二、三週間ってところだ。そんなとき、昔の同級生から誠一郎について訊きたいという人がいるって話を受けたんだよ。しかし、あなた顔が広いな。あいつとどういう知り合いなんだ？」

「いえ……ちょっと……」

顔が広いのは諏訪野先輩だ。あの人がどんなツテを頼ったかまでは知らない。

「まあ、そんなことはどうでもいいか。それで、なにが訊きたいのかな？」

「ありがとうございます。ご体調がすぐれないのに会っていただいて」

「体調がすぐれないから会おうと思ったんだよ」

「どういうことですか？」

明日香が眉根を寄せると、酒井は天井を見つめながら淡々と喋《しゃべ》りはじめた。

「この四年間、誠一郎のことは警察に尋問されたとき以外は口にしていない。けれどもうすぐ死ぬなら、あの夜本当はなにがあったか、誰かに語っておきたかったんだ」

そこまで言ったところで、酒井はじろりと平崎をにらんだ。

「それで、あなたは誰だ？」

「あ、ご挨拶が遅れました。私は……」

「マスコミか？」

自己紹介をはじめようとした平崎の言葉を、酒井のうなるような声が遮る。

「は、はい。たしかにマスコミ業界で仕事をしていますが……」

「……帰ってくれ」酒井は吐き捨てるように言う。「私は医者が話を聞きたいっていていうから了解したんだ。マスコミなんかに話をするつもりはない！」

「いえ、私は記事にしたいわけではなく、あくまで……」

「黙れ、さっさと消えろ！」

末期癌患者のものとは思えない怒声が、壁を震わせる。

「お前らが年がら年中押しかけたせいで、うちの病院はつぶれたんだ。あることないこと適当に書き散らして！　私たちがどんな気持ちで、どんな……」

そこまで叫んだところで、酒井は再び咳き込みはじめた。

「……朝霧先生、私は外で待たせていただきます」平崎が静かに言う。

「え、でも……」

「いいんです。四年前になにがあったのか知ることが一番重要ですから」

「分かりました」明日香は酒井の背中をさすりながら頷いた。

平崎は酒井に向かって深々と頭を下げると、「失礼しました」と言い残して病室を出る。室内に鉛のような沈黙が満ちる。先に沈黙を破ったのは酒井だった。

「……これから話すことを、あの男に言うのか？」

「いえ、それは……」

「もし話すなら、すぐに帰ってくれ。私はマスコミだけは絶対に信用しない。私の話が聞きたいなら、これから話すことはあの男には言わないでくれ。それが条件だ」

「……分かりました。彼にはなにも言いません」

「医者同士の約束だぞ」酒井はかすかに表情を緩めると、ベッドの上で目を閉じる。

「それで、なにから話せばいいのかな?」

「えっと。まず、神楽誠一郎……さんはどうして、先生の病院で当直バイトをしていたんですか?」

明日香はここに来る前に準備していた質問を口にする。四年前の時点で、神楽誠一郎は柊のクリニックに勤めていた。柊は金の亡者だが、従業員への金払いはいい。バイトをしなくてはならないほど金銭的に苦しかったとは思えなかった。

「私が頼んだんだよ。週一回でいいから当直に来てくれってな」

「酒井先生がですか?」

「ああ、そうだ。私は生まれたときから誠一郎のことは知っているんだ。高校時代からの親友の一人息子だったんだよ、あいつは」

「そ、そうなんですか。誠一郎さんのお父様の……。その方はいまもご健在ですか?」

唐突に出てきた新しい事実に、明日香は軽く混乱する。

「いや、誠一郎の両親は死んでいる。あいつが中学生のときに二人ともな」

酒井は浮腫んだ瞼を上げると、遠い目で天井を眺めた。

「……事故、ですか?」

「ああ、そうだ。家族三人で車に乗っていて、後ろから居眠り運転のトラックに突っ込まれた。車は炎上して、誠一郎も背中にひどい火傷《やけど》を負った」

「その事故でご両親を……」

「いや、事故で死んだのは父親だけだ。母親は助かった。けどな……顔全体に熱傷《ねっしょう》を負ったんだ」

　痛みに耐えるかのように、酒井の表情が歪んだ。

「母親の顔面は、ケロイド状に焼けただれた。何度か植皮を繰り返したが、それも焼け石に水だった。夫を失い、顔にはひどい火傷を負った母親の精神はどんどん壊れていって、事件から一年後、誠一郎が高校に入学してすぐの頃に……首を吊《つ》ったよ」

　あまりにも悲惨な話に、明日香は言葉を失う。

「誠一郎さんが形成外科を専攻したのって……」

「ああ、母親のことが関係しているんだろうな。あいつは医者を志したときから、将来は形成外科医になるつもりだって言っていたよ」

「誠一郎さんと親しかったんですね」

　神楽の話になるたびに、酒井の表情がかすかに緩むことに明日香は気づいていた。

「私が身寄りがなくなったあいつの後見人《こうけんにん》になったんだ。私と妻には子供がいなかったから、うちに住んでもらったんだよ。本当は養子にって考えていたんだが、それは本人にやんわり拒否された。両親のことを忘れたくないってね。あいつは良い子だったよ。わがままも言わないし、無理をして明るく振る舞っていた。成績は優秀で、私たちがなにも言わなくても医学部に現役で合格した。不満なことと言えば、最後まで私たちのことを『父さん、母さん』と呼んでくれなかったことかな。私は親になったつもりだったんだけど、あいつも色々思うところがあったんだろう」

酒井は哀《かな》しげに目を細める。

「大学の学費は私たちが出してやるつもりだったんだが、誠一郎は受け取らなかった。自分で奨学金を申し込んで、自分だけの力で医者になったよ。五年前、うちの病院がどうしても当直医を確保できなくなったときには、あいつは週一回の当直を引き受けてくれた。本当にありがたかったよ」

酒井の口調は孫を自慢する祖父のようだった。そんな酒井を眺めながら、明日香はゆっくりと口を開き、最も知りたいことを訊ねる。

「……四年前、酒井外科病院でなにがあったんですか?」

酒井は大きく息を吐いた。

「夜、交通事故にあった子供が運ばれてきた。経験の浅い誠一郎は、救急病院に搬送すべきという私の反対を押し切って、人体実験のような手術を行い、助かるはずの命を奪った。世間ではそうなっているらしいね」

「はい、私もそう聞きました。けれど、実際は違うんですか？」

言葉を選びながら質問を重ねる。酒井の顔に、皮肉っぽい笑みが浮かんだ。

「ああ、全然違う。それはマスコミが、視聴率や雑誌の売れ行きのためにでっちあげたでたらめだ。私はずっと、それは違うと訴え続けてきた。けれど、黙殺されたよ」

「じゃあ、本当はなにがあったんですか？」

「あの夜、私は医師会の会合を終え、病院の裏手にある自宅で休んでいた。そこに、夜勤の看護師から連絡があったんだ」

酒井は窓の外を眺めながら、淡々と語りはじめる。

「看護師は興奮していて、なにを言っているか要領を得なかったんで、私は病院に向かった。病院に着いた私が見たのは、大声で叫ぶ母親と、血まみれでベッドに横たわる女の子だった。その子の手足はありえない方向に曲がっていて、口や鼻から血が流れていたよ。誠一郎は必死にその子に治療を施していた。呆然と立ち尽くした私に、誠一郎は冷静に状況を説明した。すぐそこで交通事故が起きて、母親が重傷を負った子供を抱きかかえて連れてきたってね。私はパニックになりかけたよ。『外科病院』なんて名乗っていたけれど、うちは病床の半分が療養型になっているような病院だったんだ。手術室だってほとんど使っていなかったし、当然救急治療の設備も整っていなかった」

「先生はそのとき、救急車でその子を総合病院に搬送しようとしたんですよね」

「ああ、そうだよ。なんでだと思う？」

「なんでって、その方が助かる確率が高いと思ったからじゃないですか？」

「違うよ。私は責任から逃れるために、あの子を搬送しようとしたんだよ」

酒井の血色の悪い顔に、痛々しいまでに自虐的な笑みが浮かぶ。

「責任？」

「ベッドに横たわるあの子を一目見て、私はすぐに気づいたんだよ。もう助からないってね。ただ、うちの病院で亡くなったら、なんで設備の整った病院に搬送しなかったと批判されると思った。だから救急車を呼ぼうとしたのさ。そんなことをすれば、搬送中にあの子は命を落とすって分かっていながらね」

喉の奥から絞り出すように話し続ける酒井の言葉を、明日香は無言で聞く。

「救急要請をしようとした私を、誠一郎が止めたんだ。『ここで手術をしよう。じゃなきゃ、この子は助からない』ってね。私が自分のことを心配しているとき、誠一郎はあの子を助けることだけを考えていたんだよ」

「けれど、誠一郎さんは形成外科医だったんですよね。いくらなんでも、形成外科医にそんな重症外傷の手術は難しいんじゃ……」

口を挟んだ明日香を、酒井はじろりとにらんだ。

「遺族もマスコミも、そう言って誠一郎を責めたさ。自分の能力を過信したとか、まるで人体実験だとか、なにも知らないくせに適当なこと言いやがった。ふざけやがって。あいつは、そんじょそこらに転がっているような形成外科医じゃないんだよ」

「いえ、でもやっぱり外傷手術の経験がないと……」

明日香はおずおずと言う。そのとき、頭蓋の内側に虫が這うような不快感を覚え、明日香は顔をしかめる。なんだろう、いまの感覚は？

「あったさ」酒井は鼻を鳴らす。

「え？　あったって、外傷手術の経験がですか？」

「ああ、誠一郎はそんな手術、腐るほど経験していたはずだ。誠一郎は医師国家試験に受かったあと、日本での研修を受けなかった。なんでか分かるか？」

「たしか海外に行ったとか……」明日香は諏訪野に聞いた話を思い出す。

「ああ、そうだ。あいつは本当に一流の形成外科医になりたかったのさ。だから、アメリカに渡ったんだ。学生時代に何度もアメリカの大学に行ってコネを作っておいて、卒後すぐに外科レジデンシィーに潜り込んだ。アメリカの外科研修は過酷だ。五年間の研修期間でありとあらゆる手術を経験する。もちろん、外傷外科も」

明日香は目を大きくする。アメリカ国籍を持たない者が、アメリカの外科研修を受けるのは、とてつもなく困難だということは知っていた。恐ろしく優秀であるうえに、幸運も重ならないと実現は難しいはずだ。

「あいつは外科研修後、激しい競争を勝ち抜いて形成外科のフェローに進んで、そこで形成外科医としての修業を積んだ。それだけ優秀だったんだよ」

「だから、手術をしたんですね？」

「ああ、誠一郎の覚悟を見て、私は助手を務めることを決めた。母親に、娘はきわめて危険な状態で、すぐに手術が必要なことを口頭で説明して、手術の了解を得た。本来なら文章で書き残すべきだったんだが、すぐに手術を行う必要があったし、母親もパニック状態だったからできなかったんだ。そのせいで、あとで『家族に無許可で手術した』なんて非難されることになった」

「……手術はどうだったんですか？」

明日香が訊ねると、酒井は哀しげな笑みを浮かべた。

「私はあの日、はじめて誠一郎の手術を見たんだ。素晴らしかったよ。麻酔を導入すると、あっと言う間に開腹し、割れていた脾臓《ひぞう》と左腎臓を摘出した。そして、破れた腸管を縫合し、損傷している箇所を次々に修復していった。三十年以上外科医をやっていたけれど、あれほどの手術は見たことがなかった。まさに魔法みたいだったよ」

「魔法……」

つぶやいた瞬間、また頭に不快感が走る。明日香は軽く頭を振った。

「助けられると思った。私が見捨てたあの子を、誠一郎なら助けられると思った。けれど、甘かったよ。誠一郎が内臓の修復をほとんど終えたところで、それまでなんとか保っていた血圧が落ちはじめた。誠一郎はエコーですぐに心嚢《しんのう》内に血液が貯留して、心臓を圧迫していることを突き止めた」

「心タンポナーデ……」

「そうだ。心タンポナーデを起こしたんだ。誠一郎は注射針を心嚢に刺して、血液を抜きにかかった。しかし、その途中であの子は心室細動を起こしたんだ。あの小さな体に限界が来たんだ。あまりにも交通事故で受けた損傷がひどすぎた。誠一郎はそれから三十分以上、蘇生《そせい》措置を続けたよ。私が力ずくで止めるまでな」

話し疲れたのか、酒井は大きく息を吐く。

「そのあとは知ってのとおりだよ。うちの馬鹿な看護師が見当違いの正義感で、遺族に誠一郎の専門が形成外科だと密告した。小さな子供が死んだ責任を誰かに押し付けたかった遺族は、誠一郎を告訴したうえ、マスコミを使って極悪人に仕立て上げたんだ。マスコミに踊らされた世論は誠一郎を面白半分に糾弾し、それに尻を押された警察が捜査をはじめた。こうやって、誠一郎は『人殺し』に祭り上げられたんだ」

酒井は平板な声で淡々と喋る。明日香はためらいがちに口を開いた。

「けれど、誠一郎さんの部屋から、……デスマスクが」

酒井の表情が火であぶられた蠟《ろう》のようにぐにゃりと歪んだ。

「分からない……。なんであんなことを……、きっとなにかの間違いで……」

両手で顔を覆った酒井は、うめくように言うと肩を震わせはじめる。

「……タイから、連絡はなかったんですか？」

明日香は最後の質問をする。酒井は神楽誠一郎にとって、最も『家族』に近い人物だろう。もしかしたら、タイに潜伏している間、連絡を取っていたかもしれない。

明日香が答えを待っていると、酒井は顔から手を離し、明日香を見る。

「タイ？　誠一郎がタイから連絡してこなかったかって質問かな？」

「はい、そうです」

明日香が頷くと、酒井はつまらなそうに鼻を鳴らす。

「あいつはタイになんか行っていないよ。いや、もしかしたら行ったのかもしれないけどな、少なくとも潜伏なんてしていない。全部、警察とマスコミのでたらめさ」

「え、でも……」

戸惑う明日香の前で、酒井は窓辺に飾られている花瓶を指さす。そこには、薔薇《ばら》、カーネーション、スイートピーなど、色とりどりの花が飾られていた。

「綺麗《きれい》な花ですね」

「ここに入院してから、毎週送られてくるんだよ。けれど、差出人の名前はない」

「……え？」明日香は目を大きくする。「それって……？」

「そう、きっと誠一郎さ。あいつが送ってくれているんだ。それだけじゃない。私の妻は六年前に死んでいるんだが、命日になるといつも墓に花が供えてあって、墓石がぴかぴかに磨かれているんだ。誠一郎が姿を消してからも」

酒井は笑みを浮かべたまま、また外を眺める。

「誠一郎が外国にいるとか、もう死んでいるとか言う奴もいるけれど、私は知っているんだよ。あいつはずっと日本にいる。日本にいて、私を見守っているってね」

「……うっ⁉」

明日香はこめかみを押さえる。さっきから頭に湧いていた不快感が、耐えがたいほどに増幅している。酒井の話を聞くたびに、なにかが頭蓋骨の中でうごめく。

頭を抱えた明日香は、酒井から聞いた話を最初から反芻《はんすう》していく。

交通事故、母親の火傷と自殺、形成外科医になる決意、アメリカの研修、魔法のような手術の腕前、そして見舞いの花。

ばらばらなパーツが、ゆっくりと一つに組み合わさっていく。突然、激しい嘔気《おうき》に襲われ、明日香は口を押さえた。胃の内容物が逆流してきそうだった。

あと少しでなにかに気づきそうだ。なぜか恐怖が血液に乗って全身を冒していく。

次の瞬間、頭の中で火花が散った。明日香は目尻が裂けそうなほどに目を見開く。

まさか、そんなこと……。明日香は必死に頭に浮かんだ想像を振り払おうとする。しかし、それはガムのように頭蓋骨の内側に張り付き、引き剝がすことができなかった。

「ああ……あああああ！」

口から悲鳴が漏れ出す。明日香は頭を抱えると、その場にしゃがみ込んだ。

「ど、どうしたんだ！」

酒井が声をかけてくるが、悲鳴を止めることができなかった。

足元が崩れ落ち、奈落の底へと落下していくような気がした。

*

「ごちそうさまでした」

駅弁を腹におさめた平崎は、弁当箱にふたをすると、もともと掛けてあった紐《ひも》で器用に縛っていく。明日香は焦点の合わない目で、その手つきを眺めていた。

「食欲が湧きませんか？」

平崎に声をかけられた明日香は、我に返るとゆっくりと頷いた。

すでに東京行きの新幹線に乗ってから二時間以上経《た》っているが、明日香は病院を出てからいままで、ほとんど言葉を発しなかった。病室で気づいた、気づいてしまったあまりにも恐ろしい事実が、毒のように全身に回り、明日香の体を縛っていた。

本当に『そう』なのだろうか？　明日香はすさまじい速度で景色が流れている窓の外を眺める。この数時間、ずっと浮遊感が体にまとわりついている。

「しまっておきましょう」

平崎は明日香の膝の上からほとんど手をつけていない弁当箱を取ると、自分が食べ終えた弁当箱と一緒に袋の中に詰めた。

「大丈夫ですか？」

心配そうに顔をのぞき込んでくる平崎に、明日香は弱々しく顔を左右に振る。頭がおかしくなってしまいそうだった。一人で背負うにはあまりにも重すぎる事実。これを吐き出してしまいたかった。

「あの病室でなにがあったかは……、話してはいただけないんですよね？」

平崎は探りを入れてくる。明日香はかすかに顎を引いた。自分を信じて話をしてくれた酒井、その信頼を裏切るわけにはいかなかった。平崎はため息を吐くと、ペットボトルに入ったミネラルウォーターを一口飲む。

「分かりました。約束ですから、酒井さんの話の内容を伺うのはあきらめます。ただ、確認させてください。朝霧先生は酒井さんのお話を聞いて、なにか衝撃的な事実に気づいた。にわかには信じられないほど衝撃的な事実に。そうですね？」

明日香は力なく頷いた。

「この際、はっきり言いましょう。私はその事実を知りたいんです。もしかしたら、朝霧先生が気づいたことは、私の『仮説』そのものかもしれない」

そんなはずはない。こんな突拍子もないことを思いつける人間がいるわけがない。私は柊のクリニックで働き、あの人を見てきたからこそ気づくことができたのだ。

「一つ、朝霧先生に謝りたいことがあります。隠していたことがあるんです」

唐突に、平崎はズボンのポケットから財布を取り出した。

「なんですか。急にあらたまって……」

「実は、『平崎真吾』という名前は本名ではありません。職業柄、反社会的勢力とトラブルになる危険性もあるのでペンネームを使っていました。これが、私の本名です」

平崎は財布から運転免許証を取り出すと、座席テーブルの上に置く。そこに記されていた名前を見て、明日香の喉から「え？」という声が漏れた。

『柊真一《しんいち》』。氏名の欄にはその名が記されていた。

「ひいらぎって……」

「はい、私は柊貴之の親戚、甥《おい》にあたります。柊貴之の姉の一人息子です」

平崎真吾と名乗っていた男、柊真一は噛《か》んで含めるようにゆっくりと話す。

「ちょ、ちょっと待ってください！　いったいなんの話なんですか⁉」

「いまからちゃんと説明します」

混乱する明日香を、真一は諭すような声でなだめた。

「たしかに私は柊貴之の甥ですが、十年ほど前に母が亡くなってからは、叔父《おじ》とは顔を合わせることはありませんでした。ですから、叔父が裏社会御用達の形成外科医だと知っても、別に取材をしたいとまでは思いませんでした。一年ほど前までは……」

真一の話に、明日香は無言のまま耳を傾け続ける。

「一年前、私は偶然、神楽誠一郎が叔父に師事していたことを知りました。あのシリアルキラーの生の姿を知ることができる。そう思った私は、叔父に取材を申し込みました。親戚ではなく、ジャーナリストとして取材をしたかったので、『平崎真吾』の名で。取材内容は『日本の美容形成事情について』ということにしておきました。当日、私はドッキリをしかけるような気持ちでクリニックに向かいました」

真一の話が進んでくるにつれ、息苦しさを感じはじめ、明日香は胸を押さえた。

「けれど、柊貴之は『平崎真吾』が自分の甥であることに気づきませんでした。最初は十年近く顔を合わせていないんだから、それもしかたないと思いました。けど、……あの男と話している間中、私はその言動の端々に正体不明の違和感を覚え続けました。後日、私は自分が覚えた違和感の正体を探ろうと、柊貴之について本気で調べはじめました。四年前の出来事を中心に」

そこまで言うと、真一は明日香に向き直る。

「私がなにを言いたいか、はもう分かっているんじゃないですか。きっと、私がそうやって思いついた『仮説』と、あなたがさっき気づいたことは一緒のはずだ」

「平崎……、いえ、真一さんは、なにを思いついたんですか？」

明日香は喉の奥から声を絞り出す。

真一は明日香と目を合わせると、ゆっくりとした口調で言った。

「いま柊貴之と名乗っている男。あの男こそが神楽誠一郎です。あの殺人鬼は四年前、タイで形成手術を受けて、柊貴之と入れ替わったんです」

＊

薄暗い部屋の中、ベッド上で体育座りをした明日香は、脇に置いたスマートフォンに視線を向ける。時刻は午後六時五十分を回っていた。昨日、早苗が言ったとおりなら、あと十分ほどで早苗から連絡が来るはずだ。

六畳ほどの空間に、ベッドとデスク、そしてテレビだけが置かれた簡素な空間を見回す。一時間ほど前、品川《しながわ》駅で新幹線を降りた明日香と真一は、駅のそばにあるこのビジネスホテルにチェックインしていた。

明日香は天井を眺めながら、新幹線の中での真一とのやりとりを思い出す。

柊貴之と名乗っている男こそ、神楽誠一郎だと指摘した真一は、黙り込む明日香に向かって言った。

「これが私の『仮説』です。朝霧先生も同じことを考えているんじゃないですか？」

明日香はおそるおそる頷くことしかできなかった。

酒井から聞いた神楽誠一郎という男は、交通事故で家族を失い、体に負った火傷のせいで裸になるのを嫌い、一般外科医としても素晴らしい腕を持ち、そしてこの四年間日本にいた。その人物像は、明日香の知る柊貴之そのものだった。

「た、ただ、それはあくまで可能性の話で……」

「いえ、きっとあの男こそ神楽誠一郎です」真一ははっきりと言い切った。

「けれど……。けれど、そんなこと、本当にありうるんですか？　そんな別人になりきるような形成手術なんて、いったい誰が……？」

「たぶん、手術をしたのは本物の柊貴之だと思います。叔父の技術なら、神楽の顔を自分と同じ顔に形成することは可能だったはずです。きっと、叔父はその手術をするためにタイに行き、そして神楽誠一郎になり代わられた」

「もしそうだとしたら、なんで柊貴之は、わざわざそんなことをしたんですか？　犯罪者を自分と同じ顔に形成するなんて」

「そこは私にも分かりません。叔父はなにか神楽誠一郎に弱みを握られていたのかも。だから言われるとおりに……」

「けれどそうなら、本物の柊貴之は……」

明日香がつぶやくと、真一は唇を噛んで目を伏せた。

「たぶん、殺されているでしょう。じゃなきゃ、入れ替わる意味がないですから」

「そ、そうとは限らないんじゃないですか。そもそも、おかしいですよ。もし柊先生が神楽誠一郎なら、この前クリニックが放火されたことはどうなるんですか？　手術室には神楽誠一郎からの脅迫文まで残っていたんですよ」

「先日、四年前と同じ手口で、亀村真智子という人が殺されたと言いましたよね」

「そうです、それもおかしいです。もし柊先生が神楽誠一郎だとしたら、そんな事件を起こすわけないじゃないですか。だって、そんなことをすれば、神楽誠一郎が日本にいることがばれちゃいますよ」

自分の想像を否定する根拠をようやく見つけ、胸に安堵が広がっていく。しかし、それはすぐに真一によって打ち砕かれた。

「朝霧先生、シリアルキラーがそんな打算で動くと思いますか？　普通の殺人事件と違い、シリアルキラーは損得や恨みで殺人を行うわけじゃありません。彼らの多くは精神的に病んでいて、殺人を止めることができないんです。亀村真智子を殺したのは、柊貴之の名を騙《かた》っている神楽誠一郎ですよ。四年間耐えてきたけれど、限界が来たんです。そして、亀村真智子を殺してデスマスクを作った」

「そんな……。それじゃあ、放火は……？」

「自作自演ですよ。ああすれば、殺人犯と疑われるどころか、神楽誠一郎に狙われている被害者だと思わせることができる。そして同時に手術の記録も消去できる」

「なんで手術記録を消去する必要があるんですか？」

「あくまで想像ですけど、神楽は今回の殺人で、たがが外れたんだと思います。四年間も我慢したが、また一人殺したことで、その快感を思い出してしまった。けど、もうターゲットにできるような、本物の柊貴之から美容手術を受けた患者は少ない」

「まさか、この四年間で自分が手術した患者さんを狙うつもりってことですか⁉」

「その可能性が高いと、私は思っています」

「そんな……」

「問題は証拠がないことです。こんな常識ならありえないようなことを警察に言っても、笑われて取り合ってもらえないでしょう。私たちで証明しない限り、あの男を殺人犯として告発はできません」

「証明って、どうやってそんな……。顔が完全に変わっているのに」

「DNAですよ。顔が変わってもDNAまでは変えられない」

「たしかにDNAまでは変えられないですけど、そのためには比較するためのDNAが必要ですよ。本物の柊貴之のDNAがあるんですか？」

「それはありません」

「じゃあ、意味がないじゃないですか」

「そんなことありませんよ。比べるDNAならここにあります」

真一は自らを指さした。真一の意図に気づいた明日香は、「あ……」と声を上げる。

「そうです。私のDNAと比較すればいいんです。柊貴之の甥である僕と血縁関係がないと証明されれば、あの男を告発することができます」

「たしかに……そうですけど」

「朝霧先生！」真一は言い淀む明日香の手を握った。「お願いします。あの男のDNA採取に協力してください」

「ま、待ってください。なんで私が……」

「あなたの家に被害者たちの手術記録を投函したのも、きっと神楽誠一郎です。なんであんなことをしたかまでは分かりませんが、あの男はあなたを事件に巻き込もうとしています。きっといつか接触をはかってきます。そのとき、どうかあの男に会って

ＤＮＡサンプルを採取してください。あの男が口を付けた食器などで十分です。それを渡していただいたら、僕が検査機関に持っていって自分のＤＮＡと比較してもらいます」

真一は明日香の手を握りしめたまま、頭を下げたのだった。

ベッド脇からピピピピという電子音が聞こえてきて、天井を眺めていた明日香は我に返る。視線を音のする方に向けると、サイドテーブルに組み込まれている時計が『ＰＭ７：００』と表示していた。

もうすぐ、早苗から連絡があるはずだ。そのとき、私はどうすればいいのだろう。

早苗は昨夜、「すべて説明してもらった」と言っていたが、その『すべて』に柊の正体が神楽誠一郎だったということは含まれているのだろうか？　いや、そんなはずはない。いくらあの男に心酔している早苗でも、相手が連続殺人犯だと知れば、一緒に身を隠そうとはしないはずだ。

本当に、あの人が何人もの人間を殺したんだろうか。明日香の脳裏に、へらへらとした笑みを浮かべる男の顔がよぎる。たしかにあの人は金に汚く、軽薄で、デリカシーのかけらもなく、平気で法も犯すような男だった。けれど、あの人の手術は、それを受けた人々に小さな幸せを与えてきた。

明日香が両手で髪をかき乱したとき、スマートフォンが着信音を鳴らしはじめる。

液晶画面には『非通知』の文字が表示されていた。

画面を眺めたまま明日香は固まる。まだ決心がついていなかった。真一に頼まれたとおり、あの男と会ってDNAを採取するべきなのかどうか。

せかすように着信音は鳴り続ける。明日香は震える指先で『通話』のボタンに触れると、スマートフォンを耳に当てる。

「もしもし、……早苗さんですか？」

『やあ、朝霧君。久しぶりだね、元気にしていたかい？』

聞き慣れた陽気な声が鼓膜を揺らした。

5

「大丈夫ですか、朝霧先生」運転席に座る真一が声をかけてくる。

「……あんまり、大丈夫じゃありません」

助手席に座った明日香は、か細い声で答える。酒井に話を聞きに行った日の二日後、明日香は真一の運転するプリウスで、山梨の山間部へとやってきていた。

「けれど、神楽誠一郎はこんなところに隠れていたんですね。見つからないはずだ」

フロントガラスの向こうに広がる鬱蒼《うっそう》とした森を見ながら、真一はつぶやく。

「まだ、あの人が神楽誠一郎だとは決まっていませんよ」

「ええ、たしかにそうです。それをこれから確かめに行くんですからね。これで、あの異常犯罪者の正体を暴いて、叔父のかたきをとることができます」

「簡単に言わないでください。これから私は、その『異常犯罪者』かもしれない男に会って、DNAを採取しないといけないんですから」

明日香は暗い声で言う。二日前から、胸の底に恐怖がくすぶっている。できることなら、いますぐにでもすべてを忘れて逃げ出してしまいたかった。

「すみません。朝霧先生には本当に感謝しています。あの男の潜伏先を聞き出してくれたうえ、接触する手筈《てはず》まで整えてくれるなんて。しかも、お願いした当日に」

「……偶然、あっちから連絡が来たんです。私も驚きました」

「いやあ、本当にすごい偶然ですよね」

笑顔で言う真一の横顔を、明日香は眺める。そんな都合のいい偶然を信じてくれているとは思えなかった。きっと、定期的に連絡を取っていたと思われているだろう。

「そろそろ着きますよ」真一が言う。

明日香は顔を上げて正面を見た。まっすぐに延びた細い山道の数百メートル先に、丸太造りの小さな別荘が見えてくる。森を少しだけ切り開いた土地に建てられたその建物は、まさに『隠れ家』といった雰囲気を醸し出していた。

「住所によると、たぶんあの建物です。これ以上近づくと、見つかる危険があります。ここから歩くことにしましょう」

車が停《と》まる。とうとう着いてしまった。全身の汗腺《かんせん》から冷たい汗が吹き出してくる。上下の奥歯がかちかちと音を立てはじめた。

「怖いですか？」真一が心配そうに声をかけてくる。

「それは怖いですよ。これから、殺人鬼かもしれない男に会うんですから」

「きっと大丈夫です。私はずっと近くで監視しています。なにかあったらすぐに逃げてきてください。あなたは私が守ります！」

「……分かりました。信じています」

明日香は一度大きく深呼吸をして頷くと、車から降りた。辺りに充満する清涼感のある森の香りが、毛羽《けば》だった精神をわずかに癒やしてくれる。

車から降りた真一は、トランクを開けると、中からキャリーバッグを取り出した。明日香はそれを受け取り、ファスナーを開けていく。詰め込まれた服や化粧品にまぎれて、白い巨大な粘土のような物質が姿を現した。

「これ、本当に使えるんですか？」明日香は白い塊を指で押す。

「はい、この前説明したとおり、万が一危険を感じたらこれに火をつけてください。そうすれば催涙ガスが辺りに充満しますから、その隙をついて逃げ出してください」

真一は粘土状の物質を指先でちぎり、ジャケットのポケットから取り出したライターで火をつける。その塊は激しく煙を出しながら燃え上がった。

「煙は高い位置に上がりますので、身を伏せて、すぐに建物から出てください」

「分かりました。……それじゃあ、行ってきます」

ファスナーを閉じた明日香は、取っ手を摑んで身を翻す。その肩に真一が手を置いた。

「な、なんですか？」明日香は振り返る。

「動揺させるわけにはいかないので、いまはまだ言えませんが。この作戦が終わったらお話ししたいことがあります」

「動揺させるようなことを言うつもりなんですか？」

明日香が苦笑すると、真一も笑みを浮かべた。

「はい、たぶん。それでは朝霧先生、幸運を」

気障《きざ》なセリフを吐く真一に向かって頷くと、明日香は別荘へと向かう。

とうとうこの時が来た。作戦どおりに行動すれば、四年前から続くこの悲惨な事件にピリオドを打つことができるかもしれない。しかし、失敗すれば……。

腹の底から湧き上がりかけた恐怖を、明日香は奥歯に力を込めて押し殺す。

数百メートルの坂道を進んだ明日香は、別荘の入り口に到着した。軽く息を弾ませながら、建物を見上げる。丸太を組んだ平屋のロッジだった。屋根には煙突も見える。

ここに入ったら後戻りはできない。下手《へた》をすれば、命を落とす可能性だってある。

もう悩んでいる段階じゃない！　左手で思い切り自分の頬を張った。小気味いい音とともに、鋭い痛みが走る。明日香は勢いよく扉を開け、建物の中へと入った。

室内に入り周囲に視線を送る。取るべき行動は前もって指示されていた。ここからは時間の勝負になる。明日香はできるだけ素早く、指示された行動を取っていく。

室内に入ってから数分後、腰のあたりからポップミュージックが響き出した。明日香はジーンズのポケットからスマートフォンを取り出した。

液晶画面には『平崎真吾』の文字が躍っている。明日香は『通話』ボタンに触れた。

「真一さん、どうしました？」

「すみません、朝霧先生。実は大切なことを伝え忘れていたんですよ」

低い声が明日香の鼓膜を揺らした。

＊

どうなってやがる。坂下とともに住宅街を歩きながら、黒川はがりがりと頭を掻《か》く。

もともとわけの分からない事件だったが、この三日間でさらに事態が混乱していた。

まず、朝霧明日香が姿を消した。家にも帰っておらず、大学にも姿を現さなくなった。大学に問い合わせたところ、用事で授業を休むという連絡が入っているらしい。そのせいで、朝霧明日香に張り付くというもくろみは、あっさりと破綻してしまった。

さらにわけが分からないのは、三日前、純正医大の前で朝霧明日香を乗せた車の持ち主だった。ナンバーを元に調べたところ、あのプリウスの所有者は『柊真一』という人物で、なんと柊貴之の甥に当たる男だった。

黒川は車を運転していた細身の男を思い出す。あの男になにか引っかかるものを感じていた。どこかで会ったことがある気がするが、どうしても思い出せない。

前を歩いていた坂下が足を止めた。

「黒川さん、ここみたいですね。ここの三階です」

黒川は坂下が指さした先を眺める。三階建ての古びたアパートが建っていた。最寄り駅である板橋《いたばし》駅から徒歩で二十分以上かかっていることを考えると、かなり家賃は安い物件だろう。このアパートが、柊貴之の甥である柊真一の住所だった。

「行くぞ」黒川は大股でエントランスに入ると、階段を上り三階へと向かう。

「一番奥の部屋です」

後ろからついてきた坂下の言葉に従い、黒川は外廊下を突き当たりまで進むと、そこにあるドアのインターホンを押した。しかし、故障しているのか呼び出し音が響くことはなかった。黒川は舌打ちすると、拳を扉に叩きつける。

「柊さん、柊真一さん。いらっしゃいませんか」

黒川は声を張り上げつつ何度も拳を扉に打ち付けるが、反応はない。

「なんなんっスかぁ、こんな真っ昼間から」

隣の部屋の扉が開き、寝癖のひどい若い男が顔を出した。不真面目《ふまじめ》な大学生といった風体の男だった。

「あ、失礼します。柊真一さんに用事があって伺ったんですが、どこにおられるかご存じだったりしませんか？」

坂下が素早く男に質問をする。

「柊？　ああ、お隣さんのことっスね。あなたたち誰なんスか？」

「失礼しました。私は千住署の刑事で坂下と申します」

坂下はスーツの内ポケットから警察手帳を取り出し、男の前に掲げる。

「え、刑事さんっスか？　マジで本物？」男はまじまじと警察手帳を見る。

「本物だよ。だから、柊真一のことについてなにか知っていたら話してくれねえか」

苛立った黒川が、ドスの利いた声で言う。男の顔が恐怖でこわばった。

「いや、お隣っていっても、時々顔を合わして挨拶するぐらいだから、ほとんど知らないっスよ。まあ、あんまり愛想のない人っスけどね」

「この時間はどこにいるかは知らないか？」

「どこにいるかっていうか、少なくともこの二、三ヶ月はあの人、部屋に戻ってきてないと思いますよ。このアパート、壁が薄くて隣の部屋の音がよく聞こえるんだけど、最近はまったく気配なかったっスからね。もう引っ越したんだと思ってました」

　この二、三ヶ月帰っていない？　黒川は眉をひそめる。

「なあ、ここに住んでいた柊真一って男は、細身の優男で間違いないよな」

　黒川が訊ねると、男は不思議そうに首をかしげた。

「細身の優男？　なに言ってるんスか。お隣さんは超デブっスよ。相撲取り《すもうと》りみたいに太っていて、いつもだらだら汗かいていました」

＊

　朝霧明日香が別荘の中に消えたのを確認すると、男はさっき燃やした粘土状の物質の燃えかすを手に取り、シャツ、そして顔へとこすりつける。焦げた臭いが鼻腔《びくう》に進入してきた。顔をしかめつつ運転席に戻ると、エンジンをかけ、アクセルを踏み込んだ。

　プリウスはほとんど音を立てることなく進み、別荘の前の路肩に停車した。

再びエンジンを停止させ車外に出た男は、懐からスマートフォンを取り出すと、通話履歴から『朝霧明日香』を選び、電話をかける。すぐに回線がつながった。

『真一さんですか、どうしましたか?』電話に出た朝霧が早口で言った。

「すみません、朝霧先生。実は大切なことを伝え忘れていたんですよ」

笑い出しそうになるのを耐えながら、男はゆっくりと言葉を紡ぐ。

『大切なこと? なんですか?』

「それより朝霧先生、あの男と一色早苗はいましたか?」

『いました。いま、お茶を淹《い》れてくれています。それで、大切なことって?』

「C4爆弾は安全性が高くて、火をつけても有害な煙を出して燃えるだけなんですよ。爆発には信管による着火が必要なんです」

『はい? あの、なんのことですか?』

「いえいえ、ちょっとした豆知識ですよ。それでは朝霧先生、用件を手短に言いましょう。実は私は柊真一ではないんですよ」

『は? え? 真一さん、いったいなにを……?』

「だから私は真一なんかじゃないんだよ。本当の真一はぶくぶく太った醜い男さ。さて、これからとても重要な告白をするから、集中して聞きなさい」

男は笑みを浮かべながら一息吐くと、ゆっくりとその一言を口にする。

「私が柊貴之だ」

『しん……いちさん？　……なんの冗談なんですか？』

「冗談なんかじゃない。私こそ本物の柊貴之、最高の美容形成外科医だよ」

電話の奥から朝霧が息を呑む気配が伝わってくる。耐えきれなくなり、男の喉からくっくっという笑い声が漏れる。

「君にはとても感謝しているよ、朝霧先生。おかげで計画はすべてうまくいった。礼として、面白いことを教えてあげよう」

男は一拍間を置くと、ゆっくりと口を開いた。

「私の手術を受けた女性たちを殺したのは神楽じゃない、私自身が彼女たちの『美』を永遠のものにしてあげたんだよ」

男はスマートフォンを顔から離す。もはや話すことなどなかった。これから最後の仕事が残っているのだ。回線を遮断すると、男は懐から手のひらに収まるほどの大きさの機器を取り出した。親指で蓋状になっている部分をはじくと、ボタンが露出する。

ポケットから耳栓を取り出し、せわしなく両耳に詰めると、車の陰にしゃがみ込む。とうとう仕上げだ。一度大きく息を吐くと、男はボタンの上に親指をそえた。

ゆっくりとボタンが押し込まれていく。指先にかちりという感触が響いた。

次の瞬間、全身に衝撃が走った。男は身を小さくし、奥歯を食いしばりながら、内臓がひしゃげるような圧力に必死に耐える。

衝撃が消えると、男は立ち上がって振り返る。そこにあったはずの別荘が消え、かわりにがれきの山から小さな炎があがっていた。腹の奥で小さな笑いが湧き上がった。それはすぐに大きく成長し、喉から口へと突き抜ける。

「はは……、ははははは……、あはははははぁー」

衝撃波によって痛めつけられた体が軋《きし》むのも気にせず、男は笑い続ける。哄笑《こうしょう》が周囲の木々にこだましていった。

＊

長かった。本当に長く、そしてつらかった。しかし、雌伏《しふく》の時もこれで終わった。これで私は、最高の美容外科医として再び君臨することができる。

いまだに炎があがっているがれきを前にして、柊貴之はこの四年間を回想する。

すべてのはじまりは四年前、四人目の獲物である景山宏美を拉致したときだった。それまでの三人と同じように、時間をかけてその日常を観察し、仕事帰りに通る人気《ひとけ》のない路地で車から声をかけ、隙をついてスタンガンを押し当てた。しかし、服の上から電撃を浴びせたせいか、景山宏美がそれまでの三人のように気絶することはなかった。倒れ込んだところを車内に引っ張り込もうとした瞬間、あの女は思いきり噛みついてきた。よりにもよって右腕に。

柊は右腕のシャツをたくし上げる。前腕の真ん中に、醜い傷痕《きずあと》が刻まれていた。『美』を創り出す源である右腕に負った傷、そこから歯車が狂っていった。尺骨《しゃっこつ》神経が傷つけられたせいで、右腕に常に疼痛《とうつう》と痺《しび》れが走るようになり、手術に支障をきたしはじめた。それまでのような『美』を創ることができなくなった。

断ち切られた神経が再生するまでに、少なくとも年単位の時間がかかる。そう診断され絶望したところに、さらに不運が重なった。美容形成手術を受けたことを隠していたと思っていた景山宏美が、親にだけすべて話していたのだ。どこで手術を受けたかも合わせて。そのため、クリニックに刑事がやってきた。

当然、刑事は容疑者扱いをしてこなかったし、それ以前の三件の殺人との関係も明らかになっていなかった。しかし、いつかは四人の被害者がおなじクリニックで手術を受けていたことが明らかになり、そして容疑者として自分が浮かび上がる。そう確信した柊は、苦悩した末に作戦を実行することを決めた。

まず、弟子である神楽誠一郎に声をかけた。三年前からクリニックで雇っていた神楽はそのとき、医療事故のせいでマスコミに追い回されていたうえ、医道審議会で医業停止一年を言い渡され、柊以上に追い詰められた状態だった。

柊は「ほとぼりが冷めるまでマスコミから逃げるため」という名目で、神楽にタイへ行き、身を隠すように指示した。裁判はこちらで弁護士を雇って対応するからと。

心身ともに憔悴《しょうすい》していた神楽は、いとも簡単にその提案を受け入れた。

神楽がタイへと発《た》つ数時間前、柊は自らのクリニックに火を放ち、手術記録をすべて闇に葬った。そして、柊は計画の仕上げに入った。神楽の部屋に、四人の女のデスマスクと、それを製作するときに使用したあらゆる道具を持ち込んだ。

合い鍵は前もって用意していた。もともと弟子にして欲しいと押しかけた神楽を雇ったのは、自分が容疑者になったときにスケープゴートとして使うためだった。当初の計画では、神楽の部屋に殺人の証拠を持ち込んだうえで、自殺に見せかけて殺すつもりだったが、右腕の怪我《けが》のせいで計画の変更を余儀なくされた。

神楽をシリアルキラーに仕立て上げる手筈を整えた柊は、自らもタイへと飛び、身を隠している神楽と接触した。

再会を喜ぶ神楽に、柊は自らの右腕を見せながら言った。

「この腕では、私は『柊貴之』でいられない。お前の医業停止が解け、世間のほとぼりが冷めるまで、そして私の腕が完治するまで、入れ替わってくれないか。その間、お前が『柊貴之』になって、その栄光を維持してくれないか」

あまりにも常識外れで非倫理的な提案に、最初のうち神楽は疑い、そして拒絶した。

しかし、最終的にはあの男が提案を受け入れると、柊は確信していた。

柊は知っていた、神楽は自分と同類だと。手術により『美』を生み出す、それこそがあの男の生きる意味だと。医業停止に追い込まれ、手術ができなくなることは神楽にとって息ができなくなることに等しいはず。だからこそ、最高の美容形成外科医である『柊貴之』としてメスを振るうという誘惑には、決して勝てない。

そして柊の予想どおり、数日間悩み抜いた末に、神楽は『柊貴之』になること、そして、そのための形成手術を受けることに同意した。

柊はタイの郊外にある病院で手術を行い、神楽の顔を自らの顔へと変えた。右腕が痺れているにもかかわらず、極限まで高めた集中力により最高の手術を施すことができた。そして、麻酔から目覚める前の神楽を、金を握らせた病院の医者に任せ、自分はパスポート、預金手帳、実印などを残して姿を消した。

それから柊は、ヒアルロン酸の注射や、ボツリヌス毒素によるしわ消しなど、自分自身で施すことができる形成処置を駆使して自らの顔を変え、タイに潜伏しつつ右腕のリハビリを続けた。そして、ようやく痺れが消え去ったのは半年前だった。

右腕に再び魔法が戻った柊は、行動を起こした。

偽造パスポートを使い日本へ戻ると、思惑どおりに神楽が『柊貴之』の名を継ぎ、『神楽誠一郎』は殺人鬼として指名手配されていた。

柊はまず、甥である真一を訪ねた。真一は急に会いにきた、これまでほとんど会ったことのない叔父に不信感を抱いていたようだが、飯を食わせ、小遣いを渡すことで簡単に信頼を得ることができた。柊が「車でも買ってやる」と持ちかけると、真一は疑いもせず、喜び勇んで中古のプリウスを買った。その後、スタンガンで失神させられた真一は、その車で山奥まで運ばれ、頸動脈《けいどうみゃく》を裂かれて埋められることになった。そうやって、『柊真一』という日本での立場を手に入れた柊は、神楽の監視をはじめた。

『柊貴之』の名を取り戻すためには、神楽と、神楽が親しくしている人間を同時に消す必要があった。柊は亀村真智子を四年前と同じ手口で殺すことで、神楽に自分が戻ってきたことを知らせ、警戒させた。そのうえでクリニックに火を放ち、さらに『神楽』の名で脅迫文を残すことで、神楽を怯えさせるとともに、『神楽誠一郎が柊貴之を殺そうとしている』と警察に思い込ませた。

最後の仕上げが朝霧明日香だった。単純なあの女は、形成処置によりハンサムでさわやかな雰囲気に仕上げたこの顔に、簡単にだまされてくれた。

数回の接触で、『平崎真吾』に対する不信感は吹き飛んだうえ、少し誘導したら、すぐに『柊貴之』の正体が神楽誠一郎であることに気づき、思いどおりに動いてくれた。その結果、神楽の潜伏場所を見つけることができた。おそらく、最初『平崎真吾』と名乗ったのもよかったのだろう。適当にインターネットで調べた記者の名前を騙ったのだが、思いのほか作り話に真実味を持たせる効果があった。

朝霧明日香こそ神楽の弱点だった。お人好《ひとよ》しの神楽が、自分のせいで朝霧が危険に晒されることに耐えられないのは分かっていた。だからこそ、朝霧の自宅に手術記録を投函《とうかん》し、危険が迫っているように見せかけたのだ。

しかし、この別荘は理想的だったな。炎が消え、煙がくすぶっている残骸を見ながら、柊は唇を笑みの形に歪める。計画のためには、神楽、一色、そして朝霧の三人を人里離れた場所に集める必要があった。朝霧を餌にして神楽をおびき寄せるつもりだったが、まさかこちらが求めるような場所に潜んでいるとは。

忍び笑いを漏らす柊の耳に、遥《はる》か遠くから救急車のサイレン音が聞こえてきた。頬が引きつる。近くの別荘にいた住民が通報したのか？　まさかこんなに早いとは。車のドアを開け、助手席のグローブボックスから、大ぶりのハンマーを取り出す。

別荘の残骸に走り寄った柊は、爆破に使った装置とスマートフォンを地面に投げ捨てると、それらに勢いよくハンマーを振り下ろす。二つの電子機器はすぐに粉々になった。柊はその破片を両手で拾うと、残骸に向かって投げ込んだ。

両手に付いた汚れを、シャツや顔になすりつけながら、柊は覚悟を決めていく。

神楽たち三人はもはや、がれきの中で原形をとどめていないだろう。そしてＤＮＡ

鑑定で、『神楽誠一郎』の死が確認されるはずだ。これでこの四年間『柊貴之』を名乗っていた男は消える。あとは自分が『柊貴之』に戻るだけだ。

そのために、やらなくてはならないことが残っている。柊はハンマーを持った右手を大きく掲げると、そのヘッドの部分を思い切り自らの左脇腹に打ち込む。

強制的に押し出された空気が口から漏れ出す。体内から骨が折れる鈍い音が響いた。奥歯を食いしばって痛みに耐えた柊は、再びハンマーを振りかぶり、今度は左の太腿《ふともも》に叩きつけた。肉がひしゃげる。柊は俯《うつむ》き、荒い息を吐く。左の太腿と脇腹が火で炙《あぶ》られているように痛む。サイレン音はかなり近づいてきていた。

あと少しだ。あと少しで、再び最高の美容形成外科医に戻れる。あと一息で……。

「あああああ!」

腹の底から雄叫《おたけ》びを上げると、柊は自らの顔にハンマーを打ちつけた。頬骨が砕け、目の前に火花が散る。飛びそうになった意識を、唇を噛んでつなぎ止めると、柊は大声で叫びながら自らの顔面を破壊しはじめる。鼻骨、上下の顎骨、篩骨《しこつ》、顔を形成する骨が次々に砕かれていく。

視界が血で真っ赤に染まったところで、柊は膝をついた。サイレン音はすぐそこまで来ている。最後の力を振り絞りハンマーをがれきに投げ込むと、柊は崩れ落ちた。

私はやり遂げたのだ。温かい満足感が胸を満たす。もはや痛みは感じなかった。

朦朧《もうろう》とした意識の中、人の声が聞こえてきた。

「……ですか？　大丈夫ですか？」

瞼を上げると、眼鏡《めがね》をかけた救急隊員が、マスクの下から必死に声をかけてくる。

「う、ああ……」柊は言葉にならない声を出す。

「なにがあったんです？　ご自分の名前は言えますか？」

今度は女の声が聞こえてきた。もう一人の救急隊員だろう。

「ひいら……、柊貴之……」

「柊さんですね。すぐに病院に搬送しますからね、なにがあったんですか？」

「神楽誠一郎……、神楽誠一郎がやってきて……、急に自分ごと爆弾で……。私の知り合いも二人、あのがれきの中に……、私だけ必死に逃げ出して……」

「分かりました。もう喋らなくて結構です。大丈夫ですからね」

柊はかすかに頷くと、目を閉じる。意識がゆっくりと闇の中に沈んでいった。


「……して。ゆっくり……深呼吸……」

遠くから聞こえてきた柔らかい声に、柊の意識は闇の中からすくい上げられる。

目を開けると、視界に見慣れた物が飛び込んできた。無影灯《むえいとう》。柊は自分が手術台の上に横になっていることに気づく。口元にはプラスチック製のマスクがそえられていた。

「気づかれましたか？」

頭上から女の声が聞こえてくる。視線を動かすが、その人物の顔は見えなかった。

「これから緊急手術を行いますよ、柊貴之さん」

『柊貴之』。そう呼ばれた瞬間、不安が一気に溶け去った。

ああ、私は『柊貴之』に戻ることができたのだ。

「それでは、眠くなっていきますよ。深呼吸を続けていてください」

右腕に軽い痛みが走った。どうやら点滴ラインから麻酔薬を注入されたらしい。

柊は微笑みながら再び眠りに落ちていった。

6

「ご体調はいかがですか？　柊先生」

病室に中年の男女が入ってくる。

「いい調子ですよ、刑事さん」柊は包帯で包まれた顔をほころばせた。

この病院に運び込まれてから二週間ほど経っていた。その間、この柳《やなぎ》という男と天《あま》野《の》という女の二人組の刑事は、たびたび病室を訪れ、捜査の状況を伝えてくれていた。

「柊先生、今日は良いニュースと悪いニュースがあります」

柳と天野がパイプ椅子に腰掛ける。並んで座る二人は、まるで夫婦のようだった。

「……それじゃあ、悪いニュースから聞きましょうか」

柊が言うと、柳の表情に暗い影が落ちた。

「爆破されたがれきの中から見つかった二人の女性の遺体ですが、ＤＮＡ鑑定の結果、一色早苗さんと朝霧明日香さんであることが確認されました」

「……そうですか」柊は唇を嚙む。「覚悟はしていましたが……。あのとき、てっきり彼女たちも逃げ出していると思っていました。私だけが生き残るなんて……」

「自分を責めないでください。いきなり神楽誠一郎が押しかけてきて、爆弾で自爆したんですよね。誰でもパニックになります。柊先生には責任はありませんよ」

天野の優しげな言葉に頷きながら、柊は内心で笑い声を上げる。

「それで、良い方の情報は？」涙を拭うふりをしながら柊は言う。

「あそこで死亡した男が神楽誠一郎であることが、ＤＮＡと歯型の照合で確認されました。遺体の損傷が激しかったので時間がかかりましたが、これで事件は解決です」

柳は微笑みを浮かべる。

「……そうですか。それでこれからどうなるんですか？」

「神楽誠一郎の件は、被疑者死亡という形で送検されます。その後、不起訴処分になるでしょう。柊先生には退院後に、もう少し詳しくお話を伺うことになります」

「分かりました。それで、表の刑事さんたちは引き上げるんですよね」

この病室に入院してからというもの、部屋の外にはいつも、スーツを着た男たちが二人、二十四時間態勢で入れ替わり立ち替わり、パイプ椅子に座って控えていた。柳の話では、山梨県警の刑事たちらしい。おかげでこの二週間、一度も病室を出ることができなかった。神楽誠一郎がまだ生きていて、襲ってこないとも限らないという建前だったが、監視も兼ねていたのは明らかだ。

「今日で引き上げさせます。ちなみに柊先生、まだ顔の包帯は取れないんですね」

「主治医の話では、もうすぐ退院してもいいそうです。ただ、爆風で飛んできた破片が直撃した顔面は、かなり変形しているらしいんで、形成外科医がいる病院であらためて手術を受けないといけないらしいですね」

柊は包帯の上から顔を撫《な》でながら言う。こんなテレビの電波も入らないような山奥の病院で、十分な形成手術が受けられるとは期待していない。この包帯の下の顔は、ひどいことになっているだろう。自ら叩き潰したとはいえ、醜く歪んだ顔など見たくない。この二週間、主治医の指示どおり、顔には包帯を巻いたままだった。

「しかし皮肉なものですね。あなたは最高の形成外科医なんですよね。けれど、あなたはご自分の手術を受けることはできない。せめて、最高から二番目の形成外科医に手術をしてもらえればいいですね」

冗談めかした柳の言葉に、柊は唇の端をつり上げる。

「残念ながら、二番目の形成外科医は死にましたよ。自爆してね」

私と同様に、神楽誠一郎もたしかに天才だった。だからこそ、私はあの男に四年間も『柊貴之』を任せたのだ。

「そうですか。では、そろそろ失礼いたします」

柳は立ち上がると、深々と頭を下げる。天野もそれに倣《なら》った。二人が連れ立って出て行くと、入れ替わるように二人の白衣姿の男が病室に入ってきた。

「えー、……柊先生。あの……抗生物質と包帯交換のお時間です」

ビヤ樽《だる》のような体形をした医師が、顎の脂肪を震わせながら言う。この太田という外科医が緊急手術の執刀医だった。この男を見るたびに、嫌悪感が湧き上がってくる。いつも自信なげに俯き、ぼそぼそと聞き取りづらい声で喋る。こんな男に自分の顔を手術されたと思うと、寒気がする。包帯の下の顔がどのようになっているか、確認したくもなかった。一日も早く、腕のいい形成外科医に手術をしてもらわなくては。

「抗生物質を点滴しますね」

太田に続いて入ってきた男が、ベッドに近づきながら、くぐもった声で言う。男性看護師用の白衣の上下を着たその男の顔は、巨大なマスクと眼鏡で覆われていた。

「先日からうちで働いている看護師です」

太田がハンカチで汗を拭いながら紹介する。看護師は会釈をすると、移動式点滴棒に抗生剤のパックを掛け、点滴ラインにつないでいく。

「もう二週間も経つのに、まだ抗生剤の投与が必要なんですか」

前腕の血管に点滴液が流れ込んでくるのを眺めながら、柊は不満げに言う。術後の抗生剤投与は必要ではあるが、二週間はあまりにも長すぎる。

「あ、あの……。今日で最後ですから」

「分かりました。あと、早めの退院と、総合病院への紹介状をお願いいたします」

ため息交じりに言った柊は、抗生剤のパックが置かれていたトレーの上に、五十ミリリットルのシリンジが置かれていることに気づく。透明な液体で満たされたそのシリンジには、『カリウム　禁静注』の赤い文字が記されている。

「それは？」

「あ、これですか。塩化カリウム溶液です」看護師が答える。

「カリウム……なんで、そんなものが？」

カリウムは生命活動に必要不可欠な物質であるが、高濃度のカリウム溶液は、一気に静脈注射すると心停止を引き起こす劇物でもあった。

「つぎに行く病室の患者さんの血中カリウム値が低いので、点滴の中にこれを混ぜるように指示が出ているんです」

看護師がマスクの下からくぐもった声で答える。柊は「……そうか」とつぶやいた。

「それでは、続いて包帯の交換をいたします。ちょっと失礼しますね」

看護師は柊の後頭部に手を回し、固く縛られていた結び目をはさみで切ると、包帯を取り去っていく。皮膚が一日ぶりに外気に触れ、心地《ここち》よかった。

「どんな状態かな、私の顔は？」柊は使用済みの包帯を捨てている看護師に訊ねる。

「いやあ……、なんと言いますか……」看護師は言葉を濁した。

「ああ、なんとなく分かったよ。早く包帯を巻き直してくれ」

柊が言うと、看護師は白衣のポケットを探りながら挙動不審な動きをしはじめる。

「どうした？」

「いえ、換えの包帯がちょっと……。おかしいなあ。さっきちゃんと用意しておいたと思ったんですけど……」

「それなら早く持ってきてくれ。待っているから」

「すみません、点滴の調整が終わったらすぐに」

看護師は頭を掻くと、滴下速度の調節をはじめる。柊はふと、いつの間にか太田の姿が病室から消えていることに気づく。

「……柊先生って、すごく有名な美容外科医なんですよね？」

点滴液が落下するのを眺めながら、看護師がつぶやいた。

「ああ、それなりにね。ただ、いまは他人の顔の前に、自分の顔を治さないといけないよ。自分の顔があまりにも醜くては、美容外科医として失格だから」

苦笑すると、看護師が耳元に口を近づけ低い声で囁いてきた。

「いえ、『柊貴之』は最高の形成外科医ですよ。たとえどんな顔になってもね。ですから、どうぞ最後まで『美』を求め続けてください。そうすればきっと『柊貴之』はずっと最高の形成外科医でいられます」

「……？　いったいなにを……？」

意味が分からず柊が眉間にしわを寄せると、看護師は深々と頭を下げ、抗生剤のパックを載せてきたトレーを手に取る。

「それでは失礼いたします、柊先生。お世話になりました」

別に世話などした覚えはないが……。眉間のしわがさらに深くなる。

看護師は部屋の奥にある扉を開け、中へと入る。

「ああ、そっちは洗面所だよ」

「あ、これは失礼しました。まだ新人なもので……」

慌てて洗面所から出てきた看護師は、深々と一礼して出て行った。

引き戸が閉まると、柊は天井を見上げる。ここを退院し、顔の形成手術を受けたら、すぐにでも動き出そう。クリニックを開設する場所を探し、腕のいい手術看護師を雇い、一日でも早く、手術を行える体制を整えよう。

メスが皮膚の上を滑り、『美』を創り出していく感触が指先によみがえってくる。背筋を甘美な震えが走った。

おそらく一年もしないうちに、また『発作』に襲われる。また、自分の創った『美』を永遠に保存したくなるだろう。いままでのようなミスはしない。今度からは完全に死体を消し去って、犯罪が行われた形跡すら残さないようにできるはず。甥である柊真一の死体を消したように。

焦点を失った目で天井を眺めつつ、甘い未来を思い描いた柊は、ふと我に返る。あの看護師が包帯を取りに行ってから、すでに十分以上経っている。少し時間がかかりすぎじゃないだろうか。

柊の視線が洗面所の方に向いた。この病室には洗面所以外に鏡がない。自分の顔がどうなっているのか、確認したいという欲求が胸に湧く。さっきの看護師の言動を見ると、ひどい顔になっているのだろう。

柊はおそるおそる顔に触れる。骨折した部分が完全に治っていないので、鈍痛を感じるが、皮膚の凹凸に違和感はなかった。柊は再び洗面所の扉に視線を注いだ。

ベッドから降りようとしたとき、誰かが廊下を走ってくる足音が響く。引き戸が勢いよく開き、スーツ姿の男二人が部屋に入ってきた。顔を紅潮させ、荒い息を吐く男に見覚えがあった。黒川勝典、四年前の事件でしつこくつきまとってきた刑事だ。

なんでこの男たちがここに？　戸惑いながらも、柊は笑みを浮かべる。

「どうも黒川さん、お久しぶりです。お見舞いに来てくれたんですか？」

気さくに声をかけるが、黒川は全身を細かく震わせながら柊の顔をにらみつけた。

「どうしました、そんな怖い顔をして？」

「とうとう……」黒川は血走った目を見開いた。「とうとう見つけたぞ、神楽誠一郎！」

「……はあ？　神楽誠一郎？」

「そうだ。ようやくだ。……ずっとお前を捜していたんだ」

「なにを言っているんですか。神楽誠一郎ならもう死んでいるって、DNA鑑定で証明されたんでしょ。柳さんと天野さんっていう刑事さんがそう言っていましたよ」

柊が言うと、二人の刑事は顔を見合わせる。

「……記憶が混乱しているっていうのは本当みたいですね」

記憶が混乱？　若い刑事の言葉に、柊は眉をひそめる。胸の奥で小さな不安が生じた。

「黒川さん。いつもここに来ていた刑事さんに訊いてくださいよ。神楽誠一郎はあの爆発に巻き込まれて死んだって分かるはずです」

「なに言ってんだ、お前は。刑事なんて来ているわけないだろ。もし来ていたら、真っ先にお前を逮捕しているよ。そもそも、爆発ってなんのことだ？」

「なんのことって……。じゃあ、部屋の外で監視している刑事と話してください」

「部屋の外に刑事なんていねえよ。医者の話じゃ、お前は頭を打って記憶がめちゃくちゃになっているらしいから教えてやる。お前は神楽誠一郎、デスマスクを作るために女を五人も殺した殺人鬼だ」

「なっ⁉　違う！」柊は唾を飛ばして叫ぶ。「私は柊貴之だ！　神楽誠一郎じゃない！」

「ふざけるな！　鏡で自分の顔を見てみろ！」黒川は刃物のような視線を向けてくる。

鏡？　顔？　心臓が大きく跳ねる。柊は点滴棒を摑むと、ベッドから飛び降りて洗面所に駆け込んだ。二人の刑事は洗面所の入り口に立ちふさがる。

すがりつくように洗面台に両手をついた柊は、俯いた顔をゆっくりと、本当にゆっくりと上げ、鏡をのぞき込んだ。思考が真っ白に塗りつぶされる。時間が止まった気がした。

鏡の中では、『神楽誠一郎』が恐怖に引きつった顔を晒していた。

「うわああー！」

喉から悲鳴が漏れる。鏡の中の『神楽誠一郎』も絶望の表情で悲鳴を上げはじめた。

＊

なんだ？　なにが起こっているんだ？

パニックに陥った柊は自らの顔に触れる。鏡の中で『神楽誠一郎』も同じ行動を取った。間違いない、私の顔が神楽の顔に作り替えられている。なんでこんなことが？

柊はパーツを一つ一つ確認するように顔に触れていく。

完璧だ。柊は無意識に感嘆の息を吐いた。まさに完璧な手術が施され、私の顔が神楽の顔へと変化している。一見しただけでは、顔中の骨が砕かれた影響も見られない。あれほど徹底的に破壊された顔を完璧に修復したうえで、他人のものへと作り替えるなんて……。これほどの手術が可能な形成外科医は、自分のほかに一人しかいない。

柊は鏡の中にいる男をにらむ。けれどこの男は、神楽誠一郎は爆発で死んだはずだ。私は朝霧に神楽があの建物にいることを確認してから爆破した。あの爆発の中を生き残ることなどまず不可能……。

ふと、柊は洗面台の脇にトレーが置かれていることに気づいた。そこには塩化カリウム入りのシリンジが載っている。

あの看護師が忘れていったのか？　そこまで考えたところで、頭の中でマスクで覆われた看護師の顔がフラッシュバックした。

「うっ!?」柊は頭を押さえてうめき声を上げる。

自分の顔をのぞき込んだ救急隊員、ついさっきの落ち着きのない男性看護師、そして手術室で話しかけてきた麻酔科医の声。記憶が次々とよみがえってくる。

まさか……、まさか!?　すべてを悟った柊は、喘《あえ》ぐように声を上げる。

すべてが罠《わな》だったのか。神楽をだましているつもりが、私の方がだまされていた。

私はあの男の手のひらの上で踊らされていた……。絶望すると同時に、柊は感動もしていた。あまりにも鮮やかな手口、それは壮絶なほどに美しかった。

「……刑事さん」洗面台に両手をついたまま、柊は言う。「ここにやってきたのは、匿名の通報があったからですか。この病院に神楽誠一郎が入院しているって」

「……ああ、そうだ。それがどうした」

黒川のだみ声を聞きながら、柊は深呼吸を繰り返し、発熱した脳細胞を冷ましていく。どうにかこの窮地を脱出する方法を考えなくては。

この刑事たちは私を逮捕するだろう。それは避けられない。問題はそれからどうやって、私が『神楽誠一郎』ではないことを証明するかだ。

悔しいが、手術は完璧だ。いまや私の外見は、完全に『神楽誠一郎』になっている。

ＤＮＡならどうだろうか？　神楽のＤＮＡを警察は持っている可能性が高い。それなら私が神楽ではないと証明できるかもしれない。しかし、そうなると間違いなく本物の神楽誠一郎が出てきて、私こそ連続殺人犯であると告発するだろう。私とあの男が入れ替わり、お互いが殺人犯だと主張する。二人とも泥沼に沈むのは目に見えている。それはあまりにも……美しくない。それに、もしかしたら別荘を爆破する前、電話で朝霧明日香に伝えた殺人の告白も録音されているかも……。

「最後まで『美』を求め続けてください。そうすればきっと『柊貴之』はずっと最高の形成外科医でいられます」

唐突に、ついさっき看護師に、あの男に言われた言葉が耳によみがえる。歯を食いしばって脳を絞っていた柊は、一瞬トレーの上のシリンジに視線を向け、そしてすぐに鏡の中の『神楽誠一郎』を見つめた。

……ああ、あれはそういう意味だったのか。

柊は微笑む。鏡の中の『神楽誠一郎』も微笑んだ。ごく自然な笑み。

私は四十年を超える人生で、ひたすら『美』を求め続けていた。ならば最後まで、私は美しくあるべきだ。

柊はトレーに手を伸ばし、シリンジを手に取る。黒川たちが身構える気配がした。

「……黒川さん」柊はシリンジから注射針を外しながらつぶやいた。

「なんだ」黒川はいつでも飛びかかれるようにか、腰を落としながら言う。

「私は神楽誠一郎です。私は広瀬幸子、石山桜、三木洋子、景山宏美、そして亀村真智子の五人の女性を、彼女たちの『美』を永遠に残すために殺しました。あと、柊貴之の甥である柊真一も殺して山に埋めています」

「……自白か？　自首は認められないぞ」

「自首なんてしませんよ。私は少しも後悔なんかしていない」

柊は点滴ラインの側管のキャップを外し、シリンジを接続した。

「動くな！　なにをするつもりだ？」

「あなた方の手はわずらわせません。自分の始末ぐらい、自分でつけますよ」

柊は歯を食いしばると、シリンジの中身を一気に点滴ラインに注入した。

高濃度の塩化カリウム溶液が、点滴ラインから静脈へ流れ込む。

次の瞬間、柊は胸の中心を殴られたかのような衝撃を覚えた。全身の力が抜ける。

意識が、自分が急速に希釈されていく。

崩れ落ちる寸前。柊は胸の中で、鏡の中の男に向かって話しかける。

約束を忘れるな。神楽誠一郎は死に、そしてこれからも『柊貴之』は最高の形成外科医として君臨し続けるんだ。

鏡の中の男が微笑むと同時に、柊の意識は闇の底へと引きずり込まれていった。

＊

助手席のドアが開き、看護師用の白衣を着た細身の男がカイエンに乗り込んでくる。

「……終わったよ。いまごろ、黒川刑事たちが踏み込んでいるはずだ」

神楽誠一郎はマスクと眼鏡を取ると、大きく息を吐いた。

「お疲れ様でした、先生」運転席の早苗が労をねぎらった。

「あの……、柊貴之は……？」後部座席の明日香は、おずおずと神楽に声をかける。

「あの人なら、間違いなく自分で始末をつけるさ。……そういう人だ」

神楽の回答を聞いて、明日香は俯く。これでよかったのだろうか。たしかに、柊貴之が逮捕されて、「自分は神楽誠一郎じゃない」と主張したら、事態はかなり複雑なことになっただろう。だからといって、自殺を促すようなことをするなんて……。

「迷っているのかい、朝霧君？　これが正しかったのか」

明日香は顔を上げ、小声で「……はい」とつぶやく。

「それでいいんだよ。君も私ももっと迷うべきなんだ。絶対の正解なんてないんだからね。悩んで、悩み抜いて、そのうえで自分なりの正解を導き出すしかないんだ」

明日香はかすかに顎を引いて頷く。

「ただ、今回の件について、君が責任を感じる必要はない。作戦をたてたのは私だ。その罪はすべて私が負う。君はただ私に頼まれて、協力してくれたに過ぎない」

明日香は唇を固く結びながら、二週間前のことを思い出す。ホテルの一室で電話をとった明日香に、神楽は電話越しに挨拶をしたあと言った。「気づいているかもしれないが、私の正体は神楽誠一郎、連続殺人鬼として指名手配されている男だ」と。突然の告白に驚いた明日香に、神楽は四年前のことを全て話し、作戦への協力を求めてきた。

「けれど、すごい爆発でしたね。救急車に乗って駆けつけたとき、明日香先生が無事かすごく不安でした」

早苗がおっとりした口調で言う。

「無事に決まっているじゃないか。もともとは核シェルターなんだから。どんな爆発にも耐えられるからこそ、あんなに大金を出して二階堂莉奈から買ったんだ」

「あら、かなり値引きしてくださったじゃないですか。けれど、この病院の近くに売れ残っていたシェルター付きの別荘があったのは幸運でしたね」

「しかし、本物の救急車とか消防車が来ないように、消防署に前もって映画撮影で爆破するって連絡入れたり、本当に面倒だったよ」

「草柳さんが芸能界のツテを使って、ほとんどやってくれたじゃないですか」

早苗がからかうように言う。

あの日、二階堂莉奈から買った核シェルター付きの別荘へと入った明日香は、すぐに指示どおり地下にあるシェルターへと逃げ込み、そこで柊からの電話を受けた。

そして爆発のあと、明日香は地下で助けが来るのを待ち、救急隊に化けた神楽と早苗は、太田病院の救急車で自らの顔を破壊した柊を回収し、予定どおり太田病院の別館に運び込んだ。

明日香はその後に現場に到着した藤井舞子と草柳健太の夫婦に助け出され、神楽たちから少し遅れて太田病院に到着すると、すぐ柊貴之に全身麻酔をかけたのだった。

「けれど、どうして柊貴之が、爆弾で私たちを吹き飛ばすつもりだと分かったんですか？」

明日香が訊ねると、神楽は得意げに鼻の頭を掻く。

「四年前、柊はただ私をスケープゴートにするだけではなく、わざわざ手術で自分の顔に形成した。それは、利き手を負傷した自分に代えて、『柊貴之』というブランドを守らせるためだ。それなら、いつかはそのブランドを取り返しに来るのは目に見えていた。問題はその方法だったが、それは四年前、私の部屋から殺人の証拠だけではなく、爆薬まで見つかっていたことから予想がついた。どこかで爆発を起こし、そのどさくさで入れ替わるつもりだとね」

「……そうですか。それが分かっていたのに、私を置いて身を隠していたんですね」

「い、いや、柊が狙ってくるのは、私と早苗君だけだと思っていたんだよ。けれど、君まで事件に巻き込まれたと聞いて、柊が君を利用して私をおびき出そうとしていることに気づいたんだ。だから、逆に私が誘い出してやったんだ」

「明日香先生、許してあげてください。明日香先生が危険な目に遭わないようにと思ってのことなんです」

「それは分かっていますけど……」

「しかし朝霧君、よく私を信じてくれたね。私は君を説得するのはもっと難しいと思っていたんだよ。もしかして、あの男が柊貴之かもしれないって疑っていたのかい？」

神楽は話題をそらそうとしてきた。明日香は真顔に戻る。

「……あの人は、カフェでもジュースばっかり飲んでいました。前に言っていたじゃないですか、形成外科医はカフェインを摂らないって。あと、時々医療界のスラングを口にしていたし、一番おかしいと思ったのは、弁当箱を片付けるときでした」

「お弁当箱？」早苗が小首をかしげた。

「そうです。食べ終わった弁当箱を縛るとき、あの人は手術のときに外科医がやる外科結びをしていました。しかもすごくスムーズに」

「なるほど、外科結びか。たしかに私たち外科医は、日常でも無意識にやってしまうね。けれど、あくまでそれらは状況証拠でしかない。よくそれで、自分の命がかかっている選択ができたものだね」

茶化すように言う神楽に向かって、明日香は皮肉っぽい笑みを向ける。

「見損なわないでください。私はこう見えても人を見る目はあるんですよ。何ヶ月か一緒に働いて、先生は悪ぶっているだけの善人だって分かっていましたよ。単なる偽悪者で、人を殺したりできるわけないってね」

神楽の顔が引きつった。

「これは一本取られましたね、先生」早苗がくすくすと笑いを漏らす。

「あっ！」

明日香が声を上げる。カイエンの隣を、日産のフェアレディZが通過した。視線を向けると、助手席の窓から藤井舞子が微笑みかけてくる。その奥の運転席には、舞子の夫となった草柳の姿も見えた。

「ああ、あのご夫婦もお帰りらしい。いやあ、さすがに二人とも元役者だけあったよ。刑事役を完全にこなしていた。それに比べ、太った先生の大根ぶりと言ったら。あまりにも挙動不審で、いつばれるかひやひやしたよ。病室の外で監視役を引き受けてくれた鷲尾組の組員たちの方が、ずっと落ち着いていたぐらいだ」

神楽は舞子に向かって軽く手を上げながら言う。

「……草柳さんと、舞子さん、それに鷲尾さんと太田先生には、どこまで説明したんですか？」

「ほぼ、全部だねえ。大丈夫さ。鷲尾組長と太った先生は私に弱みを握られているし、役者夫婦は私が二人の縁を取り持ったんだ。秘密を口外したりはしないさ」

「そうですか……」

フェアレディZを見送った明日香は、病院の方に視線を向ける。黒川と坂下が病院に入ってから十分以上経っているが、いまだに動きはなかった。

「うまくいきますかね……」

明日香は不安を口にする。二週間前、神楽はすさまじい集中力を発揮しながら、ハンマーで砕かれた柊の顔を修復したうえで、『神楽誠一郎』の顔へと形成した。明日香が柊の顔を見たのはそれが最後だった。二週間後の今日、柊の顔がどのようになっているのか、明日香は知らなかった。

「大丈夫だ」神楽は力強く言う。「私はあの手術に、自分の持てる技術のすべてを注ぎ込んだ。柊貴之に師事した三年間で培った技術のすべてを。だから大丈夫だよ」

明日香が「……分かりました」とつぶやくと同時に、遠くから怒号のような声が聞こえてきた。窓の外を見ると、坂下という名の刑事が病院の本館に向かって走っている。その顔が引きつり紅潮しているのが、遠目にも見て取れた。

「終わったようだね」神楽の横顔はどこか哀しげに見えた。

「あの……神楽先生……」

明日香がおずおずと声をかけると、神楽はゆっくりと顔を左右に振った。

「神楽誠一郎はいま死んだよ。連続殺人鬼としてね。そして、私は『柊貴之』という、最高の形成外科医の称号を手に入れた。この称号こそが、今後の私の名前だ」

「……それでいいんですか？」

「ああ、それでいい。神楽誠一郎の役目はこれで終わったんだ。さて早苗君、行こうか」

神楽はまぶしそうに目を細めながら窓の外を眺めた。早苗は「そうですね」とエンジンを掛ける。カイエンはゆっくりと進みはじめた。

「……まだです」明日香はぽつりとつぶやいた。

「なにか言ったかい？」神楽が振り返る。

「まだ、神楽誠一郎の役目は終わっていません。まだ、先生にはやらないといけないことがあります」

明日香は神楽の目をまっすぐに見つめた。

＊

……もうすぐだ。酒井芳樹は焦点の合わない目で天井を眺める。もうすぐ、私の命は尽きる。おそらくはあと一日か二日。

全身に播種《はしゅ》した腫瘍は、老いた自分の細胞から生まれたとは信じられないほどの増殖力で成長を続けていた。特に肺の転移巣の巨大化はとどまることを知らず、大量の酸素を投与されても、生存に必要な血中酸素濃度を保てなくなりつつある。

この数日間、投与される麻薬の量が増えてきている。そのおかげで、骨髄腫特有の骨が軋むような疼痛は感じない。しかし、その代償として意識に濁りが生じていた。

自分という存在が、麻薬によって薄くなっている。このまま希釈され、希釈され、そしてついには消え去ってしまうのだろうか。耐えようのない孤独感に全身が浸っていた。

誰にも見守られることなく、誰にも惜しまれることなく私は逝《い》くのか。約七十年の自分の人生が、まったく無意味なものであったかのような感覚に襲われる。

ノックの音が鼓膜を揺らす。芳樹は眼球だけ動かして入り口の扉を見た。看護師か？

引き戸が開いていく。その奥に立っていたのは看護師ではなかった。

「失礼します」

若い女が一礼すると病室へと入ってくる。見覚えのある女だった。たしか、二週間ほど前に誠一郎のことを聞きに来た、朝霧とかいう女医だ。朝霧の後ろには男が立っていた。この前連れてきた記者とは別の男だった。その腕には大きな花束が抱かれている。

芳樹は鼻の付け根にしわを寄せる。また誠一郎の話を聞きに来たのだろうか？

「朝霧です。先日はお世話になりました」

ベッドに近づいてきた朝霧は頭を下げる。あの日、誠一郎の話を聞いた彼女はとても動揺した様子だったが、今日は憑《つ》きものがとれたかのように穏やかな顔をしていた。

「酒井先生、今日は会っていただきたい人がいるんです」

顔を上げた朝霧は、神妙な表情で言う。

会って欲しい人？　こんな死に損ないに、誰を会わせようっていうんだ？

芳樹が戸惑っていると、朝霧の後ろに控えていた男が、おずおずと近づいてくる。

芳樹は男の顔を凝視するが、やはり見覚えはなかった。

朝霧は男から花束を受け取ると、部屋の隅へと移動した。ベッドのそばに立った男は、なにか話そうとするように口を開くが、その口から言葉は漏れてこなかった。

いったい誰なんだ、この男は？　意味が分からず、芳樹は男の顔を凝視する。一瞬男と目が合った。かすかに茶色がかった瞳。その瞬間、記憶の奔流が体を支配した。走馬灯のように、思い出が頭を駆け巡っていく。

「誠……一郎？」酸素マスクに覆われた口から、自然とその名が漏れ出す。

その瞬間、男の顔がくしゃりと歪んだ。芳樹は確信する、顔は変わってしまっているが、目の前の男が『息子』なのだと。芳樹は力を振り絞って手を伸ばした。

男は、誠一郎は、芳樹の手を両手で強く握りしめると、肩を震わせはじめた。

「誠一郎……、誠一郎……」

芳樹にはもはや、彼の名を呼ぶことしかできなかった。

この四年間どうしていたのか、どうして顔が変わっているのか、そんなことはどうでもよかった。ただ、『息子』がいま目の前にいる。それだけで十分だった。

「……父さん」誠一郎が震える声で言う。

『父さん』と呼ばれた瞬間、全身を冒していた孤独が霧散した。目から熱いものがあふれ出し、頬を伝う。

温かい幸せに包まれながら、芳樹は誠一郎の、息子の手を握りしめ続けた。

エピローグ

照りつける太陽が肌を焼く。明日香は額に浮かぶ汗をハンカチで拭った。さすがに真夏に春物のスーツはきつかった。頭が茹《ゆ》で上がりそうだ。

「やっぱり夏物のスーツも買わないとね」

アスファルトからの照り返しに辟易しながら足を進めていく。

柊貴之が『神楽誠一郎』として死亡してから、二ヶ月が経っていた。

『殺人鬼 神楽誠一郎死亡』のニュースは、一時的に日本全土を駆け巡った。しかし、それはあくまで一時的に過ぎなかった。犯人である神楽誠一郎が自殺をしてしまい、もはや動機をはじめとした事件の詳細が明らかにならないと分かった時点で、世間の興味は急速に薄れていき、事件は毎日あふれる情報の奔流に押し流されていった。明日香は事件のことを思い出しているうちに、いつの間にか目的地に着いていた。

そびえ立つガラス張りのビルを見上げる。

エレベーターで十五階まで上がった明日香はスーツの襟を直すと、『柊美容形成クリニック』の看板を眺めながら曇りガラスの扉を開く。思わず「わぁ」と声が漏れた。

二ヶ月前、炎に蹂躙《じゅうりん》されたエントランスと待合は、元の輝きを取り戻していた。

「お久しぶりです、明日香先生」

懐かしい声に顔がほころぶ。

「ご無沙汰していました、早苗さん」

「今日はスーツなんですね。なにかあったんですか？」

受付の中から、早苗は明日香の全身をまじまじと見つめてくる。

「いえ、一度は解雇されましたから、また面接とかあるのかなぁ、と思って」

「そんなものはないと思いますけど……」

早苗が細い顎先に指をそえると、奥の扉が開いた。

「やあ、朝霧君、ようやく来たか。見なさい、この内装を。ここまで戻すのに二ヶ月もかかってしまったが、以前と遜色ない美しさだろ」

このクリニックの院長が、満面の笑みを浮かべながら院長室から出てきた。

「お久しぶりです、えっと……」

「柊だよ。私は柊貴之だよ」

二ヶ月前に『柊貴之』の名前を継いだ男の笑みに、一瞬だけ哀しげな影が差す。

「それより朝霧君、なんだね、その格好は。就活中の大学生みたいだ。いくら童顔だからってね、君はれっきとしたアラサーなんだよ。その自覚をだね……」

「ほっといてください！　あらためて面接が必要なのかと思って。あと、念のために履歴書も持ってきました」

明日香はバッグから履歴書を取り出す。履歴書を手渡された柊は、視線を落とすこともせず、くしゃくしゃに丸めてゴミ箱へと放った。

「あ、また！」

渋い表情を浮かべる明日香に向かって、柊は肩をすくめる。

「私の方から、またここで働かないかと誘ったんだ。面接なんかするわけないじゃないか。逆に君こそ、あんな事件に巻き込まれたのに、よくまた働く気になったねぇ」

「もう少し、美容外科の世界を見てみようかなって思いまして。それに柊先生みたいなだめ男が、私なしでやっていけるか不安ですしね」

「……やっぱり面接しようかな」柊はぼそりとつぶやく。

「それじゃあ、これでまた元どおりですね」

受付から出てきた早苗がはしゃいだ声を上げた。

「そのようだね。それじゃあ朝霧君、あらためて私のクリニックへようこそ」

「あらためて、お世話になります」

明日香は差し出された手を力いっぱい握りしめた。

『改貌屋　天才美容外科医・柊貴之の事件カルテ』（幻冬舎文庫、二〇一五年刊行）を改題・改稿しました。

実業之日本社文庫　最新刊

赤川次郎
演じられた花嫁
カーテンコールで感動的なプロポーズ、でも……ハッピーエンドが悲劇の始まり!? 大学生・亜由美に事件はおまかせ！ 大人気ミステリー。(解説・千街晶之)
あ115

今野 敏
男たちのワイングラス
酒の数だけ事件がある――茶道の師範である「私」が通うバーから始まる8つのミステリー。『マティーニに懺悔を』を原題に戻して刊行！(解説・関口苑生)
こ212

知念実希人
リアルフェイス
天才美容外科医・柊貴之。金さえ積めばどんな要望にも応える彼の元に、奇妙な依頼が舞い込む。さらに整形美女連続殺人事件の謎が…。予測不能サスペンス。

ち13

名取佐和子
逃がし屋トナカイ
主婦もヤクザもアイドルも、誰でも逃げたい時がある――。「ワケアリ」の方、ぜひご依頼を。注目の気鋭が放つ不器用バディ×ほろ苦ハードボイルド小説！

な61

西村京太郎
十津川警部　北陸新幹線殺人事件
北陸新幹線開業日の一番列車でなぜ男は狙われたのか――手がかりは太平洋戦争の戦地からの手紙に!? 十津川警部、金沢&マニラへ！(解説・小梛治宣)
に118

葉月奏太
しっぽり商店街
目覚めると病院のベッドにいた。記憶の一部を失っていた。小料理屋の女将、八百屋の奥さんなど、美女と会うたび、記憶が甦り…ほっこり系官能の新境地！

は65

山口恵以子
工場のおばちゃん　あしたの朝子
突然、下町の鉄工場へ嫁いだ朝子。舅との確執、夫の不倫、愛人との闘いなど、難題を乗り越えていく。著者が母をモデルに描く自伝的小説。母と娘の感動長編!!

や71

吉村達也
白川郷　濡髪家の殺人
週刊誌編集者が惨殺された。生首は東京で、胴体は五百キロ離れた白川郷で発見されるが……猟奇事件の背後で蠢く驚愕の真相とは!? (解説・大多和伴彦)
よ19

実業之日本社文庫　好評既刊

実業之日本社文庫　好評既刊

深町秋生
死は望むところ
神奈川県の山中で女刑事らが殲滅された。急襲したのは、武装犯罪組織・栄グループ。警視庁特捜隊は仲間を殺戮され、復讐を期す。血まみれの暗黒警察小説！

ふ51

木宮条太郎
水族館ガール
かわいい！だけじゃ働けない——新米イルカ飼育員の成長と淡い恋模様をコミカルに描くお仕事青春小説。水族館の舞台裏がわかる！（解説・大矢博子）
も41

木宮条太郎
水族館ガール2
水族館の裏側は大変だ！　イルカ飼育員・由香の恋と仕事に奮闘する姿を描く感動のお仕事ノベル。イルカはもちろんアシカ、ペンギンたち人気者も登場！

も42

木宮条太郎
水族館ガール3
赤ん坊ラッコが危機一髪——恋人・梶の長期出張で再びすれ違いの日々のイルカ飼育員・由香にトラブル続発!?　テレビドラマ化で大人気お仕事ノベル！
も43

木宮条太郎
水族館ガール4
水族館アクアパークの官民共同事業が白紙撤回の危機。ペンギンの世話をすることになった由香にも次々とトラブルが発生。奇跡は起こるか!?　感動お仕事小説。

も44

矢月秀作
いかさま
拳はワルに、庶民にはいたわりを。よろず相談所所長・藤堂廉治に持ち込まれた事件は、腕っぷしで一発解決。ハードアクション痛快作。（解説・細谷正充）
や51

実業之日本社文庫 ち13

リアルフェイス

2018年6月15日　初版第1刷発行
2020年2月25日　初版第5刷発行

著　者　知念実希人《ちねんみきと》

発行者　岩野裕一
発行所　株式会社実業之日本社
〒107-0062　東京都港区南青山5-4-30
CoSTUME NATIONAL Aoyama Complex 2F
電話［編集］03(6809)0473［販売］03(6809)0495
ホームページ　http://www.j-n.co.jp/
DTP　ラッシュ
印刷所　大日本印刷株式会社
製本所　大日本印刷株式会社

フォーマットデザイン　鈴木正道（Suzuki Design）

ISBN978-4-408-55420-4（第二文芸）